[德] 贝内迪克特·韦尔斯——著
Benedict Wells
徐胤——译

直到孤独尽头

Vom Ende der Einsamkeit

湖南文艺出版社
HUNAN LITERATURE AND ART PUBLISHING HOUSE
博集天卷
CS-BOOKY

献给我的姐妹

请回到椅子上，

等到了地狱边上，

我会告诉你我的故事。

——F. 司各特 · 菲茨杰拉德

目录

第一部分
ERSTER TEIL

第二部分
ZWEITER TEIL

第　一　部　分

ERSTER TEIL

见惯了生离死别，现在总算跟死神也打了个照面。

我小心地睁开眼，眨了几下，渐渐适应了周围的黑暗。冷冰冰的房间，仅有的光亮是几台小型仪器发出的红绿微光和从虚掩的门缝里透进的光线。

我感觉像是刚从一个旷日持久的梦中醒来。右腿上传来一阵温热的痛楚，接着传到了肚子、胸口。脑袋也开始嗡嗡作响，还有愈演愈烈的趋势。我渐渐明白究竟发生了什么。

我活了下来。

一幅幅画面在我脑海中浮现。我骑着摩托车出城，加速，接着前方出现了一段弯道。车轮没能抓牢地面，眼看就要撞在树上了，我想调转方向，但已来不及，只得两眼一闭……

是什么救了我的命？

斜眼往身下看去，一个脖套模样的东西固定住了我的右腿，看材质大概是石膏做的。我的锁骨上也缠满了绷带。出事前，我的身体状况一直很不错，比大多数同龄人都要好，或许正是这点帮了我。

出事前……好像是有些不大对劲？我不愿多想，倒是更愿意回忆那天教孩子们用石子打水漂的经过，还有哥哥跟我讨论事情时来回摆动的手势。我想起了跟妻子的意大利之旅。清晨，我们沿着阿马尔菲海岸的一处海湾漫步，天色渐亮，海水温和地拍打着礁石……

我想得有些出神。在梦里，我们站在阳台上。她盯着我的双眼，仿佛已经将我的心思看穿。她朝内院努了努嘴，孩子们正在那儿和邻家的男孩嬉闹。我们的女儿正大胆地攀爬着围墙，我们的儿子却独自待在一边，打量着其他小伙伴。

“他这点有些像你。”她说。

听见她的笑声，我抓起她的手……

滴滴几声之后，一个护工进来给我换了一个输液袋。时间依旧是半夜，墙上的日历显示的是二〇一四年九月。我试着坐起来。

“今天是星期几？”我有些认不出自己的声音。

“周三，”那个护工说，“您昏迷了两天。”

听起来就像是在说别人。

“您觉得怎么样？”

我重新躺倒，说：“有些晕。”

“很正常。”

“什么时候能让我见见孩子？”

“明天一早我就通知您的家属。”快出门的时候，他又停了一下，“您有事就按铃。主治医生过一会儿还会来看您一次。”

见我没答话，他便径自走了。

在一片寂静中，我能听清每一道思绪。我睡意全无，开始回想起过去的点点滴滴。许多我以为已经遗忘的面孔出现在眼前，我看见年少时的自己在寄宿学校的操场上徘徊，也看到汉堡的摄影暗室里闪烁的红光。回忆起初还有些模糊，但在接下来的几小时里越来越清晰。思绪在迷茫中一路回溯，直到那场灾难发生的时刻，那场给我的童年蒙上阴影的灾难。

暗涌（1980）

七岁那年，我们举家去南法[1]度假。父亲斯特凡纳·莫罗的老家在贝迪拉克，那是蒙彼利埃附近的一个小村庄。一千八百个居民，一家面包房，一间啤酒屋，两座酒庄，一家木工作坊，还有一支足球队，这就是村里的全部。我们要去看望住在那儿的奶奶，她已经有好些年没离开过那儿了。

每次开车出远门，父亲总会叼起烟斗，穿上那件亮棕色的旧皮

---

① 即法国南部，著名旅游度假区，普罗旺斯、尼斯、马赛、波尔多、戛纳、摩纳哥（被法国环绕的国中国）等旅游胜地都在这个地区。

夹克。大半时间都在打瞌睡的母亲把一盘披头士的磁带放进录音机，转过身来对我说："给你听，尤勒斯。"

《平装书作家》，这是我当时的最爱。我坐在她身后，情不自禁地跟着哼了起来。但音乐很快就被哥哥姐姐的争吵声盖过去了。姐姐拧了哥哥的耳朵一下，马丁——我们平时管他叫"马蒂"——痛得失声大叫，向父母告了状。

"让你打小报告！"丽兹又掐了一把马蒂的耳朵。

他俩争执的声音越来越大，母亲转过身去看了他们一眼。她的目光简直就是一件不可思议的杰作，马蒂从中看到了对他被姐姐捉弄的同情，丽兹则从中看到了对她有个爱小题大做的弟弟的理解。更重要的是，母亲的眼神仿佛在暗示，这样的争吵完全没有意义，谁现在最听话，就会在下个加油站得到一个冰激凌作为奖励。于是，他俩很快就住了嘴。

"我们为什么每年都要开车去奶奶家呢？"马蒂问，"就不能去一次意大利吗？"

"因为就该如此，而且奶奶见到你们来看她，肯定会很高兴。"父亲一边目不转睛地盯着前方的公路，一边用法语说。

"才不是呢，她一点都不喜欢我们。"

"而且她身上有股怪味，"丽兹应和道，"闻起来就像破旧的皮家具。"

"哪里，她闻上去像发霉的地下室。"马蒂纠正道。

“不许这样说奶奶的坏话！”说话间，父亲开车经过了一个环岛。

我望向窗外，百里香和歪脖栎组成的灌木丛在荒地上绵延不绝。南法的空气中天然地有股香味，这儿的景色也比家里绚丽多了。想到这儿，我把手伸进口袋，玩弄起去年剩下的一枚法郎银币。

天色渐晚，我们终于来到了贝迪拉克。事后回想起来，这个地方就像一个成天打盹的老人，虽然有些沉闷，但总体上依然讨人喜欢。同法国南部的许多地方一样，这儿的房子也是用砂岩建造的。简朴的百叶窗和剥蚀的红瓦屋顶正沐浴在夕阳下。

我们的两用车在勒高夫大街尽头的一座房子前停下，车轮压得砾石咔咔作响。房子的外墙上爬满了常春藤，屋顶有些破损，散发着一股阴森恐怖的气息，闻上去满是岁月沧桑的味道。

父亲第一个下车，迈着轻盈的步子走向大门。套用一句人们常说的话，那会儿正是属于他的时代。三十来岁的父亲黑发浓密，待人总是彬彬有礼。我常能见到邻居和他的同事们围在他身旁，神情专注地听他说话。奥秘在于他的声音：他嗓音柔和，从不故作深沉，音调不高，重音也只是轻轻带过，却能像隐形的索套一样把听众牢牢拴在自己身旁。作为一名会计，他深得众人喜爱，但他的心里却只有家人。每个星期天，他都会为全家人做饭。他总能腾出时间陪我们，脸上总是洋溢着大男孩般的笑容。直到多年后再看他的照片，我才发现他当时就有些不对劲。他的脸上有一丝痛苦，或许还有一丝恐惧。

奶奶出现在门口。她歪着嘴，几乎不看她的儿子，仿佛是因为什么事情心怀愧意。他俩拥抱了一下。

我们几个坐在车上，望着眼前这一幕。据说，奶奶年轻时是游泳健将，也是村里的红人。这一定是好久之前的事情。她的双手已经使不出什么力气了，脸上也爬满了龟甲般密布的皱纹，孙辈的喧闹声更是让她难以忍受。小孩子都很怕她，也害怕走进这座糊着过时的墙纸、支着铁架子床的破房子。父亲为何每年夏天都要来这儿，绝对是一个谜。“他似乎必须每年回一次那个令他饱受屈辱的地方。”马蒂后来有一次说。

但这儿也有清早的咖啡香，有洒在客厅瓷地砖上的阳光。马蒂和丽兹去厨房取餐具，弄出一阵轻微的碰撞声。父亲认真地读着报纸，母亲则细心规划着当天的行程。之后则是山洞探险、骑自行车和在公园里玩滚球的时间。

八月底，贝迪拉克终于迎来了一年一度的葡萄酒节。每天晚上都有乐队演奏，家家户户张灯结彩，烤肉的味道弥漫在大街小巷。我和哥哥姐姐坐在议事厅高高的台阶上，望着大人们在村里的广场上载歌载舞。我手里拿着父亲交给我的相机。这是一台昂贵而笨重的玛米亚[①]相机，我的任务是用它拍摄节庆场面。我把这当成我的荣幸，因为父亲不会轻易把相机交给旁人。就在他风度翩翩地牵着母

① 日本相机品牌，生产高端相机及配件。

亲穿过广场时，我骄傲地按了几下快门。

“爸爸舞跳得很好。”丽兹用内行的口气说。

姐姐那年十一岁，留着一头金色鬈发，是个大姑娘了。当时，她已经患上了被我和马蒂称作“戏剧综合征”的毛病。她的一举一动都像是在演戏。她容光焕发，仿佛有灯光打在脸上；她的声音清澈响亮，即便坐在最后一排也能听得一清二楚。在生人面前，她总爱装出一副少年老成的样子，但实际上她才刚刚过了做小公主的年纪。她爱画画、唱歌，喜欢跟邻家的孩子一起玩，常常好几天不洗澡。她一会儿想当发明家，一会儿又幻想成为精灵。总之，她的脑袋里能够同时想几千件事情。

那时，很多女孩都喜欢拿丽兹取乐。我经常能看见妈妈坐在她房间里安慰她，多半是因为她的那些女同学又惹恼了她，或是把她的书包藏了起来。妈妈走后，我被允许进入她的房间。她使劲用拳头捶我，我甚至能感觉到她呼在我皮肤上的热气。接着，她会把跟妈妈说的事情再跟我说一遍，有时还会说更多。我爱我的姐姐，即便她后来弃我而去，也没能改变这一点。

午夜过后，村里还是有些闷热。舞池里的男男女女，每换一支曲子便会交换舞伴。我们的父母也在其中。虽然手中的相机已经有些发沉，我还是又拍了几张照片。

“把相机给我吧！”哥哥说。

“不行，爸爸可是把它交给了我。我得保管好它。”

“就一会儿，我就拍张照片。你拍不好。”

说着，马蒂一把夺过相机。

“别这么小气，”丽兹说，“你看他有得玩多开心啊！”

“可是他不懂曝光，拍出来的照片简直一团糟。”

“你就爱自作聪明，怪不得没有朋友。”

马蒂拍了几张照片。他是我们家的老二，那年十岁，戴眼镜，黑发，脸上没什么血色，平时也不怎么引人注意。在我和丽兹身上都能找出父母的影子，只有他跟他们没有任何共同点。他就像是从哪儿冒出来的陌生人，突然就在我们中间占据了一席之地。我一点都不喜欢他。在我看过的电影里，哥哥总是保护弟弟妹妹的英雄。而我的哥哥却独来独往，成天只知道蹲在自己的房间里摆弄蚂蚁，或是在死蝾螈和死老鼠身上抽血玩——他收藏的小动物尸体数都数不过来。就在不久前，丽兹还管他叫“恶心的怪物”，这可真说到了点子上。

对于那次法国之行，除了最后那场戏剧性的变故，我只依稀记得一些片段。但我仍清晰地记得，当我们姐弟三人望着在广场上踢球的法国小孩时，一股陌生感在我们心中油然而生。我们三个都出生在慕尼黑，觉得自己是德国人。在我们家，除了几道特殊的菜肴，几乎没有什么东西能证明我们的根在法国，平时我们也很少说法语。我们的父母是在蒙彼利埃认识的。父亲为了逃避家人，毕业后就搬到了那儿。母亲去那儿则是出于对法国的喜爱（当然也有想离家闯荡的成分）。父母每次说起当年的事，都会提到他们一起去看电影的夜晚，母亲弹吉他的晚上，以及他们在一个共同的朋友办的派对上初次相遇的情景。再往后，就是他俩一起去慕尼黑的故事了，当时母亲已经怀有身孕。听完这些故事，我们姐弟都认为已经对父母了如指掌。直到他们过世之后，我们才发现自己其实一无所知。

有一次，我们出门散步。出发前，父亲并没有告诉我们要去哪儿，一路上他几乎一言不发。我们五个爬上一座小丘，朝着一片森林走去。在一棵硕大的橡树前，父亲停住了脚步。

“你们看，上面刻着什么？”他嘴上这么问，看上去却有些心不在焉。

“埃里克的树。”[1]丽兹念道。

我们一起望着这棵橡树。“有根树杈被人砍了。”马蒂指着树干上一个圆圆的隆起。

“真的哎！”父亲嘟哝道。

我们姐弟三人从没见过埃里克伯伯，据说他在许多年前就过世了。

“这棵树为什么叫这个名字啊？”丽兹问。

“因为我哥哥就是在这儿钓到了心爱的女孩。他把她带到这儿，

---

① 原文为法语。

一起坐在长凳上望着山谷。他给她念了一首又一首诗，最后还亲吻了她。”父亲说。

“诗？”马蒂问，“这样也行？”

“这招几乎屡试不爽。所以不知哪个捣蛋鬼用小刀在树皮上刻了这几个字。”

他望向清晨湛蓝的天空，母亲偎依在他身旁。我看了看那棵树，心里默念道：“埃里克的树。”

之后，假期进入尾声，我们也迎来了最后一次郊游。头天晚上下过雨，饱满的露珠在树叶上莹莹欲滴，晨风吹过肌肤，格外清爽。早起总能带给我一种美妙的感觉，仿佛一整天的光阴都是属于我的。几天前，我结识了当地的一个女孩。她叫路德维娜，我跟妈妈说起过她。父亲一如往常，每当法国之旅快结束时，他都显得如释重负，因为下次再来就是一年后了。他有时停下脚步拍照，嘴里不停地吹着口哨。丽兹在前面领路，马蒂则拖着脚步走在最后，我们一再停下来等他。

在树林里，我们遇见了一条碎石密布的河流。一座独木桥将两岸连接在一起。因为无论如何都要过河，我们三个便聊起了在树干上保持平衡的可能性。

父亲到桥上查看了一番，摇摇头说：“太危险了，我肯定过不去。”

我们也上了独木桥。直到这时，我们才发现下面的水很深，脚下的树皮很滑，宽阔的河床上满是突起的石块。这座桥足有十米长，要是一不小心失足落水，免不了要受伤。

“反正那边还有座桥。”丽兹说。她一向喜欢尝试新东西，但这次却退缩了，继续沿着河岸往前走去。哥哥也跟了上去，只有我还站在原地。当时的我还不知恐惧为何物。就在几个月前，我刚刚成为全班唯一一个敢骑车冲下陡坡的人。冲出去没几米，我便对自行车失去了控制，翻着跟斗跌下来，把胳膊给弄折了。但还没等拆下绷带，我已经开始寻找下一次冒险的目标了。

我盯着眼前的树干，没有多想，一步接一步往前走去。

“你疯啦！”马蒂在我身后喊道。但我已经什么都听不进去了。有一次，我差点滑倒。看着河底的碎石，有一刹那，我感到头晕目眩，但这时我已经走到了桥中间。我的心越跳越快，还剩两米的时候，我铆足了劲，冲了过去，总算幸运地到达了对岸。我松了口气，高高地举起了双臂。我的家人沿着河的右岸走，我则独自一人走在左岸。我不时看向他们，朝他们微笑。我从未如此自豪过。

这条河一直通往森林之外。河面越来越宽，河水越流越急。昨晚下过雨，水位上升了许多。河畔的路泥泞松软，一块竖起的牌子提醒着行人远离河岸。

“这要是掉进河里，非得淹死不可。”马蒂望了一眼湍急的河水。

“但愿你掉下去，就没人烦我们了。”丽兹说。

马蒂朝丽兹走去，丽兹却巧妙地躲开了，用她独有的方式懒洋洋地挽住母亲的胳膊，脸上一副理所当然的表情。

“你又开始调皮捣蛋了？”母亲问，“看来我们该把你丢在奶奶家。”

“不要，”丽兹惊恐的表情半是做作半是认真，“求你了。”

“你叫我没得选啊！奶奶会好好照顾你的。”说着，她学起了奶奶责备的眼神。丽兹笑了。

至少在我们三个看来，妈妈无疑是家里的明星。她优雅迷人，在慕尼黑遍地都是朋友。许多艺术家、音乐家和戏剧演员都会来参加她举办的派对。天晓得她是怎么认识他们的。顺便说一下，说她“优雅迷人”其实已经算相当低调了。这些词根本无法形容我们的真实感受。在我们看来，母亲就像是格蕾丝·凯利和英格丽·褒曼的结合体。还是孩子的我想不通她为何没能成为一位著名的演员，而只是个普通的教师。对于家务，她总是微笑着欣然接受。直到后来，我才意识到她当时受到了多大的束缚。

我们在河畔的一片草地上歇脚。父亲给他的烟斗里装满烟草，我们吃起了随身带着的火腿面包。之后，妈妈用吉他弹起吉尔伯特·彼高德[①]的歌。

就在她和父亲跟着哼唱的时候，马蒂翻了翻白眼，说：“别

---

① 吉尔伯特·彼高德（1927—2001），法国歌手、作曲家、演员。

唱了，太丢人了。”

“这儿又没别人。”母亲说。

“谁说的，看那儿！”

马蒂指了指河对岸，有一家人刚刚在那儿坐下。他们家那群孩子与我们年龄相仿，一条矮小的混种犬在他们之间跑来跑去。

当时正值中午，烈日当空。马蒂和我脱下T恤，躺在桌布上。丽兹拿着写生本，她没在画画，只是在上面一遍遍涂画着自己的名字。那时候，她很想知道自己的名字怎么写才最美，所以经常在纸、桌子、文件夹和餐巾上签名。丽兹，丽兹，丽兹。

我们的父母起身去散步，相互依偎着消失在远处，草地上只剩下我们三个。地上被阳光烤得发烫。马蒂和丽兹玩起了纸牌，我一边在吉他上瞎拨弄，一边打量着河对岸那家人。对面不时传来一阵阵欢声笑语，夹杂着几声狗叫。那个男孩扔出去一根短棍，那条混种犬马上就跑出去把它叼了回来。后来，男孩厌倦了这个游戏，就把短棍藏在了桌布底下。那条狗却还想玩，于是不停地在每个家庭成员之间穿梭，后来又往河下游跑去。河畔的灌木丛绊住了一根较为粗大的树枝。那条狗想用嘴把它叼起来，却没能成功。那个地方水流湍急，只有我注意到了这一幕，看得汗毛都快竖起来了。

那条小狗拽着树枝，离河岸越来越近。我刚想提醒对岸那家人，就听见一阵汪汪的叫唤。河岸那一处发生了坍塌，将小狗也带进了水里，它用前爪和牙齿紧紧地抓住树枝。它哀鸣着，挣扎着想要爬上河岸，但激流的力量实在太过强大，它的哀鸣声越来越远。

“哦，我的天哪！”丽兹说。

“它死定了。”马蒂说。他的语气如此肯定，好像他就是主宰这一幕的法官。

对岸那家人朝小狗跑去。他们刚跑到跟前，河水已经将树枝冲离了灌木丛，裹挟着那条小狗朝下游而去。

小狗在水面扑腾了一会儿，便消失了。就在对面的孩子急得连哭带喊的时候，我回头看了一眼我的姐姐。那一刻她脸上的表情，我至今没能忘记。

夜里躺在床上，我依然能够听见小狗的哀鸣。丽兹一整天都闷闷不乐，马蒂也几乎没怎么说话。最奇怪的是，这次惨剧发生时，父母竟然不在我们身边。当然，他们回来后也试着安慰我们，但这已经改变不了什么。在河边目睹的事情确实令我们三个颇为震撼。

那天半夜，我辗转反侧，难以入睡。对面那家人无忧无虑的快乐瞬间被终结的一幕始终令我难以释怀。我又想到了埃里克伯伯，想到曾经有人告诉我们，他是“遇难”而死的。此前的我一直生活在家人的悉心呵护下，但显然存在一股看不见的力量和暗涌，能将这一切毁于一旦。有些家庭会得到命运的宠爱，另一些家庭却只能面对不幸。那天晚上，我一直在想，我的家庭是否也会如此。

在路口（1983—1984）

三年半之后，一九八三年十二月，我跟父母一起度过了最后一个圣诞节。天色将晚，我独自站在儿童房的窗边，其他人则在客厅里装饰打扮。与往年一样，一切就绪后，他们才会把我叫过去。到底还要等多久呢？我听见哥哥在外头发牢骚，妈妈则用清脆的笑声安抚他。我还听见姐姐和爸爸在商量该铺哪块桌布。为了分散注意力，我把目光投向内院。光秃秃的树、秋千，还有树屋，一派冬日的景象。这几年，许多东西都发生了变化，但我心爱的小院依然保持原貌。

有人敲门。父亲走了进来，他穿着一件海蓝色的羊毛衫，嘴里叼着烟斗。那会儿他已经将近四十了。额前的黑发日渐稀疏，年轻的笑容也不复存在。他到底怎么了？就在几年前，他还是那般自信开朗，而现在，他的脸上总是一副压抑的表情。

他和母亲很少一起做什么，他经常出门拍照，一去就是好几个小时。他从不给我们看他拍的照片，就连跟小伙伴们玩耍时，我也总能感觉到背后他那闷闷不乐的眼神。在他眼里，这个世界危机四伏，比如，妈妈开车（“开太快了，莱娜，你想害死我们啊！”），我和往常一样在贝迪拉克走独木桥过河（“尤勒斯，我真的看不下去了。你要是跌下去，肯定会摔断脖子！”），或是丽兹跟同学一起去听演唱会（“不许去，谁知道那儿都是些什么人！”）。要是父亲写一本行动指南，书名大概得叫“算了吧”！

只有在公园里跟朋友踢球的时候，他才会放松下来。他在场上带球，总能让对方球员扑个空，我站在场边，对他佩服得五体投地。他年轻时在法国的俱乐部踢过，直到现在，他的空间感依然十分出色，总能预判对方的传球路线，在正确的时刻跑入空当。他就像是唯一一个懂球的人。

父亲走到窗前，站在我身旁。他身上散发着烟草味和刺鼻的、湿漉漉的须后水的味道。“你期待过节吗，尤勒斯？”

见我点头，他轻轻拍了拍我的肩膀。从前，他晚上下班后，我们经常在施瓦宾格区[1]散步。那儿还保留着古老的街角酒馆、路旁

① 位于慕尼黑北部，汇集了众多酒吧、夜总会和餐馆，后文提到的英国花园是本区另一个亮点，它是世界上最大的城市公园之一。

咖啡店、脏兮兮的黄色电话亭和出售巧克力、羊毛袜以及我的最爱月球地产证的杂货铺。整个区就像一个庞大的村庄，时光流经此地，也会放慢脚步。有时候，我们会在公园里吃个冰激凌，父亲会跟我讲他年轻时为了赚钱上学和学习英语在南安普敦港打工的故事，还有他的兄弟埃里克小时候的各种胡作非为。这些故事都是我的最爱。

给我印象最深的是他在我们最后一次散步时给我的建议。当时我还不是很明白他话里的意思，但若干年后，这番话对我而言，已经成了他的遗嘱。

父亲当时说："尤勒斯，最重要的是要交到真正的朋友。"见我没明白他的意思，他又盯着我说："真正的朋友会永远陪在你身边。你必须找到他，这比一切都重要，甚至大过爱情。因为爱情有可能消逝。"说到这儿，他抓住我的肩膀问："你在听吗？"

我之前一直在玩一根捡来的木棍，这时忙把木棍丢到一旁，问："那谁是你真正的朋友啊？"

父亲只是摇了摇头，咬紧烟斗说："我失去了他。这难道不奇怪吗？就这样失去了。"

我不知道该说些什么，也许我已经意识到他这番教诲诉说的其实是他内心的失落。尽管如此，我还是将他的建议牢记在心。我真希望自己当时没有那么做。

"听说你马上会得到一个很棒的礼物。"离开房间时，父亲用法语说。

“真的吗？什么东西啊？”

他笑了。“这几分钟都等不及！”

我等得有些难熬。窗外响起了钢琴声，是《平安夜》和《圣诞歌》。终于，丽兹和马蒂沿着走廊跑过来，撞开了我的房门。

“快，走吧！”

客厅里的圣诞树足有天花板那么高，树上装饰着彩球、木雕小人和蜡烛，下边则堆满了各式礼盒。空气里满是蜂蜡和冷杉的味道。桌上摆着一只火鸡，还有焦皮奶油土豆、炖羊肉、烤牛肉、越橘酱、奶油蛋糕和酥皮点心。平安夜的菜总是多得吃不完，剩下的食物可以放在冰箱里，在接下来的几天里当冷菜吃，这也是我的最爱。

吃完晚饭，我们一起唱圣诞歌曲，然后就是拆礼盒前的最后一个仪式：妈妈用吉他弹唱《月亮河》。她总是十分享受这一刻。

“你们真的想听吗？”她问。

“嗯！”我们齐声回答。

“哦，我都不知道。我以为你们只是客气一下。”

“哪里，我们可爱听了！”我们一起扯着嗓子喊道。

“给我换批听众，”母亲叹了口气，“这群人已经听够了我的演出。”

我们的喊叫声越来越大，直到她终于拿起吉他。

母亲依然是全家的焦点。但凡有她在，哥哥姐姐的争执便只是可笑的拌嘴，学校里遇到的不顺心的事不过是很容易克服的小挫折。她是丽兹画画的模特，也乐于听马蒂展示他显微镜研究的成果。她教我做饭，甚至将“馋嘴蛋糕”的秘方传给了我：只需一点巧克力泥，便能吊起食客的胃口。虽然她有点懒——最经典的一幕就是母亲躺在沙发上指挥我们去冰箱里给她拿东西——但我们都想成为她那样的人。

终于，她开始了弹唱，动人的声音充满整个房间。

> 月亮河，宽不过一公里。
> 总有一天，我会优雅地遇见你。
> 织梦的人啊，那伤心的人。
> 无论你将去何方，我都会追随着你。

这也是一年里最开心的一刻。丽兹张大了嘴巴静静地聆听，马蒂动容地摆弄着眼镜，父亲也凝神倾听，虽然他的眼神中有着抹不去的忧郁，脸上却是欣喜的神情。他的身旁坐着海伦妮阿姨，她是母亲的姐姐，一个开朗的大块头女人，独自住在格洛肯巴赫区[①]，每次来都给我们带很多礼物。除了远在法国的奶奶，这就是我们全部

① 慕尼黑的一个区，和相邻的花匠广场区是另类人群和艺术家的聚集地。

的家人：莫罗家族在我们这一脉，人丁算不上兴旺。

分发礼物时，我迫不及待地从父亲手里接过沉甸甸的礼盒。拆开包装，是一台旧玛米亚相机。父亲一脸期许地望着我。这台相机十分眼熟，但自从贝迪拉克那个节日之后，我就再没有摸过它。何况，这台玛米亚已经满是刮痕，镜头看上去就像希腊神话里独眼巨人的怪眼，按键也总是发出异响。我失望地把它放到一边，打开了下一件礼物。

妈妈送给我一个红色牛皮笔记本和三本小说：《汤姆·索亚历险记》《小王子》和《鬼磨坊》[①]。她依然每晚给我朗读故事，但也渐渐开始让我自己读，要是读得好，还能得到她的表扬。不久前，我刚刚创作了自己的第一个故事，主人公是一只中了魔法的狗。母亲很喜欢这个故事。我把红色笔记本攥在手里，等其他人去下棋时，将我的想法都写在里面。

新年将至，我们第一次也是最后一次看到父亲流泪。那天下午，我正躺在床上写一个新故事。这个小故事发生在一个图书馆里。晚上，图书们偷偷地议论起来，相互吹嘘自己的作者，或是抱怨自己被摆放在后排不起眼的位置。

姐姐没敲门就走进了我的房间。她神秘地眨了眨眼睛，关上了身后的门。

---

① 德国作家奥得弗雷德·普鲁士勒（1923—　）的作品。

“怎么了？”

她的答案我一只手就能数得出来。丽兹当时十四岁，感兴趣的事情只有三样：画画、庸俗的爱情片和男孩。现在，她已经是班上最漂亮的女孩了，有着金色的鬈发、悦耳的嗓音和足以令所有人神魂颠倒的笑容。每到课间，总有一群女生围在她身边，听她讲哪个男孩在哪儿亲过她，以及这一切到底有多么无聊，顶多也就是过得去，反正从来没好过。而且亲她的都是城里那些大男孩，她班上的男生根本没有机会。有时候那些男生也会来献殷勤，但她从来没有正眼瞧过他们。

她坐到我床上，推了我一把，说：“你这个叛徒！”

我没有停笔，只是心不在焉地说：“为什么这样说？”

“你亲了一个女孩。”

我的脸一下子红到了耳根：“你怎么知道的？”

“我有个朋友瞧见了。她说，就在咱家门口，你还把舌头伸进了人家的衣领，你们就像两只拉布拉多犬。”

丽兹笑着夺走我的记事本，在上面画起了小人，还到处涂写她的名字。丽兹，丽兹，丽兹。

接吻的事情的确不假。我能把女孩子当成哥们儿，与她们谈笑，也经常收到偷偷塞给我的表白信。生活似乎充满了希望，我的自信也日益膨胀。我虽然是班长，却经常在上课时说闲话，或是做鬼脸，懒洋洋地把腿搁到桌上，直到老师发出警告。后来，我意识到这样的行为是自大的表现，但在当时，我习惯在朋友面前发号施令，很享受这种众星捧月的感觉。我开始和高年级的男生来往，经常跟人打架。只要有新人敢对我出言不逊，我会立马冲上前去揍他一顿。这样的争执虽然不能当真，但也并非儿戏。有些高年级男生已经开始吸大麻、喝酒了，但当他们递酒给我时，我还有些犹豫。我不会告诉他们我喜欢读书和写故事。我害怕招来嘲笑，只得小心掩饰自己的这一面。

“接吻的感觉如何？”丽兹把笔记本扔到我怀里。

“不关你的事。”

“快说，我们之间可是无话不谈的。”

“对，但我现在不想说。”

我起身走到父亲的书房里，那儿总有一股积满灰尘的文件夹和旧纸张的味道。听见姐姐跟来的声音，我装出很忙的样子，在书桌的抽屉里翻找起来。我看到了眼镜盒、墨水瓶和泛黄的笔记本，但在最下面那层，我发现了一台徕卡相机。黑色的机身，白色的镜头，原封不动地放在包装盒里，我从没见过父亲拿它拍照。抽屉里还有一封用法语写的信，上面的笔迹十分陌生。

亲爱的斯特凡纳，送你这台相机，愿它能让你时刻谨记自己是谁，谨记生活中的大忌。请试着理解我。

这封信是谁写的？我把它放回抽屉，拿起相机检查起来。我打开胶卷盖，转动镜头。与此同时，从窗外吹进的灰尘在阳光中飞舞。

丽兹在一面小镜子里看见了自己。她兴高采烈地瞧了个够，才转过身来看向我。

“要是我还没跟人接过吻呢？”

“什么？”

姐姐紧咬着下唇，不说话。

“可你总跟我们说你交往的那些家伙，”我晃着手中的相机，“你满嘴都是这些故事。”

“我的初吻得是特别的，我……”

随着吱啦一声响，马蒂出现在门口。但凡有人在家里交换秘密，无论何时何地，都逃不过他的第六感。他脸上诡异的笑容告诉我们，他已经偷听好久了。

马蒂那年十三岁，总是独来独往。他戴了副镍丝眼镜，整个人苍白而瘦削，跟一段粉笔似的。他自己也是个孩子，却讨厌别的孩子，除了缠在大人身边，不愿意跟其他人来往。他一直活在姐姐的阴影里，丽兹总爱千方百计地逗弄他，在学校里对他不屑一顾，还嘲笑他没有朋友。现在对他而言，简直就像收到了一份从天而降的厚礼。他掌握的这个机密足以让姐姐在学校里的声名毁于一旦。

“有意思。”他说，“原来你拒绝所有人是因为你害怕啊？看来你还是个一心只想画乱七八糟的画、偎依在妈妈身边的小孩子啊。”

丽兹过了好久才镇静下来。

“你要敢告诉别人，你就……”

“就什么？”马蒂一边笑，一边夸张地模仿亲嘴的声音。

丽兹朝马蒂冲了过去。他俩相互撕扯对方的头发，还使劲用脚互蹬。我只顾着分开他俩，没注意到究竟是谁把相机从我手里撞了出去。只见它飞过整个房间，镜头朝下摔在了……该死！

房间里一下子安静下来。我拾起那台徕卡相机，发现镜头已经碎了。

我们商量了一会儿该怎么办。

“我们就把它放回抽屉里吧，”丽兹说，“也许他根本不会注意到。”

姐姐的话一如往常，一锤定音。

这天，父亲难得很早便回了家。他似乎有些激动，一头扎进了书房。

“跟过去。”丽兹命令。

我们三个透过门缝看见父亲不安地在房间里来回踱步，还不时抓一把自己的头发。后来，他拿起绿色转盘电话的话筒，拨通了一个号码。

“还是我，”他低声说，“斯特凡纳。我是想告诉您，您正在犯一个错误。您不能就这样……”

对方似乎要借故推脱，父亲的语气明显软了下来。他不时说一句“可是您……”或者“可这……”，有一次甚至还用请求的语气说“拜托了”，但根本就没能插上话。

“那您至少可以提前暗示一下啊！”父亲最后说，“都十二年了。我还可以……”

但他的话再次被打断了。接着，他放下了电话。

他走到房间中央，一动不动地站了几秒，好像被人摄去了魂魄。这简直太诡异了！

终于，他又活了过来，走到书桌旁。我突然意识到他是要打开那个抽屉。他先读了一遍信，然后从包装盒里拿出徕卡相机。看到碎掉的镜头，他吃了一惊。接着，他把相机和信放回抽屉里，走到窗边。之后，他哭了。我们不知道他哭是因为那通电话、那台徕卡相机，还是因为过去这些年生活的不易。我们只知道这并不是我们乐于见到的一幕，于是默默走回了各自的房间。

新年过后的那个周末，父母要出门远行。这场突然的旅行似乎与父亲的失业有着某种关联，但母亲只跟我们说，他们要去拜访蒙彼利埃的朋友，我们不能跟去。阿姨会照顾我们。

“我们用不着保姆，”丽兹说，“我已经十四岁了。”

母亲在她额头上亲了一口，说：“我主要是不放心你的弟弟们。”

“知道了，多谢！”马蒂头也不抬地盯着报纸说。

还有九位房客跟我们一起租住在慕尼黑这座公寓楼里。其中有位美丽的年轻寡妇，叫马伦·雅各比，从来只穿深色的衣服。她总是独来独往，我无法想象有人能忍受这般孤独的生活。丽兹却很崇拜她，每次在楼梯间或是在街上碰到她，都会激动地使劲掐我的胳膊，或是用手肘撞我。

“她简直太漂亮了！”她激动得有些喘不过气来。

见丽兹对马伦如此着迷，我跟马蒂开始戏弄她。“雅各比刚过去，”一天下午，我们对丽兹说，“你就差了几秒钟。她看上去比以前任何时候都漂亮。”

“什么呀，”丽兹百无聊赖地说，“你们说什么我都不信。”

“千真万确，她还问起你了呢！”我们说，“她说要嫁给你。”

“你们这两个幼稚的白痴！”说着，丽兹来到客厅的沙发前，躺倒在妈妈身边，笑着瞅了瞅我，“猜猜看，谁刚刚把初吻给了一个女孩？”

妈妈的目光立刻转向了我。“真的吗？”她问。我依稀从她的语气里听出了肯定。

此后的对话，我已经记不清了。我只记得母亲突然从沙发上起身，放了一首歌：保罗·康特[①]的《跟我走》。她朝我伸出了手。

“听好，尤勒斯，”她边跳边对我说，“要想把女孩追到手，

---

① 保罗·康特(1937—)意大利歌手、钢琴演奏家、作曲家。其作品以元素丰富、旋律绚丽浪漫著称。

就跟她跳这支曲子。有了这支曲子，你肯定能把她追到手。”

母亲笑了。直到多年以后，我才意识到，这是她第一次把我当成大人。

晚上，就在父母动身前，我跟父亲起了一点争执。我最好把我的记忆原封不动地讲出来：

当时，我碰巧从父母卧室旁经过，父亲正在里面打包行李。他的神情有些紧张。

“你来得正是时候。”他说，“我得跟你谈谈。”

我倚着门说：“怎么了？”

他没有开门见山，而是拐弯抹角地说他并不喜欢我那些高年级的朋友，说我“交友不慎”。接着，他终于说到了圣诞礼物——那台相机。

“它一直被放在角落里。你还没用它拍过照片，对吧？你都没仔细瞧过它。”

那一瞬间，我觉得有些对不起父亲，连忙将眼睛转向别处。

“它真的很珍贵。我像你这么大的时候，要是能收到这样的礼物，肯定高兴得不行。”

“我不知道怎么用它拍照。那玩意儿又重又破。”

父亲站起身，朝我走了过来。他魁梧的身材和笨重的步伐都令我感到吃惊。“那是经典款，你懂吗？”在那一瞬间，他的脸上似乎又焕发了青春，“它比别的相机好多了。它是有灵魂的。这次回来，我教你怎么拍照和洗照片。一言为定？”

我犹豫着点了点头。

“你的眼光不错。你要开始玩摄影了，我也会替你高兴。”父亲说。这番话留在了我心里。

关于那个晚上，我还记得些什么？我还记得母亲在道别时亲了亲我的额头。在我的一生中，对这最后一吻和最后一次拥抱，以及她身上的香气和镇定的声音，我至少已经回想过上千遍了。我是那么容易想起这些，以至于后来都不敢确定它们是不是真的。

那个周末，我们姐弟三人一起待在家里。我们跟海伦妮阿姨玩马勒菲兹跳棋[①]（与往常一样，丽兹的唯一目标就是用白子把马蒂堵死），晚上我按照妈妈教给我的做法，给大家做了蘑菇蛋卷。

周六，我跟丽兹一起去了电影院，所以，当父亲打来电话时，只有马蒂一个人在家。奇怪的是，父母说他们还想在外头多待几天。他们租了辆车，打算绕道去贝迪拉克看看。

对此我没什么意见，只一心盼着他们从南法带回来一些小礼物和奶酪。

再往后就是一月八日，一个星期天。随后几年，我总认为自己早有模糊的预感，但这大概只是瞎想。傍晚时分，电话响了。阿姨

① 一种策略型桌游。

一拿起听筒，我便感觉气氛不对，连忙坐了下来。马蒂也站在原地一动不动。其他细节我已经记不清了，我忘了自己那天早上做过什么，也不知道那通电话过后我做了什么，还有为什么那天晚上姐姐没在家。

关于那一天，我脑子里只留下最后一点印象。直到多年以后，我才明白它的意义。

那天下午，我正在客厅里乱跑。丽兹正在画一个漫画故事。马蒂坐在她身旁，用潦草的蝌蚪文给居纳尔·诺达尔写信，那是他在挪威的笔友。但我总跟丽兹说，这个诺达尔是马蒂编出来的，其实并不存在。

我在马蒂面前摆出一个打拳的姿势。我当时正崇拜拳王阿里，尤其喜欢他狂妄的战斗宣言，自以为是一个很好的模仿者。

“嘿！”我对马蒂说，“讨厌的家伙，今天你死定了。你就是个汤姆叔叔！”

“尤勒斯，别闹了，你知道汤姆叔叔是什么意思吗？”①

我给了他肩膀一拳，见他没有反应，又给了他一拳。等他出拳还击的时候，我已经闪到了一边，边凌空挥拳边说：“轻盈如蝶，

① 《汤姆叔叔的小屋》是美国作家斯托夫人1852年发表的一部反奴隶制小说。主人公汤姆叔叔在小说发表初期被视为一名高贵坚忍的基督徒，后来被贬为投靠白人的非裔美国人的代称。

迅疾如蜂。”

我模仿的阿里可能并不像，但我至少学到了他灵活步伐的精髓。

丽兹激动地看着我们两个。

我又给了马蒂一拳。“第二回合，该你进攻了。”我做出一副怒目圆睁的样子，“我制服了鳄鱼，铐住了闪电，禁锢了天雷。上周，我刚刚谋杀了一块山岩，打残了一块石头，还把一块砖头揍进了医院。你呢，这么让人讨厌，我在战斗的时候都不想看你的脸。”

“随便你怎么说。”

“是啊，随便他怎么说。”丽兹嘲笑道，“你又要给那个不知道存不存在的挪威朋友写信了。”

“哎呀，你俩真是太无聊了。”

这次，我给他后脑勺上重重地来了一拳，害他写歪了一笔。哥哥一跃而起，朝我追来。我们扭打在一起，一开始还有些当真，但我不停地尖叫和咆哮，喊着“我才是王者”，马蒂终于忍不住笑出了声，我俩也放开了对方。

几乎与此同时，父母坐上租来的雷诺汽车，启程去贝迪拉克看望奶奶，而一位年轻的女律师也发动了自己的丰田轿车。她跟人约在蒙彼利埃一起吃晚饭，不想迟到。她的车在路面上打滑，冲进了对面车道，与我父母开的雷诺撞在一起。我父母当场死亡。

那个年轻的女律师幸存了下来。

结晶（1984—1987）

接下来便是重重困惑和迷雾。只有少许记忆的碎片偶尔带来一丝光亮。我站在慕尼黑的房间里望着窗外，望着院子里的秋千和树屋，还有被密密麻麻的枝条遮蔽的曙光。那是我们在那套公寓度过的最后一天，房间里的东西已经被搬空了。我听见马蒂在叫我。

“尤勒斯，你还来吗？”

我犹豫着转过头，心想，从今往后，我就将与这个心爱的小院永别了，我丝毫没有意识到，我的童年将就此终结。

没过多久，我便在寄宿学校度过了第一夜。我们到得很晚，我跟哥哥姐姐被分开了。我拖着箱子，在管理员的引导下穿过铺着漆布的冰冷过道。那里到处都弥漫着一股醋味，管理员走得很快，我落在了后面。终于，他打开了一扇门。房间里有三张床，其中两张已经有人了。那两个孩子早已昏昏欲睡，为了不打扰他们，我关了灯，在黑暗中脱下衣服。不知谁在我的枕头下藏了一个布偶。躺在新床上，我想起了我的父母，还有虽在同一所学校却又似乎很遥远的哥哥姐姐。我没有哭，一秒钟都没有。

我还记得几周后的一个冬日，北风从积雪的山丘上呼啸而过。我拉紧滑雪衫，捂住脸，艰难地朝前走去。我有些流鼻涕，每在新积的雪上往前迈一步，脚下就发出咔嚓咔嚓的响声。天气冷得让我肺里有些难受。一个小时后，我坐在冰冷的长凳上，望向谷底。周围的一切沉寂而陌生。我想象自己从这里纵身跃下，在离白晃晃的雪地只有几米的地方被空气托起，那该是多么紧张刺激的一幕。我急速上升，速度还在不断加快，寒风拍打着我的双颊，我张开手臂，朝天际飞去。我扭头望向远方的宿舍，这种感觉真是好极了。趁我不在，里面的人都在做些什么？我想象着他们滑雪橇、谈论女孩和说笑的样子。他们相互挑衅，有时玩笑开过了头也会生气，但很快就又和好了。灯光缓缓划破黄昏的天空。我想起了从前在慕尼黑的生活，那场意外让它戛然而止，思乡之情不过是褪色的伤疤。

等我回到寄宿学校，天已经黑了。我推开学校的大门，食堂里传来一阵嘈杂的声响，饭香、汗臭和止汗剂的味道混合成的刺鼻气味扑面而来。空气中满是期待、哄笑和被压抑的恐惧。我沿着过道往前走，迎面走来一个我不认识的男孩，一脸怀疑地打量着我这个新人。我本能地挺直身子，装出一副大男孩的模样，不敢露出马脚。那个男孩一言不发地从我身边走了过去。

我走进房间，坐在自己的床上，掸去头上的雪。待在此地的我只是一个游离的灵魂，一个十一岁的小男孩。其他人都在吃晚饭，只有我迷茫地呆坐在房间里。之后，我还会因为无故旷课受到惩罚。我望向窗外的黑夜。

父母去世后，我们姐弟三人被送进这所寄宿学校。它并不像我们当初幻想过的那样，是一所有着网球场、曲棍球场和陶艺工场的精英学校，而是一所廉价的乡间公立学校——有两幢灰色的宿舍楼和一个食堂，就建在当地中学的旁边。我们早上跟当地的孩子一起上学，下午和晚上则在宿舍、湖边或是足球场度过。这儿的孩子已经适应了这种军营生活，但久而久之，看着走读生们在下课后就能回家团聚，而我们却只能像囚犯一样待在学校里，仿佛天生便低人一等，抑郁之情难免溢于言表。我们必须跟人分享简陋的宿舍；有时候，陌生的室友最后也会变成朋友。一年过后，我们又得换宿舍。想要在如此狭小的空间里过上多彩的生活，难度可想而知。我们会相互争吵，也会彻夜长谈。我们很少聊什么真正重要的东西，很少触及那些平日不愿提起的话题。大多数时候，我们议论的不是老师就是女生：“她今天吃饭的时候又过来找我了。”或者，“什么？你不认识她？天哪，莫罗，她可是这所该死的学校里最漂亮的女孩。”

许多住校生在来这儿之前就不太安分，有些挂过科，有些还吸过毒。不时有一些前科累累的家伙像被海浪冲刷上岸的沉船残骸一样被送到这儿。作为公立机构，寄宿学校有义务接收任何学生。与这些人形成鲜明对比的是村里那些不知所措的少年，他们不得不眼睁睁地看着安逸的乡村生活被这群城里来的疯子搅乱。“你也是从院子里来的吗？”他们这样问。他们嘴里的“院子”与其说是寄宿学校，还不如说是疯人院。吃饭的时候，我们个个饥不择食，把盘子刮得一干二净。我们永远吃不饱，我们内心的空洞永远填不满。学校里总流传着各种小道消息，谁跟谁说过话，谁跟谁成了朋友，以及谁深受女孩欢迎，都会被准确地记下。并不是每一种改变都能得到认可。有些衣服刚被主人骄傲地展示了一番，便因为没能得到认同很快被塞进了箱底。有些住校生想在暑假后以全新的面貌示人，但自信满满地从家里回来没几天，就被打回了原形。每个人都是他人所认为的那个样子，过去如此，现在也一样。

前些年，我的内心更有安全感；现在，我时常会注意到傍晚照进过道的昏暗日光，以及树木在黄昏时投射在地上的魅影。每当这时，我总是不由得心头一紧。无论是我所生活的地球在宇宙中高速运转这一事实，还是挥之不去的“人终有一死”的念头，都足以引起我的恐慌。恐惧就像一条撕开的裂缝在我心中蔓延。我变得害怕黑夜，害怕死亡，也害怕永恒。这种想法就像一根刺，深深地扎进了我的世界。我越是想着这一切，就越跟那些无忧无虑的同学疏远。我形单影只，直到遇见阿尔瓦。

刚来这儿的时候，我在课上开了个玩笑。在从前的班上，我是插科打诨的好手。但这次，还没等包袱抖出来，我已经感觉到不对劲了。望着一张张陌生的脸，我曾经的自信荡然无存。最后，没有一个人被我逗笑。从此以后，我在班上的角色便被定了型。我是那个新来的古怪男孩，不修边幅，经常紧张到说错话，比如把“免费”说成“费免”。为了不成为全班的笑柄，我变得寡言少语，孤零零地坐在最后一排。直到几个星期后，一个女孩坐到了我身边。

阿尔瓦有一头金红色的秀发，戴一副角框眼镜。她一眼看上去就是个美丽却胆小的乡村女孩，只会用各色彩笔把板书抄在笔记本上。但她也有特殊之处。有那么几天，她似乎有意要避开其他人。这时候，她会闷闷不乐地望向窗外，一副心不在焉的样子。我不知道她为什么要坐到我边上，我们也没说过话。她的女伴们看到我们，总忍不住咯咯发笑。两个星期后，我又是独自一人了。她突然离开了，就像她突然出现时一样。

从此以后，我经常在课上观察她。当她被叫到讲台上回答问题时，我注意到她不安地把双手背到身后。我听着她甜美的嗓音，盯着她的红头发、眼镜、雪白的肌肤和美丽苍白的脸庞，但我最喜欢的是她那颗微微凸起的门牙。为了不让大家看见它，阿尔瓦说话的时候不敢张口，笑的时候也总是伸手捂住嘴。但有几次，她微笑的时候没太注意，还是露出了那颗歪门牙，而那正是我的最爱。我生活的全部内容就是隔着几排座位观察她，好不容易等到她回头，我又不好意思地转过脸，心里其实乐开了花。

但几个月后出了一次意外。那是一个闷热的夏日，最后一节课，全班一起看电影，一部根据埃利希·克斯特纳[①]的小说改编的片子。电影放到一半，阿尔瓦哭了。她蜷缩在座位上，肩膀颤抖着，最后还是没忍住哭出了声。这下，其他同学也注意到了。老师连忙暂停了视频——当时电影正放到一个夏令营中的场景——走到她身旁。她俩走出教室的时候，我匆忙瞥了一眼阿尔瓦通红的脸。全班同学应该都吃了一惊，但几乎没有人说什么闲话，只有一个人说，阿尔瓦的爸爸从来不参加家长会，也很少露面，她哭可能跟这个有关。这番话一直萦绕在我心头，但我从没跟她说起过。此后，她的痛苦就像从前一样被她小心地埋藏在心里。

几天后，我在放学后独自朝宿舍走去。

"尤勒斯，等等我！"阿尔瓦拉住我的衬衫不放，直到我转过身。她陪我走到了寄宿学校的门口。

---

① 埃利希·克斯特纳（1899—1974），德国作家、诗人、编剧，于1960年获得安徒生奖。

“你一会儿做什么？”她问我的时候，我们俩正不知所措地站在大门口。她说话总是细声细语，只有凑近了才能听清。虽然她是住在家里的走读生，但她似乎不太愿意回家。

我望着阴云密布的天空，想了想说：“不知道……可能听音乐吧。”

她红着脸不敢看我。

“你要一起听吗？”我问。她点了点头。

我的室友都不在房间，这让我松了一口气。我继承了母亲的唱片机和她收藏的唱片，有近一百张马文·盖伊、艾萨·凯特、佛利伍·麦克合唱团和约翰·克特兰等人的专辑。

我把尼克·德雷克[①]的《粉月》放进了唱片机，这是母亲最爱的专辑之一。从前我对音乐不怎么感冒，但现在，每当唱针被放到黑胶唱片上时，我总能度过一段欢乐的时光。

阿尔瓦听得很认真，脸上的表情几乎没有变化。“很好听。”她说。说来也怪，她没有坐在椅子上，而是坐在我的书桌上。她从书包里掏出一本书，一声不响地读了起来，好像我的房间是她家一样。见她在我身边感觉这么自在，我也很开心。午后的阳光穿透云层，

① 尼克·德雷克（Nick Drake，1948—1974），英国歌手、音乐家，以其轻柔简单的吉他歌曲著称。生前默默无闻，去世后才逐渐获得瞩目。生前只发表了三张专辑，后来全被追认为民谣经典之作。《粉月》为其第三张专辑。

将房间映成了白兰地的颜色。

“你在读什么啊？”过了一会儿，我问，“好看吗？”

“嗯。”阿尔瓦点了点头，给我看书名：哈珀·李的《杀死一只知更鸟》。她跟我一样，那年都是十一岁。我注意到她又沉浸在了书里，两眼顺着文字的方向左右移动。

终于，她合上书，开始检查我的东西。这个奇怪的家伙，莫名其妙地闯进了我的房间，好奇地研究起了我的蜘蛛人漫画和相机。她先拿起那台玛米亚，接着又逐一观察父亲后来经常用的那几台相机。她用心地触摸着这些物件，仿佛要证实它们是不是真的存在。

“我从没见过你拍照。”

我耸了耸肩。阿尔瓦拿起我的全家福，上面有我的父母。

“你父母死了。”

这句话着实吓了我一跳。我记得自己当即关掉了音乐。自从来到这所寄宿学校，我从未跟任何人提起过这件事。

“你怎么知道的？”我问。

“我问过一个管理员。”

“为什么？”

她没有回答。

“没错，他们半年前死了。”每说一个字，就仿佛有一柄铁锹插进冻土里。

阿尔瓦点了点头，盯着我的眼睛看了很久。我们相互望穿对方内心世界的这一瞬间，我永远都不会忘记。有那么一刻，我看到了她一直极力用言语和表情掩饰的痛苦，而她也发觉了我深藏在心中的情愫。但我们没有再深入下去。我们各自站在对方心灵的门槛上，没有再问更多问题。

约三年后，一九八六年年底，阿尔瓦已经成了我最好的朋友。每周我们都会一起听好几次音乐。她时常讲一些自己的故事。她崇拜运动员，她的父母都是医生，她想在毕业后去俄罗斯，因为她最喜爱的作家是俄国人。但我们从来没有谈起过真正重要的事情，也没说起过她那次看电影时哭泣的原因。

就在我们快满十四岁的时候，我们所在的八年级出现了一道鸿沟。一边是阿尔瓦和其他一些同学，他们看上去更成熟，更强壮，嗓门更洪亮；另一边则是一群发育比较晚的家伙，笨手笨脚，营养不良，我就是其中之一。我已经有好几年没长个子了，如果说我在童年时还展现过一些天赋，那这段时间绝对是我青春期最为黯淡的时光。我以前喜欢做各种各样的梦，而梦也有狂野的一面。当这一切都消失之后，我变得越来越内向。有时一个人独处，我甚至会讨厌自己。

一个秋日的晚上，我去哥哥那儿。他住在二楼西侧，在我这种低年级住校生眼中，那儿可是危险区域。那一层住的都是十六七岁的孩子，空气中弥漫着骚乱的气息。这个年纪的人精力过剩，却又无所事事，突然拉扯、谩骂、扭打在一起，是家常便饭。我注意到几个大孩子紧张地在走廊里游荡，另一些人坐在敞开的房门口，有几个虎视眈眈地盯着我，就像猛兽盯上了擅闯它们领地的不速之客。这话一点都不夸张。

哥哥的宿舍在走廊最里面。与我和姐姐不同，马蒂这些年似乎并没有受到什么影响，毕竟他失去的东西是最少的。他就像一只经历了核战的蚂蚁，在风浪过后，不受任何影响地继续爬行。那会儿他已经有一米九了，活脱脱一个笨手笨脚的瘦巨人。长发被他编成辫子披在脑后，他的样子就像伍迪·艾伦年轻时的翻版：他只穿一件黑色的皮衣，嘴里成天说着一些没人能懂但又若有所指的话，再加上他的鹰钩鼻和眼镜，简直就像一个活的稻草人。他不怎么受女孩欢迎，但十六岁的他已经成了一群奇葩和怪人的头目。马蒂所率领的这支影子大军，成员主要包括寄宿学校里的外国人、各种傻瓜和自作聪明的人，以及他多年的室友托尼·布伦纳。他是学校里唯一一个奥地利人，因为浓重的奥地利口音，理所当然地成为寄宿学校坐标系里的边缘人物。

快到马蒂门口的时候，两个男孩拦住了我的去路。其中一个很瘦，浑身脏兮兮的，嘶哑的声音配上高耸的头发，像极了一条小鬣狗。另一个是个胖子，模样我已经记不清了。

“喂，莫罗！”瘦子抓住我说，“慢着！”他俩轻蔑地笑了笑。

太可笑了，我心想。这两个跳梁小丑，还真当自己是号人物啊！就像每次跟人打架前一样，一股无名之火涌上我的胸口，但我很快就软了下来。这里我能打得过谁啊？我连变声期都没到呢！我就是个天大的笑话。

我扯开嗓子，朝着一米外马蒂的房间使劲叫喊。没有回应。我继续喊道："救命，马蒂，求你了！"但任凭我怎么叫喊，那扇门始终没有打开。

那两个抓住我的家伙相视一笑，把我拖进了澡堂。一路上，又有几个手舞足蹈的学生加入了他们的队伍，最后竟有五个人将我擒住。我使劲挣扎，但根本没有机会逃脱。他们将我连人带衣裳拽到喷头下，把我淋得浑身都湿透了。空气里全是廉价洗发液和霉菌的味道，我闭上眼，耳边是其他人的嘲笑声。接着，不知谁出了个主意，说要把我剥光衣服扔到女生住的那一层。于是，他们又大声叫嚷着抓住了我。

"我恨你们！"我咬紧嘴唇，努力不让眼泪流下来。

"闭上你的臭嘴！"有人说。就在这时，一个棕发男孩走进了浴室，是托尼，我哥哥的室友。我心里一阵狂喜。托尼是个天生的滑雪健将，有一身发达的肌肉，经常在健身房一练就是好几个小时。他走到那条小鬣狗跟前，一把把他放倒在地，其他人都吓了一跳。

接着，他走到我面前，对我说："你还好吗？"

我还在发抖，喷头里的水实在太冷了。托尼把手搭在我肩上，送我进了哥哥的房间。他的脚有些跛，这是第二次膝盖手术的后遗症，不知道他是否会因此放弃滑雪。

突然，他冲我咧着嘴说：“她给我回信了吗？”

他大概是想让我振作一些。跟其他许多人一样，托尼也是姐姐的追求者。就在几个月前，托尼央我给丽兹送了一封情书，但她一直都没有回信。从此，托尼就总拿这件事开玩笑，问丽兹是否终于有时间读信了。

来到哥哥的房间，我的衣服还在滴水。马蒂这几年越来越沉迷于电脑，这时，他从电脑前转过头，问我：“怎么回事啊？”

我没理他，扭头看向窗外：另一座宿舍楼此时正灯火通明，远处依稀可见森林的剪影。马蒂继续敲着他那台二手康懋达电脑的键盘。从他故作忙碌的身影中，我隐约能看出他内心的愧意。

“你没来帮我，”我说，“我向你求助了。”

“我没听见。”

“你听见了，就在你门口。”

“我真的没听见，尤勒斯。”

我怒气冲冲地瞪了他一眼：“只要你开开门，他们就会放我走的。你只要露个面就行了。”

哥哥僵在那儿没有说话。最后我说：“你至少该承认听见我喊你了。那样我也会原谅你。”

见马蒂过了几秒仍未回答，我走出了他的房间。在那些年里，一想起哥哥，我的眼前便会出现那扇紧闭的门。

我们朝着湖边走去，我想给阿尔瓦看点东西。前两天刚下过雪，这么多年来我第一次带上了父亲留给我的一台相机。我用滑雪衫、围巾和帽子将自己裹得严严实实，却发现阿尔瓦就像从某个苦修教派逃出来的孤儿一样，穿得十分单薄，薄外套里面就一件褪色的衬衫。她虽然肯定也觉得冷，却没有任何表现。

等我们来到湖边，太阳已经快要下山了。几个住校生穿着冰鞋在湖面上溜冰。

“跟我来。”我把阿尔瓦引到一个偏僻的角落。那儿几乎听不到其他人的声音，只剩下我们两人面对着结冰的湖面。

阿尔瓦尖叫起来。她发现了那只狐狸。透过冰面，可以清楚地看见它冻僵的嘴，而他身体的一部分还露在结冰的湖面上，蓬乱的毛发上覆盖着一层晶莹闪亮的冰珠。它似乎是在奔跑中被冻住的。

“这死法太悲惨了，”阿尔瓦吐出一口雾气，“干吗要给我看这个？”

我用手套掸了掸湖面上的雪，好让狐狸的眼睛显得更清楚一些。

“我曾经见过一条狗溺水身亡。但这只狐狸却不一样，我以为你会感兴趣。它看上去那样安详，那样不朽。”

“我觉得这糟透了。”阿尔瓦扭过头说。

“你现在觉得它糟糕，但我敢打赌，二十年后，你还会想起这只冻死的狐狸。”说到这儿，我忍不住笑了出来，“就连卧床等死的时候，你都会想起它。”

“别说傻话了，尤勒斯。”

我拍了几张照片，便与她一道朝着村里走去。随着最后一缕晚霞消逝在天边，周围的一切都遁入了黑暗之中。天越来越冷，我的手在口袋里攥成拳头。终于，我们来到了咖啡馆。

走进室内，阿尔瓦一个劲地搓手取暖。她刚刚涂过指甲，我一脸狐疑地盯着她亮红的指尖：这是一个觉醒和改变的信号。我们一边喝着热可可，一边聊着我姐姐。她最近因为在晚上偷偷开溜，又惹上了麻烦。

“我听说她快被学校开除了。”我说，“可她还是一副什么都无所谓的态度。”

“我喜欢你姐姐。”阿尔瓦只简单地说了一句。她跟丽兹在我的房间里有过一面之缘。“我觉得她漂亮极了。我也想有一个这样的姐姐。”

我不知道该说什么。这时，我看见“小鬣狗”从窗边走过。我狠狠地瞪了他一眼，阿尔瓦则在一边心神不宁。我没来得及细想，就把那晚在浴室的不光彩经历告诉了她。现在，我担心她会把我看作一个懦夫。

“我该狠狠地揍他一拳的。”放过大话后，我喝了一口热巧克力，“以前我当他是……我也不知道自己为何什么都没做。”

阿尔瓦笑着说：“尤勒斯，我觉得那样挺好的。他的块头可比你大多了。”说着，她扬起了半边眉毛，“你多高啊？”

“一米六。”

“什么？你绝对没这么高。站过来跟我比比。”

我们并肩站在桌子旁。阿尔瓦还是比我高几厘米。有那么几秒钟，我们面对面贴在一起，我都能闻到她新买的香水那股发甜的味道。之后，她重新坐了下来。

“你的胡子是巧克力色的。”她说。

“你知道我有时候是怎么想的吗？”我擦了擦上唇，盯着她说，“这儿的一切就像播种的过程。寄宿学校，课堂，还有父母的不幸。这些种子都被撒进了我心里，但我还不知道自己最后会长成什么样。等我长大成人后，才能迎来丰收的日子，但那时一切都太迟了。”

我殷切地等着她的回应。出乎我意料的是，阿尔瓦竟然微笑起来。

我有些困惑，直到我转过头，看见一个中年级的男孩出现在我身后，他肯定满十六岁了。他像演员一样，自信地笑着朝我们走来。阿尔瓦还从没有用那样的眼神看过我。在他俩有说有笑的时候，我只感觉自己懦弱无助。这种感觉，在之后的几年里也没能完全消失。

我在食堂门口看见了姐姐。她像女王一样端坐在一条长凳上抽烟，身边围着一群她的同学。丽兹那年十七岁，穿着一件橄榄绿的连帽衫，脚踏一双匡威运动鞋，一头金发几乎遮住了整张脸。她的个子在女生中算是很高了，得有一米八，可她还是喜欢跑跑跳跳，不愿意安静走路，还总是把别人的赞美当成爱慕，只做自己感兴趣的事情。当时，她对男人的身体有一种轻率的好奇；她要是喜欢谁，就会毫不遮掩地贴上去。假期里，她经常跟年龄比她大的熟人一起出去，有两次被警察送了回来，还摆出一副引以为荣的架势。

周围的同学正饶有兴致地听她讲慕尼黑一家迪斯科舞厅的事。这时，一位实习老师走过来，对她说："丽兹，过来一下好吗？你干活的时间到了。"

"烟还没抽完呢！"姐姐说，"而且我怎么都想不通凭什么我要干活。"

丽兹低沉的声音很容易把人吓一跳。她的嗓门很大，仿佛她正站在舞台上。当然，从某种意义上说，她的确是站在舞台中央。

她当着众人的面跟那个实习老师争执起来，不停地叫道："你休想，我才不干呢！"

对所有实习老师，她一律称"你"，而不是敬称"您"。

"而且我身体也不舒服……"烟头还叼在她嘴里，"我病了。"

接着，她自己都笑了。她深吸了一口气，说："好吧，我过五分钟就来。"

"三分钟。"那个年轻的实习老师说。

“五分钟。”丽兹放肆地朝他抛了个媚眼，搞得他不好意思地转过头去。

这一切都发生在圣诞节前。每一层楼的门上都挂上了花环，晚饭也供应起了胡椒蜂蜜饼、橘子、榛果和潘趣酒。过节的喜庆气氛洋溢在宿舍的每一个角落，但我讨厌过节。没有哪个同学的家长愿意将我带回家。当其他同学都回去与家人团聚的时候，我只能去慕尼黑的阿姨那儿，而这每次都让我感到痛苦。

阿姨那年五十出头，她和蔼可亲，晚上总爱端着葡萄酒杯玩填词游戏。妹妹的离世把笑容从她的脸上赶走了。过去几年，她变胖了许多，看上去就像一个不再了解游戏规则的观众。但每当我们需要鼓励的时候，她的脸上总还能挤出些许笑容。她带我们去打保龄球，看电影，给我们讲父母的往事，而且她似乎是唯一一个能弄明白马蒂脑子里那团糨糊的人。晚上，他俩经常一起坐在厨房里喝茶聊天。坐在她身边，哥哥的语气里少了那种“我比谁都懂”的感觉，说到自己不受女孩欢迎的时候，还会任由阿姨把他搂到怀里。

圣诞节期间，我们在阿姨家的客厅里打地铺过夜。丽兹把所有东西一股脑堆在上面。马蒂则将自己的东西归置得井井有条，地铺也打理得十分平整，搞得我们都不敢坐在上面。再次与哥哥姐姐离得这么近，感觉有些奇怪。平时，我们很少一起做什么。进入寄宿学校后，我们生活在平行世界，尽管吃午饭时只隔着一张桌子，感觉却像是生活在两个不同的国度。可现在，我们三个并排躺在电视机前，看一部介绍埃及法老拉美西斯二世的纪录片。片子里说，拉美西斯二世认为自己还在娘胎里的时候就已经拥有了无穷的力量。他管这叫“强大到娘胎里”。我们三个相互打趣着问道：“你强大到娘胎里了吗？”说起某个人的糗事，我们会说：“哎呀，怎么说呢，他还没有强大到娘胎里啊！”

圣诞前一天的早晨，我去找蜡烛，却在储藏室里遇到了姐姐。她匆匆关上我身后的门，说：“圣诞节快乐，小鬼。”拥抱完我，她又自顾自地卷起了烟卷。我有些出神地看着她舔了舔滤纸，然后闭上双眼。

“你跟阿尔瓦怎么样了？”她吸了一口烟，看着烟圈在空中消散，“她跟你挺配哦！”

“没什么，我们就是朋友。”

姐姐遗憾地点了点头，又撞了我一下：“你到底有没有亲过女孩子？”

“没，除了那次之外……你不记得了吗？”

丽兹摇了摇头。她似乎总能活在当下，将过去的许多事情忘得一干二净。我则喜欢回顾和反思经历过的事情，把它们整理到一块儿。

“怪不得你找不到女朋友。”她瞧了一眼阿姨陪我在沃尔沃斯[①]

---

① 一家有近百年历史的全球连锁超市。

买的衣服："你穿得就像八岁的小屁孩。我们得赶紧给你买衣服去。"

"我得打扮得更酷一些？"

丽兹若有所思地看着我："听着，我现在说的话很重要，你永远不能忘记。"

我满心期待地望着她。我知道，这时候她说什么我都会相信的。

"你不够酷，"她对我说，"很不幸事实如此，这也不是你能改变的。所以试也是白试。但至少你可以做到看上去很酷。"

我点点头："你真的快要被开除了吗？"

丽兹倒吸了一口凉气："什么？这是谁说的？"

"不知道，有人这样说。要是他们抓住你嗑药了，会怎么样？我不是说大麻，而是……别的什么东西。"

"不会的，我强大到娘胎里了。"

我指望她会补充一句："反正我也不吸那些东西。"但显然她不愿意帮我这个忙。"你知道吗，"她的笑容有些僵硬，"前几周发生了很多事情。有时候，我真觉得我……"

她努力想找出恰当的词语。

"怎么了？你觉得什么？"

我睁大眼睛看她的样子显然逗乐了她，但她只是摇了摇头说："没什么，小鬼，当我没说过。我不会被开除的。"她冲我眨了眨眼，"但挂科就说不准了。"

后来，我们跟阿姨一起装饰了客厅。广播里放着香颂[①]，有那么一刻，一切仿佛都跟以前一样，只是少了两个人。一如往昔，只是一切都变了样。

平安夜，矛盾再次升级。那年，丽兹头一回没有送我们她的画，而是弹着吉他为我们唱歌。之前，我就经常见她坐在寄宿学校的台阶、长凳或跑道上，聚精会神地练习。但是，她虽然也有甜美的嗓音，却怎么都不愿意像母亲当年一样弹唱那首《月亮河》。

“我宁愿一头栽倒在地，也不愿意弹这首糟糕的曲子。”丽兹盯着自己的指甲说，“我一直很讨厌它。”

“你明明喜欢的。”马蒂小声说，“我们大家都喜欢。”

晚饭后，我们一起玩马勒菲兹跳棋。马蒂本来已经快赢了，但我和姐姐组成联盟，用白子围住了他。他嚷嚷着骂我们，听到丽兹获胜后情不自禁的欢呼声，他的嗓门更是高了八度。

收拾棋盘的时候，丽兹把一个白子装进了自己的口袋。

“权当吉祥物吧！”她小声对我说。

在我看来，那是那个圣诞节最美好的一刻。那个晚上原本风平

① 法语 chanson 的音译，本意为“歌曲”，广义上指法语世俗音乐。今天一般指按照法语节奏创作的复古怀旧的情歌或经典爵士乐曲，被认为特别“法国”。

浪静，直到阿姨问起寄宿学校的情况。

我默不作声，马蒂抱怨个不停（当时的他在空房间里也能自己跟自己拌嘴），丽兹则挑衅似的说起了湖边的夜晚、派对和男孩子们。她津津有味地逐个剖析老师们的弱点，说起她的那些爱慕者拙劣的表现，时不时幸灾乐祸地笑上几声。

马蒂皱着眉头说：“丽兹，你就非得一直将这些故事挂在嘴边吗？我不想扫你的兴，但这的确有点招人烦。”这是典型的马蒂句式。他总爱说“我不想……”，然后说出意思相反的话。

丽兹不屑地挥了挥手，说：“你自己没有女朋友，就来忌妒我。你知道学校里的人管你的房间叫什么吗？手淫室。”

“什么？”阿姨问。

“喂，闭嘴！”马蒂玩弄着皮大衣的领子。就算在有暖气的房间里，他也不愿意脱下大衣。他的脸色就像泛黄的纸张，一头油光发亮的长发配上他刚留的山羊胡，就像费城那些打扮得脏兮兮、随时可能在超市里抢个五美金和一袋牛奶的小贼。

“你还是先关心一下他们在学校里是怎么议论你的吧！”他说。

“什么？他们说什么了？”丽兹问。

“哎呀，没什么。”马蒂显然意识到自己说漏了嘴。

丽兹先看看他，又看向我：“你知道他在说什么吗？”

我不说话。我当然知道哥哥说的是什么。那些人在背后议论姐姐的话也传到了我耳朵里。那些肯定都是谎言，出自那些失望的男孩和忌妒的女孩之口。可我对姐姐又了解多少呢？

“他们在学校里怎么说？”阿姨问道。

“他们说她是个……婊子。”马蒂自己也被这句话的破坏力吓到了，我能看出他不想再说下去，但好像有一股内在的力量逼迫他继续，“还有人说她打过胎。”

咣当一声。丽兹把吃甜点的勺子摔在了盘子里。她猛地站起身，走出了房间。几秒钟后，我们听见了大门关上的声音。我跑到窗边，看到姐姐快步消失在夜色中。

虽然丽兹第二天一早就回来了，但没过几个星期她便辍学了，自此在我的生命中消失了好几年。她跟一个同学说，她对高中毕业考试没什么兴趣，更想去外面闯荡。她大概也这样做了。那段时间，我一直在找寻原因。我每天都在等她的消息，等她寄来一封信、一张卡片或是打来一通电话。我就像海难幸存者一样，不停地拧着无线电的旋钮，想听到一点动静。但连着好几年，从姐姐那边传来的只有沙沙的电流声。

化学反应（1992）

我站在寄宿学校的停车场上，望着从天边的晚霞间划过的一道飞机云。与往常一样，每当自然景观勾起我对往昔的回忆时，我的胃都会为之一紧。那年我十九岁，马上就要参加高中毕业考试了。未来在我眼前揭开了面纱，我像所有还没在生活中犯过大错的年轻人一样，怀着一种自欺欺人的兴奋。

十五分钟后，一辆红色的菲亚特出现在寄宿学校里。我坐到副驾驶座上，亲了亲阿尔瓦的脸蛋。

“你还是那么不准时。”我说。

“我喜欢让你等着。”

她松开离合器，加速往前开去。

“家里怎么样？”她问，“有没有要跟我交代的风流韵事啊？”

“哎呀，你知道的，我就是个忧郁的孩子……”

“尤勒斯，你是个忧郁得过了头的孩子。”

阿尔瓦仍不愿松口，不依不饶地问起了我们班上的一个女孩——她的名字就不在这儿提了。“她怎么样？你假期见过她吗？”

“被告有权保持沉默。”

“说嘛，怎么样？”

我叹了口气：“没见过。”

“哎呀，莫罗先生，我还以为你的本事要更大一些呢！”

“真逗。我都不知道她是不是喜欢我。”

“你知道自己有多帅吗？她当然喜欢你了。”

阿尔瓦乐开了花。她总喜欢给我鼓劲，并将我跟某个女生撮合到一起。

说到这儿，我不得不提一句，这些年我真的长个了。我有了父亲那般乌黑的头发，也继承了他浓密的胡须，偶尔才会刮一下。我成熟的模样和粗暴冷漠的目光让我自己都感到吃惊。

在学校的这几年，我有过两段短暂的感情经历，但都不怎么认真。我当时更感兴趣的是摄影。我掌握了冲洗底片所需的各种化学反应。寄宿学校的地下室里有一个空房间，我被允许把那儿当作暗室。

我沉迷于自然之中，背着父亲的相机在湖畔一坐就是好几个小时，或是漫步于草地和森林中，直到天黑才满载而归。透过玛米亚相机的镜头，周围的事物似乎焕发了生气。树皮忽然有了神采，水面的层次也有了意义，就连镜头前的人物也变得与众不同，有时候，我甚至只有透过取景器才能读懂他们的目光。

“从现在起，我不想再听任何借口了。”坐在我身旁的阿尔瓦斩钉截铁地说，“你不能一直这么胆小，你只剩下几个星期了。”接着，她又恳切地说，“难道你希望跟她什么都没发生，就这样毕业吗？”

我沉默地望向窗外。周围渐渐暗了下来，仿佛正在为黑夜刷上第一层底色。

过了一会儿，阿尔瓦轻轻推了我一把，说：“你这副样子，到底在想什么呢？”

“什么？我怎样了？”

阿尔瓦惟妙惟肖地模仿了一个像是深陷梦境、浑浑噩噩的沉思者的样子。

“你在想什么啊？”她又问了一遍，我依然没有回答。

自从来到寄宿学校，我几乎天天与阿尔瓦见面。阿尔瓦就像我的替代家人，在很多方面甚至比哥哥姐姐还有阿姨更亲。但这几年，她也变了。当然有时候，我还是可以让她露出天真无邪的笑容；在一起听音乐的时候，一个简单的对视，我们就能明白对方的心意。但有时候，阿尔瓦会露出她的另一面。这个阿尔瓦越来越频繁地躲避我，独自一人坐在长凳上抽着烟，生着闷气，还总说出一些不符合她天性的话。

红彤彤的头发和白净的皮肤为她赢得了一些仰慕者。但直到快满十六岁时，她才交了第一个男朋友。之后，她又小心翼翼地跟一两个高年级的男生交往过。如果说在我眼里丽兹爱的就是性，她能在每个男人身上找到特别之处，那阿尔瓦则似乎把身体当成防御的武器。一旦有人对她动了真情，她就会忙不迭地把他甩掉。她的身体里好像有什么东西摔成了碎片，每个靠得太近的人都会受伤。

从十七岁起，她干脆对男人敬而远之。她似乎抵触任何形式的接触，有谣言说她其实对女人更感兴趣，也有人说她是个异类。阿尔瓦对此不屑一顾。相反，她开始痴迷于学习和阅读哲学书籍，起劲地看萨特和克尔凯郭尔。虽然不久前她又交了个男朋友，但我们从未聊起过这个话题。

那天晚上，我们一起开车去酒吧。半路上，阿尔瓦在一个电话亭里给她母亲打了个电话。“和尤勒斯在一起。”我听见她说，“不是，那是另一个，你不认识。”她的嗓门越来越大，“我方便的时候就来。”最后，她嚷嚷了一声，挂了电话。

她的母亲总是神经兮兮地打听女儿的行踪，阿尔瓦不止一次威胁她，说要在毕业考试结束后永远消失，不再回来。但她俩之间究竟发生了什么，我并不清楚。阿尔瓦不让我知道她家里的事情，我每次问到她的父母，都会被她打断。有几次，我去她家里接她，每次她都会站在门口等我，我根本没有机会进屋看看。

“一切都还好吗？”她回到车里时，我问。

她点了点头，发动了车子，但她显然有心事，眼神里也多了一丝阴郁。阿尔瓦开车一向飞快，但这一次，她来了一个急转弯。她打开车窗，任由迎面而来的风吹着她的头发。这时候，我终于意识到，对我来说，她有可能变得危险——我实在找不出别的词来形容这种感觉。从几个月前起，她就跟我玩起了这个游戏。她明知自己一开快车，我就会感到害怕，但不会当着她的面承认这一点。于是，她就驾驶着这辆红色的菲亚特，在转弯的时候越开越快。我坐在椅子上一声不吭的样子似乎能给她带去欢乐。她一点点地突破底线。直到那天晚上，我意识到她不但不会停手，而且已经做好了冒险的准备，我终于打破了沉默。

“慢点开。”当她再次飞车转弯的时候，我说。

“你害怕了吗？”

“是的，该死。开慢点。”

阿尔瓦立即松开了油门，朝我微微一笑。这笑容既像胜利宣言，又显得那么悲伤。

她把红色菲亚特停在了村里潦倒的酒馆门前，这家名叫“头彩”的小酒馆是高年级学生的聚集地。投币唱片机里播放的大多是过时的摇滚歌曲，台球桌的桌面已经被磨破了。飞镖盘边上的两台游戏机对乡间的落魄鬼有着神秘的吸引力。

我们没直接进酒馆，而是在车里坐了一阵。阿尔瓦调低了收音机的音量，开了一罐啤酒。接着，她意味深长地看着我说：“把车前柜打开。”

我找到一件用彩纸包装的方方正正的礼物。“是给我的吗？”

见她点头，我撕开了包装。里面是一本相册，贴着我们少年时代的照片，每页都配了一首温馨的小诗。准备这件礼物肯定花了她不少时间。

有那么一会儿，我感动得几乎说不出话来。“你为什么要做这个啊？”

她若无其事地说：“啊，就觉得你肯定会喜欢的。”

我看着这些照片，有我们一起去湖边、郊游、听音乐会、过节、去慕尼黑参加街头庆祝活动的，也有在我寝室里的。我伸手抱住了她，见我如此喜悦，她脸红了。

她又说起了卡森·麦卡勒斯那本《心是孤独的猎手》，那是她的最爱。“你得找机会读读。”她说。

“嗯，我知道，正想读呢！”

“求你了，尤勒斯，我想听听你对这本书的看法。光是书中那些在深夜徘徊游荡的人物就足以令我着迷。最后他们都进了那家咖啡馆，唯一到了午夜还开门的那家。”一说到书，她就眉飞色舞，“我也想成为那样一个文学人物——在黑暗的城市里四处游荡，最后在午夜走进咖啡馆。”

阿尔瓦的声音很轻，但她的眼里闪烁着光芒，这已经足以令我神魂颠倒。

我给她讲了假期去慕尼黑的经历。我回去看了小时候住过的那幢房子："他们把所有地方都装修过了，连院子里的秋千和树屋也不见了，取而代之的是一片花丛。那幢房子看上去是那么奇怪，那么陌生。在那里，我总感觉有人在看我，仿佛在暗中观察一个小偷。"

相反，阿尔瓦很少说起她的童年。只有一次，她对我说，当她还是小孩子的时候，即便是在阖家团聚的日子里，她也能感受到"一切必将成为过去"的痛苦。每当想起这番话，我就仿佛看到了自己。

我看到两个同学走出"头彩"的大门。

"你要吗？"阿尔瓦问。

我没有回答，我得先做点心理建设。接着，我看到她开始卷大麻。在这之前，我还从没有吸过那玩意儿。

"当然，"我说，"这是从哪儿弄来的？"

"我是一个贩毒团伙的头头，之前没跟你说过吗？"

"头头？你杀过人吗？"

"迫不得已杀过几回。"

她阴阴地看了我一眼，还满像那么回事的。

事实上，阿尔瓦在这件事上一直很小心。弄好烟卷后，她使劲吸了一口，然后递给了我。

"你得使劲吸，好把烟气留在身体里。"

我点点头。烟气起初有些呛人，但过了一会儿我便适应了，脑子也变得昏昏沉沉。我舒服地躺倒在副驾使座上，脑子里不停地闪现儿时的那个家。令我感到惊奇的是，我几乎看不到准确的画面。我很难回想起每个房间的样子。厨房的钟到底挂在哪儿？我房间的墙上都挂着哪些画？

接着，我的脑海里闪过一辆出租车在深夜的路灯下拐过街角的画面。这一幕不停地出现在我眼前。我跟在出租车后面想喊些什么，但它已经消失了。我知道这个画面对我十分重要，但这段记忆就像浸在显影液里的底片一样，尚未准备好。

“怎么了？”阿尔瓦问。

“没事，咋了？”

“你在发抖。”

我也意识到了这一点，连忙做了几次深呼吸。终于，我恢复了平静，不再去想那辆开走的出租车。

“你哥哥姐姐怎么样了？”她问，“你多久见他们一次？”

我深吸了一口气，想着要不要告诉阿尔瓦我与他们日渐疏离的事情。最后，我只是耸了耸肩。“我姐姐现在大概在伦敦，哥哥在维也纳。”

“那就是说你们很少见面喽？”

“不……事实上几乎没怎么见过。”

阿尔瓦从我手中拿过烟卷，任由它在空气中继续燃烧。她调大了收音机的音量，闭上了眼睛。她就这么一动不动地待了一阵，突然抓起我的手，双眼依然紧闭着。她没有进一步行动，没有靠近我，只是牢牢地抓住我的手。我往她身旁挪了挪，她也往我这边靠拢了一点，然后她缩回了手。

周末，许久不见的马蒂突然来看我。他在我的房间坐了一会儿，之后，我们一起上了他的车，一辆二手的梅赛德斯。我不清楚哥哥除了在大学里念计算机专业，还在做些什么，但他显然成功地参与了好些项目。不久前，他跟从前的室友托尼及另一个有钱的同学一起成立了一家公司，主要搞“网络化”和“信息工程”，这些概念在我听来有些抽象。寄宿学校的这段不幸的时光似乎磨炼了他的意志。他用过去、现在和将来搭建了三级台阶，现在正拾级而上，迅速走向高处。

“你觉得你的公司能搞出名堂吗？”我问。

“一切都会如我们所愿的。”哥哥笑着说，“我们强大到娘胎里了。”

我们一起走到车旁。我高兴地发现托尼也一起来了。他还像以前一样强壮。此时，他正靠在驾驶座的门上啃苹果。

“莫罗家的尤勒斯。”他说。

“布伦纳家的安东[①]。”我说。

我们相互拥抱。我几年前参加田径队时，托尼经常跟我一块儿

① 安东和托尼都是安东尼的昵称，这里指的都是托尼。

在健身房练举重。有时候，我们练完还会一起去喝杯啤酒。他教会了我一些魔术和纸牌的把戏，也仍旧对丽兹痴情不改。后来，在又一次膝盖手术后，他的身体已经不再适合从事体育运动了，他愈发觉得，作为补偿，他应当可以娶到我姐姐。

聊到这段往事，他皱着眉头说："她终于给我回信了吗？"

我们一起来到湖边。在马蒂天马行空地大谈因特网的未来时（"那将是一个全新的世界，尤勒斯，你懂吗？旧的世界已经无路可走了，但我们很快就会成为开路先锋。"），我打量着他的装扮：中分发型，无框眼镜，休闲装，还有编织皮鞋。这个以前从头到脚一身黑的电脑极客，现在已经有了一副哈佛高才生的派头。虽然哥哥的脸长得不那么出众，长长的鼻子，扁扁的嘴唇（丽兹有一次说："这张脸就像桑贝[①]的铅笔素描稿。"），但他的模样已经比上学时上了一个档次，何况他现在还干劲十足。

"我一直相信你哥哥会成为一流的经理人。"托尼说，"我就跟着他混了。"

但马蒂依然保留着他的怪癖：每次经过水洼，他都强迫自己从中间跨过。早在寄宿学校的时候，如果不反复检查门把手，他就不

---

① 让-雅克·桑贝（Jean-Jacques Sempé，1932—　），法国漫画家，曾与勒内·戈西尼合作创作《小淘气尼古拉的故事》，以招贴画式的画风著称，善于用幽默的态度展现小人物的喜怒哀乐。

会离开房间。得先按四次，然后十二次，接着又是八次。他似乎用一个疯子所特有的科学与严谨发明出了一套完整的逻辑体系，而我虽然总在旁边数数，却从未搞懂他这套体系。

他俩问起我在这儿的情况。我该说什么呢？过了九年，我已经能很好地扮演一个乐观合群的住校生角色，有那么几次，连我自己都以为我真的无忧无虑。但我还是只字不提我的父母。我最大的愿望就是不再做一个孤儿，而是做一个普通的孩子。我小心地把对父母的回忆打包储存，安放在意识的某个角落。以前我还经常去父母在慕尼黑的墓地看看，现在已经好久没去了。

“我不想让你担心，”马蒂说，“但丽兹的情况不好。她不久前来过维也纳，一副要完蛋的样子。她吸的垃圾太多了。”

“她不是一向如此嘛！”

“我是说真正厉害的毒品。我想，现在她大概也有些后悔当初选择辍学了。”

“你怎么知道的？”

“陪我去学校的时候，她看上去很悲伤。反正我知道，她后悔了。”

我不知道该说什么。有好几年的时间，我几乎没有收到丽兹的任何音讯。现在，至少我们偶尔还会联系一下。上次见到她，是几个月前在慕尼黑。与往常一样，我们只是匆匆见了一面。

为了转移话题，哥哥说起了他在大学新交的女朋友埃莱娜。当我问他是否爱她时，马蒂摆了摆手说：“尤勒斯，爱就是一个愚蠢的文学概念，其实不过是化学反应而已。”

我沿着百米跑道冲刺。阿尔瓦躺在草坪上看书。砂石遍地的草坪和跑道都年久失修，但这片运动场依然是整个寄宿学校的灵魂所在。每天下午，各个小团体都会在这儿聚集，或商量晚上的安排，或一起读书，或单纯只为打发时间。

我跑步还不错，虽然破不了记录，但也在运动会上为我们的田径队赢得过一两次比赛。我喘着粗气走到阿尔瓦跟前。她手里拿着一本雷克拉姆出版社[①]出版的小册子。她读书的时候，身上会发生一些变化：表情放松，嘴角微张，看上去就像一个受到保护的人。

我从她那本书上瞥见两行诗，脱口而出：

死本为大
我们受其节制……[②]

“多么振奋人心啊，”我说，“那么，接下来是什么？”

阿尔瓦合上书说：“去，再跑一圈。”她的语气里满是愉悦。

① 德国最负盛名的出版社之一，出版过一系列小开本经典著作。

② 出自德国著名诗人里尔克（1875—1926）早期作品《图像集》，经常被用作悼词或讣告。

跑完后，我洗了个澡，换了身衣服，拿着相机回到她身边。我给她拍了几张照片，然后在她身旁的草地上躺下。要是我没记错的话，是阿尔瓦最先将话题引到了她以后一定会要孩子这件事上。

“要几个呢？”我问。

“两个女孩，一个很独立，经常跟我对着干，另一个很黏人，需要建议的时候就回来找我。她还会写一些不知所云的诗歌。”

“要是两个女孩都很古怪呢？”

“好吧，有些小怪癖也没什么不好。”阿尔瓦笑着说。她皱紧的眉头舒展开来。

接着，她认真地说：“尤勒斯，我得警告你，要是我三十岁的时候还没孩子，而且你也没有的话，那我就跟你生两个。你会是个好父亲的，这一点我很肯定。”

“但那意味着我们先要睡上一觉。”

“这点糟心事我就忍忍吧。”

“好吧，你能忍。可谁说我就愿意了？”

她皱起眉头说：“难道你不愿意？”

对话中断了一阵。

我一脸尴尬地望着宿舍楼，在烈日之下，停车场的水泥地面看上去就像一块块反光板。

“好吧，听上去还不错。”我说，“我也不想一大把年纪才当爹。三十岁也算一道坎了。要真迫不得已，我就让你怀孕。”

“可要是到了三十岁我们不认得对方了怎么办？”

“这不可能。”

她意味深长地看着我说：“一切皆有可能。”

阿尔瓦长着一双绿色的猫眼，不像美钞的绿色那样黯淡，而是晶莹透亮。绿眼珠和她的红头发形成了鲜明的对比，但她眼里经常流露出抗拒的神情，甚至到了冷漠的程度。这不是一个十九岁女孩的眼神，而应该属于一个看淡一切的老妪。但是，当她说“一切皆有可能”的时候，她的眼神发生了变化，所有冷漠都消失得一干二净。

一滴水珠滴到了她的手臂上。我们抬头看天，乌云不知何时已经遮住了太阳，轰隆隆的雷声从远处传来。几秒钟后，大雨倾盆而下。

我们收拾好东西，躲进了我的房间。阿尔瓦发现了托尼来看我时带来的杜松子酒。我们一口接一口地喝着，不知何时瓶子已经见了底。酒精使我振奋，阿尔瓦则显得有些紧张。

“他跟我分手了。”她突然说。

她的男朋友已经二十五岁了，是城里一个在我看来既笨手笨脚又讨人嫌的汽车经销商。她摇了摇头说：“可能他真觉得我很糟糕吧，我也是活该。”

“不是的，那个傻瓜根本配不上你。”

“相信我，他把我甩了，绝对是我活该。”她近乎自嘲地说，“尤勒斯，你眼里的我其实并不是我。”

“不，恰恰相反，你自己也不清楚你是个什么样的人。”

她耸了耸肩，把杯里的酒一饮而尽，身子微微晃动。谢谢你，托尼。我暗暗地想。不知道你为什么给我带了杜松子酒，反正我欠你个人情。

我突然想到她在菲亚特里握住我手的那一幕。“你还记得你在五年级时有段时间坐我旁边吗？”

“你怎么想起这个了？”

“嗯，就是……你当时为什么要那么做？”

“你是新来的，穿得很奇怪，红袜子和蓝袜子，一点都不搭。而且你看上去那么悲伤，那么孤独，大家都拿你取乐。”

“真的吗？我一点都不知道。”

“他们还笑你说话经常颠三倒四。‘冷温低藏箱’，这个我现在都记得。你还把‘听不清’说成‘清不听’。”阿尔瓦拿起我跑步时常穿的负重背心，仔细打量起来。“所以我坐到你边上，好让你不觉得那么孤单。可后来有些人开始说一些不中听的话，说我喜欢上了你，于是我就坐到别处去了。”

“你可真够脆弱的！”

“是啊！”

我们久久地盯着对方。

“阿尔瓦，你喝多了。”我说。

“不，尤勒斯，你才喝多了。你什么时候开始喝杜松子酒了？”

“一直在喝啊，每天上课前都来一瓶。”我上前一步，从她手里拿过负重背心，“我有很多事情你都不知道。”

她盯着我问：“都有哪些啊？”

周围安静下来。这个问题被搁置得有点久，她的神情渐渐由戏谑变得严肃。我笑了笑，但看上去更像是在喘气。

见阿尔瓦没有心情挑选，我干脆由着自己的心意放起了音乐。保罗·康特的《跟我走》，就是母亲去世前不久给我放过的那首歌。

我望着阿尔瓦。她脸上的头发还没干，湿漉漉的衣服紧贴在身上，此时正小心地卷起裤脚。我随着音乐扭动身体。我的膝盖在颤抖。

“跳得不错嘛！”她有些惊讶地说。

我没有回应，只是招呼她一起来。见她摆手，我伸出手说：“来嘛，就跳这一曲……来嘛！”我装出意大利人那副手舞足蹈的模样，还夸张地唱起了歌词。

太棒了，太棒了，太棒了
宝贝，祝你好运
太棒了，太棒了，太棒了
我梦见了你……

阿尔瓦笑了笑，接着脸色暗下来，好像思绪突然转到了别的地方。她的身体不再放松，甚至开始颤抖。失望令我喘不上气来，我咬紧嘴唇，像一个勇敢的傻瓜那样，独自跳了一会儿。我最终还是关上了音乐。没过多久，阿尔瓦就拿上自己的东西走了。

一九九二年的圣灵降临节平静地过去了，直到有一天，我看到阿姨独自在厨房里发呆，眼睛里闪着异样的光彩。我吃了一惊，发现她也变老了。后来我才明白过来，那天是母亲的生日。我为忘记了母亲的生日暗自羞愧，但当阿姨跟我并排坐在沙发上，提议一起看家庭照片时，我只是出于礼貌才没有拒绝。

我看了母亲童年和青少年时代的照片，还有她顶着一头时髦的短发、穿着迷你裙站在一群学生中间的样子。她一脸崇拜地望着身边那个英俊的男子。他穿着白衬衫，打着短领带，卷着袖子，嘴里叼着根烟斗，两眼炯炯有神，正朝其他人说着什么。

“你父亲当时是那么迷人，那么睿智。”阿姨说，“他喜欢跟人辩论，一说就是好几个小时。”

下一张照片是我远在法国的奶奶，当时她的嘴部线条就很严厉。之后的照片里，小马蒂在玩蚂蚁，丽兹打扮成小公主的模样，头发上系着粉红丝带，我则在背景里张大了嘴。另一张照片里，九岁的我站在厨房里，聚精会神地盯着一口锅看。我仿佛又闻到了那股熟悉的菜香。我已经很久没做过饭了，难道我没有喜欢过烹饪？还是因为现在看到照片，又勾起了回忆？我检视我的记忆，回忆越发清晰起来。

在另一张照片上，我站在一个脚手架前，身边围着一群男孩女孩，脸上洋溢着自信的笑容。

“你总想成为焦点。”阿姨说，“你就是个冒失鬼。谁在你一声哨响后不跳舞，你就冲他发火。你真是一点都不知道害怕。”

我感觉她好像在说另一个人。

“真的吗？”我问。

“你是个不同寻常的孩子。”她说，“马蒂很聪明，丽兹很漂亮，你则与众不同，比大多数孩子都要细腻。”她笑着说，“哪怕在你唠叨个不停时也是一样。”

后面出现了一张母亲若有所思地看着我的照片，我当时正在红色笔记本上写着什么。

阿姨没有继续往下翻，而是停在这儿：“她是那么喜欢你，你是她的宝贝。”

我盯着这张照片。小时候，妈妈一度管我叫“小蜗牛”，因为我天生就像蜗牛一样，喜欢把所有事情都牢记在心。每当遇到难以决断的事情，我就会跑去征求她的意见。她就是我的指南针。我出神地看着她的神情、她那张熟悉的脸和搭在我肩上的手。

我吃惊地发现，眼泪不知何时已经流了下来。

“这是……”我刚要张嘴就哽咽了。

阿姨抱着我的头，把我揽在怀里。感受到她温暖的身体，我再也控制不住自己，大哭起来，我已经有好些年没有流泪了。

“我好想她啊！”我一边重复着这句话，一边任由阿姨轻抚着我的后背。

聚会在一栋没有水电的山间小屋里举行。毕业考试的所有笔试都考完了，只剩下口试还没有完成，学校对我们的管束也松了几分。同学们决定先聚在一起庆祝一番。便携 CD 机放着音乐，我们放肆地笑着，说着各式各样的蠢话。虽然只是考完了毕业考试，那感觉却像刚刚抢过银行一样，似乎剩下的事情就是想着怎么花钱了。

阿尔瓦突然不见了。她经常一个人走开，但见她过了一小时还没回来，我就出去找她。我在离小屋几百米的地方发现了她。她站在一块突出的山岩上，凝望着脚下的山谷。

我伸脚踢了一块石头。她转过身来。

“你怎么了？”

“没事。”她说。

我们肩并着肩坐下，把腿伸到岩石外来回晃荡。月光照亮了整个山谷。

“昨天我读了你写的故事，”她说，“我很喜欢，真的很喜欢。”

几周前，我重新开始写作。通往童年的大门似乎突然向我敞开，我发现自己就像当年那个十岁的小男孩一样，重新拾起了讲故事的兴趣。我模仿罗曼诺夫[①]那篇《不屈的心》写了一些小故事。罗曼诺夫和托尔斯泰及麦卡勒斯一样，都是阿尔瓦崇拜的作家。

“你真的很有天赋，尤勒斯。”她说，“坚持写下去，你一定

① 即后文提到的亚历山大·尼古拉·罗曼诺夫，是本书中的虚构人物。

会成为作家的。”

“我也说不好，其实我觉得照片才更准确，更真实。”

“有时候谎言更好。”

毕业后我要去慕尼黑服民役，所以那晚我问她是否愿意跟我一起合租，或者我们再多找个室友。阿尔瓦不置可否，她总说自己要先来一场旅行，或是搬到很远的地方。“说实话，我对这儿没什么留恋的。”有一次，她这样说完又笑了，“除非我爱得死去活来，才会留下来。”

我感觉自己必须做些什么，才能将她留在身边。同时，我一直藏在心底的担忧也浮上了水面：迄今为止，每个跟阿尔瓦走得太近的男人都被她赶走了。她不愿意跟我一起跳舞，这份婉拒只有一种解释。我一直在想，我该怎么办？我现在该怎么办？

“你知道我父亲去世前对我说了什么吗？”我紧张地玩着自己的手指，“他说，重要的是交到真正的朋友，一个灵魂伴侣，一个永远都不会抛弃你的人。这比爱情重要得多。”

阿尔瓦转过身来望着我，月光照亮了她的双唇。“你怎么说起这些来了？”

“有时候我在想，你我就是这样的朋友。我可以想象我们一辈子都会是朋友，我也很高兴在这儿结识了你。对我来说，或许没有人比你更重要了。”

我把一只手搭在她肩上。就在这时，我意识到原来之前我很少触碰她。“我想说的是，跟我一起去慕尼黑吧！”

她想了一会儿说："我们明晚再细谈吧，那时我应该想好是否要合租了，好吗？"

"好的，你要是愿意的话，我也可以做点什么。"

"做饭？你会吗？"她半开玩笑地说，"好吧，听上去不错。那你明天七点左右来我家接我？"

我点点头。见她似乎想一个人再待一会儿，我就走了。我很肯定自己在小屋里还开心地跟其他人一起跳过舞，但具体的过程却一点都不记得了。之后的那些年，我的脑海里一直回荡着我跟阿尔瓦的第二段对话。

到了睡觉的时间，仅有的几张床很快就被占了，剩下的人只能横七竖八地在地上打开垫子和睡袋。那晚很冷，我冻得瑟瑟发抖。因为喝了太多酒，我睡不着，一闭眼就看见一切都在脑海里盘旋。阿尔瓦就在我身边，我听到了随身听播放和倒带的声音。后来，她终于将它放在了一边。

安静……十分安静。

我像一个亲临犯罪现场的侦探一样，回想起白天的每一个细节，一切都历历在目。我试着解读阿尔瓦的每一个动作和我们之间的每一次对话。譬如，聊到那些看上去总是无忧无虑的同学时，她说："有时我不得不相信，世上真有不知道自己会死的人存在。"我反复思索着这句话。阿尔瓦为什么要这么说呢？虽然她就躺在我身边，我却依然思念她。我想象着跟她一起生活在慕尼黑的情形，想着明天的晚餐和我们即将到来的长谈。

就在我快要睡着的时候，她推了我一把，说："尤勒斯，你还醒着吗？"

"嗯，怎么了？"

"我的随身听没电了，"她说，"不听东西我就睡不着。我得想办法分散注意力，要不……"

我等着她把话说完，可她却停住了。

"要我给你讲个故事吗？"

她轻声笑道："不用，我就是想问你能不能让我挨着你睡。有人在边上就没那么糟了。"

见我点头，她钻进了我的睡袋。我的睡袋容不下两个人，所以她一半的身体压在我身上。令我吃惊的是，她的双腿和身体是那么冰凉，那么沉重，但又那么柔软。看来她也挨冻了。不过接下来，我们身上的寒气混到一起，反倒生出了温暖。阿尔瓦均匀的呼吸吹得我脖子阵阵发痒。我与她贴得如此之近，我的肩膀顶着她的胸脯，我的腿顶着她的膝盖，我的下身很快有了反应。我不知道她有没有察觉到。一动不动地躺了一会儿之后，我伸手把她揽在了怀里。

"不知为什么，我就是忍不住想我的姐姐。"

阿尔瓦的声音有些沙哑。我惊讶地抬起头。她从没跟我说起过她有个姐姐。

我小心地问："她怎么了？"

“我也不知道……她比我大一岁，我们从前形影不离，什么事情都要一起做。爸爸妈妈说，我俩就像一对双胞胎。后来……她失踪了。”

我恍惚地听着这一切，隐约感到有人在偷看我们，连忙伸了伸脖子。有那么一会儿，阿尔瓦似乎忘记了我的存在。“她叫约瑟菲娜，”她更像是在自言自语，“不过我们总是管她叫芬妮。”

“到底发生了什么？”

“没人知道……有一天她去练芭蕾，没回家。”阿尔瓦的声音有些发抖，她断断续续地说，“警察当然去找过她……他们把这一带的每块石头都翻了个遍……还出动了警犬，搜索持续了好几个月……但除了一件外套，什么都没找到……”

她转过脸去。我听出了她话里的绝望，有些不知所措；我只能默默倾听，陪在她身边。这时，我想起了她当年看电影时突然跑出教室那一幕。

“你为什么现在才告诉我？”

她没回答。第一缕晨光照进小屋，周围熟睡的同学渐渐在黑暗中显出轮廓。

“我累死了，”她说，“明晚再说吧！”

她偎依在我身旁，小声说：“我没睡着之前，你不许睡。”她的嘴离我如此之近，我耳朵一阵阵发痒，“这很重要，尤勒斯。很重要。”

“我答应你。”我把盖在她脸上的头发拨到一边。阿尔瓦的手拂过我的胸膛，安静下来。见她呼吸越来越慢，越来越平稳，我亲了亲她的太阳穴，小声嘀咕了一句：“我在你身边。”

第二天，我进城采购完食物，又预订了寄宿学校的学生厨房，然后坐公共汽车来到阿尔瓦家所在的村子。出乎我意料的是，这次她没有像往常一样在门口等我。我按了门铃，没有回应。她家的花园打理得井井有条，干净明亮的窗户此时正映着夕阳。我不由得想到了阿尔瓦的姐姐，又按了一次门铃。

门终于开了，我走了进去。

走廊很暗，阿尔瓦的妈妈站在阴影里，只露出半张脸。她一手拿着香烟，一手拿着电话听筒，声音很大，听上去有些不安。阿尔瓦不知为何还没现身。厨房里传来浓烈的意式肉酱的味道。突然，随着一阵狗叫，两条短毛狗拦住了我的去路。除了身上的黑色斑点，它们长得几乎一模一样，此时正虎视眈眈地盯着我。

“你肯定是来找阿尔瓦的吧！”她妈妈挂了电话。她脸上一副沮丧的表情，看起来有些奇怪。

我点点头，跟着她走进了厨房。那两条狗也小步跟了进来。

“你要先来杯果汁或者可乐吗？”她一边问，一边径自走向冰箱。

“不用了，谢谢。”见我这么说，她停了下来。“我跟阿尔瓦约了一起吃晚饭，接上她就走。她在楼上吗？”

或许我的语气过于自信，把她妈妈搞得有些糊涂了。她打量了我好一会儿，说：“天哪，你这么年轻。”她朝空中吐了一口烟，又打量了我一会儿，这让我有些不安。

“嗯，她在楼上。”她说，“敲门也没用，她把音乐开得很大声。”

我走上楼梯。最后这几级台阶，我几乎是一口气迈上去的。我来到阿尔瓦房门前，推开门——我愣住了，不，我看不下去了。还没等关上门，我的世界就已经彻底崩塌了。

我快步跑下台阶，满脑子都是刚才看到的画面：一堆空啤酒瓶，扔在地上的数学课本和毛衣，床，赤身裸体躺在床上的男子，同样一丝不挂、分开腿骑在他身上的阿尔瓦，她汗淋淋的红发，她脖子上的青筋，她一点点慢下来的动作和她微张的嘴，她发出的叫声，还有她匆匆瞥向我时眼里的那份迫切。

这一眼强过任何答案，虽然无声无息，却包含了挑衅和指责，同时还有遗憾。从她眼里，我看到了她曾经的样子，这正是她一再逃避的。但更重要的是，我从她的眼睛里看到了我自己，看到了我的成长与失败。这一个眼神就足以毁灭我们这些年的一切。

冲下楼梯的时候，我火冒三丈。我再也不想只做一个男孩，我要褪去少年的青涩，如果可以的话，我甚至愿意用鞭子把它从我身体里抽出来。阿尔瓦的妈妈牵着狗站在楼下。还没等她开口，我已夺门而出，头也不回地跑出村子，跑过村边的草地。

收获（1997—1998）

记忆中，我曾出现在姐姐的订婚仪式上。可惜我既不是那个西装革履、跟周围的人谈笑风生的万人迷，也不是那个吸多了可卡因、一边踩着乔丹运动鞋跳查尔斯顿舞一边跟女学生调情的家伙。饮料柜旁那个不起眼的二十四岁男子，站在一堆陌生人中间手足无措的家伙才是我。我一边使劲把四分之一块柠檬的汁水挤到饮料里，一边想着童年时代的生日聚会和节庆。那时候，我是万众瞩目的焦点，有着使不完的劲儿。现在这一切都去哪儿了？我念了法律专业，却又半途而废；之后当了摄影师，也并没有什么建树。也该如此，我想。因为一直以来，自怨自艾的情绪不断在我心中滋长。

聚会上唯一一个跟我一样失魂落魄的人是丽兹的未婚夫罗伯特·施万。他是一位成功的爵士钢琴演奏家，但丽兹根本就不喜欢爵士乐。丽兹为什么会看上他，从头到尾都是一个谜。姐姐一向对英俊风趣的男人毫无抵抗力，总是贪婪地做着自己喜欢做的事，对于这点我一直很钦佩。可她的未婚夫却瘦骨嶙峋，一头黑色鬈发，四十五六岁，长了一双保罗·奥斯特的眼睛，加上一副古怪的络腮胡，看上去有些无精打采。

“多无聊的一个家伙！”有个男人在我耳边说，“之前跟他聊了十分钟，真不知道她喜欢他哪点。”

哥哥带着他的女朋友走了过来。埃莱娜个头不高，黑发，身体结实，一双炯炯有神的眼睛似乎能够洞察一切。她不好意思地跟我拥抱了一下，替我摘掉了粘在西装上的一根绒毛。

我也尴尬地跟马蒂打了个招呼。上一次见他是在阿姨的葬礼上，我们起了点争执，最后不欢而散。

“恭喜你，”我说，“莫罗博士。”

“还可以，是吧？我也没想到自己竟然会成为博士。”马蒂微微一笑，“虽然我其实一直有读博的想法。”

我们朝姐姐那边望去。她当时二十七岁，那天晚上穿着一件蓝色连衣裙，一头金发高高盘起，再加上一双高跟鞋，个头几乎可以藐视全场。丽兹似乎从宾客的目光中看到了自己的魅力，以为大家都爱上了她。她热情洋溢地发表演讲，又使劲亲了亲自己的未婚夫，接着就像一只蜜蜂一样，穿梭在宾客中间，四处播撒她的魅力。她不时开怀大笑，把大家的眼球都吸引了过去；毕竟无论姐姐做什么，都必须吸引眼球。她这副样子，仿佛有一个看不见的摄像师在一旁指挥。笑得再灿烂一点，很好，现在稍微噘一噘嘴，来个暧昧的小表情。她看人的样子像是有一盏聚光灯打在她身上，让人不由自主就会爱上她。连我也要沦陷了。

时光荏苒。小时候我常常在夜里溜进她的房间，她往往还在看书或者画漫画，任凭我钻进她的被窝。每次，我都惊讶于她的双脚竟如此暖和，甚至有些发烫。她常常跟我提起班上的男生，说这个有多么可爱，那个又是多么讨厌。我屏气凝神听着这些胡话，暗自为姐姐能毫无保留地告诉我一切而感到自豪。有时候，她自顾自地看书或者听音乐，我就静静地躺在她的床上。我很享受这一时刻。父母睡在走廊的尽头，马蒂的房间就在隔壁，一切都那么安稳舒适，我偎依在丽兹身旁，在她沙沙的翻书声中进入了梦乡……

接下来的记忆则被染上了一层阴暗的颜色。

四个月后，一阵不期而至的铃声把我从睡梦中惊醒。当时我住在汉堡港口附近一座破旧的公寓楼里，几乎来不及多想，就匆忙坐上火车去柏林见丽兹。与之前不同的是，这次她家里安静得可怕，但安静从来不是姐姐的风格。微弱的晨光透过窗户射进过道，脏兮兮的餐具在厨房的水槽里堆成了小山。一把破吉他挡在门口，差点把我绊了一跤。

卧室里满是线香和呕吐物的气味。丽兹半睁着眼坐在地上，身旁围着一群人，显然是她的朋友，大多数我都不认识。她的未婚夫却不见踪影。

“她怎么了？”

我跪坐在丽兹身旁。她只穿了一条内裤和一件毛衣，眼眶周围是一圈青黑色。她似乎没认出我，嘴里兀自嘟哝着她脑袋里的放大镜和城市治理问题。

“她精神崩溃了，”我在订婚仪式上见过的丽兹的一个女伴对我说，“她半裸着站在街上，对行人骂骂咧咧。”

我撩开姐姐脸上湿漉漉的头发，问：“她吸了什么？”

“不知道，可卡因，摇头丸，一点镇静剂和迷幻药之类的。”

“她未婚夫在哪儿？”

“你还不知道？罗伯特早就跟她分手了。”

我一时不知该说什么。过了一会儿，我给马蒂在维也纳的公司打了个电话。

“千万别把她送到医院去，”他一再说，“我派个熟悉的内科医生去找你，我也尽快赶过去。”

突然，丽兹好像清醒了过来。她朝我伸出手，像哄小孩一样对我说：“啊，我的小弟弟，你来干吗啊？”

接着，她冲着我一阵狂笑。笑声撕心裂肺，癫狂至极。她还一直盯着我看，却不是用从前那种大姐姐般亲近的眼神，而是用一种冰冷、戏谑、高高在上的眼神，许多男人曾被这种眼神折磨得疲惫不堪，大概只有罗伯特·施万能勉强忍受。她一个劲儿地狂笑，笑得我心里发麻。丽兹有了一双深渊般的黑色眼睛。那双眼睛的主人一直在坠落，坠落，坠落。

她喜欢这种坠落的感觉。

“你什么时候到？”我问马蒂。

“我坐下一班飞机。”他的语气很是着急，我在电话里听到了下楼和开门的声音。与往常一样，他又反复检查起了门把手，一共八下。“一切都会好起来的，听见了吗？”

就在这时，丽兹示意我靠近一些，好在我耳边说句悄悄话。她看上去有些激动，就像一个突然想起什么要紧的事的小孩。我凑过去，手里还拿着电话。一直等到我凑得很近了，她才小声嘀咕了一句：“它是我杀的。”

“什么？”我问。

“它死了，我杀了它。”她重复道。

一九九八年夏天，我们姐弟三人时隔多年后重返贝迪拉克。这是马蒂的主意，不久前，他叫人把奶奶留给我们的老屋装修了一番。他说他可以在法国工作一阵，埃莱娜过几天就会过去陪他。我们聊起这件事，就像聊起一段计划已久的旅行。但这场旅行真正的原因是我们担心丽兹的状况。自打那次堕胎和精神崩溃之后，她依旧没能完全恢复过来。

雷雨交加，雨刷忙个不停。哥哥驾驶着梅赛德斯走在乡间小道上，丽兹已经睡着了。我望向窗外，认出了许多场景：似曾相识的城堡，绚烂的农田。我回想起小时候经常放在手里拨弄的法郎银币，还有握着方向盘的父亲和听着披头士磁带的母亲。

等到了贝迪拉克，雨也停了。空气十分清新，凉爽舒适。马蒂第一个下车走到门前。有那么一瞬间，我仿佛看到了穿着皮夹克、叼着烟斗的父亲，从前他总是第一个下车走到门前。多年之后故地重游，那感觉就像头一次观看一部黑白老电影的彩色版。街尾的房子看上去没什么变化。外墙上爬满了常春藤，花园里的露台上摆放着桌椅，红色瓦片铺的屋顶脏兮兮的，深绿色的大门上依然锈迹斑驳。但屋子里已经彻底变了样。厨房和客厅之间的墙被拆掉了，整个房间宽敞舒适了不少，书架、沙发和壁炉在前半截，后半截则是灶台、水槽和木头餐桌。

“这座房子现在焕然一新。”马蒂带我们四处参观了一番，“浴室重新装修过，二楼的地面铺上了瓷砖，那些脏兮兮的地毯都被换掉了。只有奶奶留下的抽屉柜、桌子和橱柜还在里面。”

他在我们面前显得趾高气扬。他和托尼是最早嗅到互联网行业商机的人。他们的公司搭建了一个精英交友网站，供经理、律师、银行家、政客和记者联系交流。他们的创业公司发展迅速，马蒂在路上跟我们说，微软打算出七位数的价钱收购。好吧，我想，说不定还能从他那儿借点钱。

吃晚饭的时候，我们没怎么交谈，最后干脆彻底陷入了沉默。我想起了儿时有说有笑的晚餐，哥哥姐姐经常拌嘴，说到什么有趣的事情，全家人都会捧腹大笑。而现在，我们就像三个久疏战阵的演员，虽有缘重逢，却已经忘了自己的经典台词。

不知何时，我实在受不了这种沉默，从包里拿出一个放照片的文件袋。“这是我给一家画廊的供稿。”那是我的新作，一套关于“不经意之美”的系列照片。有张照片拍的是云雾缭绕的山谷，在一片白茫茫的雾气中，黑色的树梢依稀可见。另几张照片上则是青苔遍布、荒凉破败的林中小屋和一个刚刚系紧鞋带、准备去追逐同伴的小男孩。就在他快要追上他们的时候，我按下了快门。

姐姐一把抢过照片。“我很喜欢。”她说。但我感觉她根本就没好好看照片，更没有注意到其中的细节和内涵。

马蒂倒是看得很仔细：“我真觉得你拍得不错，很好地模仿了萨尔加多或卡蒂埃－布雷松的风格……”

“但是？”我问。

“但我还是看不出你怎样才能靠这些渡过难关。”

我不知道自己原本对他抱有怎样的期待，但就算他说一句“我相信你”，对我也是一种宽慰。姐姐这副样子，看来是帮不上我了。她的日子也不好过，有时候靠给人做模特赚点钱，有时候教吉他，还去广告公司打过几个月零工。

“反正你也不在乎。”我小声说。

马蒂叹了口气说：“我不想干涉你的生活，但我真觉得你不该放弃学业。”

“我讨厌上学，”我说，“念过几天书才是我最后悔的事情。”

“但至少那样更有保障。我知道万事开头难，但你必须坚持下来，说不定时间长了你就喜欢了。”

“拜托，你怎么知道我喜欢什么？你根本就不了解我，别老是装出一副父亲的样子。”

我气呼呼地夺过照片。这些年来，类似的对话在我跟马蒂之间重复了太多次，每次我都表现得像一个叛逆的少年。当然，有一部分原因是马蒂也不想让我扮演其他角色。

这天晚上，我辗转反侧，难以入睡。一轮满月挂在天空，就像夜的舷窗。我看了一会儿，起身走到姐姐的房门前，敲了敲门。丽兹穿着睡衣开了门。她的床上放着一本破旧的儿童书，显然是她刚刚找出来的。此外，还有一袋果味橡皮糖。

“你还在生气吗？”她边吃边说，“别把之前的事情放在心上。马蒂真是越来越像爸爸了。他跟爸爸一样挑剔，却不是人生的输家。他更像是爸爸功成名就时的样子。”

我点点头。但她说父亲是失败者，还是深深地刺痛了我。

“艺术馆的展览有戏吗？”

我摇摇头。

“尤勒斯，我能问个问题吗？”丽兹像母亲般慈爱地看了我一眼，“你试着做摄影师有三年了吧？你做这一切都是为了他吗？你是不是觉得问心有愧？”

我清晰地记得，这个问题在我心中引起了深深的不安，我回话的音量也大得有些过分。

“我为什么会问心有愧？我又不欠爸爸什么。我知道他走之前我一直没动过相机，这让他很失望，但这件事情我们早就说开了。”

“我不想让你……”

“我拍照不是为了爸爸，而是出于兴趣。你现在的口气跟马蒂差不了多少。”

我激动地扭过头去。墙上的相框里挂着一幅画，画里有一个长着鹰翅膀的男人，正朝着远处依稀可见的城堡飞去。画的下方歪歪扭扭地写着几行字：他要解救被关在黑暗之塔里的公主……这幅画竟然还在！那是丽兹在父母去世几个星期后画的。当时，我们待在奶奶这儿，心里还幻想着父母随时可能进门，澄清这个天大的误会。为了让马蒂和我振作起来，丽兹想出了一个游戏：梦想编辑部。她负责扮演主编和插画师，我们三人一道想出了一些荒诞而美好的梦，把它们画成画，并在下方配上文字。后来，我们把那些画烧成了灰烬。按照丽兹的说法，焚烧图画所产生的烟雾会被别人吸入，他们晚上就会梦到我们想出来的梦。

“要是我们在蒙彼利埃长大会怎样？”我问丽兹，“我常常想，你要是个典型的法国人会怎样。我觉得这很适合你，说不定你就在这儿上完高中，去念大学了。”

“学什么呢？”

“肯定是跟艺术相关的，可能是绘画吧，或者文学。或者像妈妈一样，成为一名老师，这也是有可能的。”

丽兹盯着我，轻声说：“接着说。”

“哎呀，说不定你走到哪儿都会捧着一本书，你会爱上读书和画画。要是妈妈还活着，说不定能给你出出主意，经常跟你通个电话。高中毕业后，你会去巴黎上大学。你有不少追求者，但你的心里只有中学时的恋人，那家伙大概叫让或者塞巴斯蒂安之类的，你们已经在一起好几年了。他是你的初恋。但他要去国外上学，所以你俩暂时分手了。你虽然很伤心，但那是一种美好的伤感，一种不可取代的感觉。而且不知为何，你一直相信总有一天会和他再见面。你会对我们说，*他不属于现在，而属于将来*。你会像妈妈一样，穿得美丽动人。周末你当然会出去庆祝，但要比在德国收敛许多。你有一些朋友，他们会好好照顾你。假期的时候，你会回到蒙彼利埃。我会问你，大学到底是什么样子，是不是有许多美女。马蒂说不定能拿到哈佛大学的奖学金，在那儿学生物，专门解剖甲壳虫和蜗牛，我们俩可以一起在他身上找点乐子。然后，就在你快要毕业前，你……哎呀，我编不下去了，帮帮我……”

讲这个故事的时候，我面带笑容，满心以为丽兹也会同样高兴。

但等我再看她时，只见泪水在她的眼眶里打转。

“对不起，之前我经常胡思乱想。”她伸手擦了把脸，“我不知道，它到底是个男孩还是女孩。无所谓了，反正我杀了它。”

我和她并排坐在床上，说：“我们应该一直在你身边的，你早该告诉我们了。我都不知道当时你们已经分手了。”

“我很难相信别人。”

“但至少可以相信你的手足吧！”话虽如此，但我不禁扪心自问，我到底有什么资格这样说。

“你后悔吗？”

丽兹耸了耸肩。“有时候会，有时候又不会。”她突然表现得像个十岁的小女孩，“我知道罗伯特不是一个好丈夫，但我忍不住会想，如果妈妈当上了外婆会怎样。要是她还在世，我就可以给她打电话，她一定知道什么样的决定才是正确的。”

她起身从搭在椅子上的大衣里拿出一根烟，点着了。接着，她突然伸手搂住我，飞快地在我脸上亲了三下。我抚摩着她的头发，蜂蜜洗发水的味道混杂着烟味，在空气中蔓延开来。

我想起罗伯特在订婚仪式上一言不发的样子，他似乎对一切都漠不关心，只是自顾自地发呆，或是在寻呼机上胡乱打字。他生怕别人觉得他无聊，结果更加无聊。

“你为什么会爱他啊？”我问，“这个人简直一无所有。”

“我爱的就是这点。他很空洞，空洞得那么让人舒服。我可以随意摆布他，而且他身上找不出任何软肋。什么都不能让他受伤，这一点很吸引我。”

清晨，窗外弥漫着阴冷的灰色雾气，我们还是开车去了海边。丽兹穿着黑色的比基尼，戴着墨镜，躺在沙滩上读书，乳白色的阳光把她的皮肤晒得微红。我把脚尖埋进沙子里，望着哥哥在冰冷的海水里游泳。马蒂笨拙地一头扎进海水里，一整天都是一副紧张兮兮的神情。后来他说，他一年要验好几次血，现在还在等上一次验血的结果。

“你干吗在这件事情上费时费力？”丽兹问。

他耸了耸肩。

“老家伙，你是要长命百岁吗？”她一脸不屑地摆了摆手，“我也许会死得早，不过无所谓。”在艰难地度过了前几个月之后，这是我们最不想听到的话。

“不，你不会的。”

“谁说的，我自己有数。”姐姐挑衅似的在浴巾上伸了个懒腰，点了一支烟，“我活不长，而且肯定会死在兴头上。发生了什么事情让我很开心，然后我就突然死翘翘了。”她轮番打量着我们，“不过这也够了。我哪儿都去过了，看过了那么多美景，见识过曼哈顿的晨雾，也进过厄瓜多尔的热带雨林，跳过伞，还有过这么多情人。我有过一段离经叛道的日子，但之前也有过一段被宠爱的欢乐时光，对死亡也领悟了很多。就算我死得早也无所谓，因为我还是可以说：我曾经来过。”

马蒂摇了摇头，说：“脑子得多不正常，才能说出这样的话啊？”

“内心得多狭隘，才会说我不正常啊？”

就在他俩继续讨论的时候，我一个人沿着海岸溜达。丽兹说得没错，我想。她毫无保留地爱过，毫无保留地挥霍过青春，也毫无保留地一败涂地。

而我呢？

一个卖冰激凌的小贩推着一辆小车从远处走来。车上有一台晶体管收音机，正放着音乐。我深吸了一口气，尝到了吸入肺里的空气中夹杂着的咸味。我的面前是波光粼粼的大海。小贩从我身边经过时，我总算听清了收音机里正在播放的歌曲。

太棒了，太棒了，太棒了

宝贝，祝你好运

太棒了，太棒了，太棒了

我梦见了你……

这些年来，我经常想到阿尔瓦。我既想念她，又在心里指责她。我在夜里难以入眠，想着她在我的书里写下的小字，还有她捋着我的头发，嘲笑我耳朵太小的那一幕……

我鼓不起勇气去追求她，只能生活在失去她的恐惧之中。

虽然我当时不愿承认，但我的确断绝了跟寄宿学校同学的往来，只因为我无法忘记阿尔瓦。我常常问自己，她现在在做什么。当时，手机还是一件稀罕物，互联网也还在襁褓之中，我几乎得不到她的任何音讯。我听说她去了俄国，但具体怎样就不知道了。离开寄宿学校后的这些年，我先是在无人劝阻的情况下错误地学了法律，后来又搬了家，不对，是狼狈地从慕尼黑逃到了汉堡。这一幅幅画面中都没有阿尔瓦的影子，而除了她，再没有谁能帮我排遣孤独了。

几天后，我说服马蒂和我一起慢跑。我们每天早上都穿过村庄，经过教堂的塔楼向着山上跑去，一直跑到一棵树杈断裂的大树前才掉头回去。我们心满意足地在长凳上坐下休息，遥望着沉睡在夏季晨雾氤氲的山谷中的那片一望无际的旷野。等我们一路跑回家时，姐姐和几天前来这儿与我们汇合的埃莱娜已经坐在露台上了。

“女士们，我们饿了。”我们一边喘着粗气爬上露台，一边对她们说，“喂，喂，娘们，给我们弄点吃的。”

我像大猩猩一样捶胸顿足，马蒂的嘴里发出一阵猿人的长啸。我觉得，偶尔这样装疯卖傻，他其实很享受。

“你们再跑会儿吧，”丽兹说，“你们这么说话，肯定还没跑够。”

出乎我意料的是，在接下来的花园早餐中，只有哥哥一直在餐桌上谈笑风生。马蒂不喜欢读小说，却是一个狂热的传记和报纸爱好者。他不是那种天生就懂生活的人，他的智慧来自一点一滴的阅读积累。但他很会讲故事，经常会在吃饭时生动地聊起某个不同寻常的新展览、某件产自英国的精美艺术仿制品或质数领域某个意义非凡的发现。

吃完早饭后，他通常会回房间待上一阵，处理工作。闲不下来的丽兹要么出门散步，要么跟我打羽毛球，要么独自开车去城里。我喜欢拿上一本书，和正在写心理学博士论文的埃莱娜一起待在露台上。我们之间话不多，却相处融洽。

空气中丝毫没有即将爆发争吵的前兆。

那天晚上，埃莱娜开车去了马赛的一个同学家。我们姐弟三人去了一趟不起眼的贝迪拉克公墓。那儿没有人，天色已晚，丽兹点了两支蜡烛。火光照亮了爷爷奶奶和埃里克伯伯的名字。我凝视着眼前的墓碑。对我来说，他们三位都是陌生人。埃里克伯伯在我们出生前就死了，当时他才二十一岁。至于他的死因，我们至今仍不清楚。对于做木匠的爷爷，我们也知之甚少，只有海伦妮阿姨有一次暗示说，爷爷脾气暴躁，后来酗酒而死。“他就比埃里克晚死了几个月。”哥哥似乎读懂了我的心思，突然对我说。

离开公墓时，我的心情畅快起来。

回到家后，我们都有一种如释重负的感觉。我们喝了三四瓶科尔比埃葡萄酒，聊起了从前的趣事。丽兹说起了她的前男友们（“他们就像包装精美的礼物，从外面看都很漂亮，打开一看，里头却是一只破鞋。”）。不知何时，话题转移到了马蒂的挪威笔友居纳尔·诺达尔头上，我和丽兹从不相信这个人真的存在。

“有这么个人吗？还是说他是你编出来的？”我们问。

“当然有这个人了。”马蒂说，接着，他望着手中的葡萄酒杯，“好吧，没这个人。”他摇了摇头，“我从黄页上随便找了个挪威人，给他写了好几年信。有时候我也在想，他到底有没有读过我的信。”

“天哪，我就知道！”丽兹得意扬扬地叫道。马蒂平静地看着这一切，仿佛他的内心已经强大到无懈可击。

后来，丽兹给我们展示了一件黄色的迷你裙。“你们看，这是我从大学旁边的一家店里淘来的。那里尽是些十九岁的少女。”说到这儿，她微微一笑，“我们过会儿出去，猜猜看，待会儿我会穿什么。”

“我肯定不去。”马蒂扶了扶眼镜，“不是我打击你，你已经不再是十九岁了。”

“什么？谁说的？”

她在马蒂面前不停地摆出各种姿势，直到他大笑起来，又开车带我们进了城。他最终没喝手中那杯葡萄酒，姐姐则将自己那杯一饮而尽。

我们一起在蒙彼利埃的一家迪厅跳到天亮。我清晰地记得，舞池里的丽兹在陌生人中间是多么自在。这不只因为她足够自信，还因为她感到自己到处都受人欢迎。

回到家已经是早上七点了。就在我倒在床上快要睡着的时候，楼下传来一阵激烈的争吵声。我小心地从楼梯上向客厅望去，丽兹站在客厅中央，马蒂蜷缩在沙发上。他俩都没有注意到我。

“嗯，我倒是想听听。”丽兹说，“现在你一副巴巴尔国王的做派，还装出一副关心人的大哥哥的样子，可我们需要你的时候，你又在哪儿呢？”

“不好意思，要是这儿有人溜号了，那绝对是你。”马蒂平静地说，“而且我们家总得有人负责挣钱吧！”

“钱，你就只认得钱。股市K线、房地产，还有你那该死的破网站。”

“别一副大公主的样子好不好，”马蒂说，“恶心死了。事实摆在那里，当初说走就走的人是你。”

“什么时候？”

“爸妈去世的时候。你抛下我们两个，跟你那些狐朋狗友一起嗑药，对我们不管不顾。我不知道你怎么样，但我们当时可不好过。我们没有朋友，一个都没有。你知道为什么吗？因为我们仨总是混在一起，没有学会交朋友。然后，你就这样从我们的生活中消失了，虽然你曾经信誓旦旦地说会照顾我们。现在你总可以说说，当初为什么一走了之了吧。”

这个问题似乎让丽兹吃了一惊。她从餐桌上的水果篮里拿起一个桃子把玩起来。

“当时我比你还要孩子气。”她说，“没错，我是经常把那些男孩挂在嘴边，假装自己是个成熟的大姐姐，但骨子里我还是喜欢做一个孩子。我喜欢说胡话，喜欢偎依在妈妈身边，喜欢坐在房间里一画就是好几个小时。我根本不想长大，至少不想那么快长大。接着，一切突然消失了。似乎就是一秒钟的事情。尤勒斯当时还不懂事，而你就是个穿一身黑、愤世嫉俗的怪物，这些你都忘了吗？”

马蒂耸耸肩，算是不情愿地承认了这一切。

“当时我们都很受伤，”她说，“我们的反应不一样。我就是不想让周围那么安静，不想让我的思想有空歇息。因为只要独自一人坐在房间里发呆，我就忍不住想放声大哭。”

“但你为什么要抛下我们？”

“我要能顾得上你们就好了，但我哪有这个力气啊！你知道我的第一次是怎样的吗？你知道吗？”

“你跟一个高年级的男生……”

“不，那是骗你们的。你知道我的第一次究竟是什么样吗？”

马蒂沉默了 一会儿。“不知道。”

“我连他叫什么都不知道。”丽兹的声音有些哽咽，“当时我们刚去了寄宿学校没几个星期，我那层楼的女生都拿我寻开心，嘲笑我的动物玩具，说我的漫画幼稚，说我穿着老土。所以，我想证明我比她们更有种，甚至不惜比其他女孩受到更多伤害。所以，当有人在夜店递给我们什么东西的时候，只有我冲了上去。我不知道那是什么，但嗑过之后，我几乎失去了知觉，眼前一片模糊。后来，那个家伙来了。他大概二十出头，一副潦倒的样子，具体我也不太清楚。他一把把我从舞池里拉出来，走到足够远的地方，他拉开了裤链。我并不想这样，但却无力反抗。药效还在，我的脑子里依然一片混沌，我想到了慕尼黑，想到了爸妈，想到了你们，想到一切竟然已经过去这么久了。与此同时，他上了我。”

马蒂紧咬着嘴唇，一言不发。

“突然之间，我就成了自己不想成为的人。时间越长，我就越没法回到你们身边。你们不知道吸完大麻后早上七点在乡村夜店的舞池里呕吐的滋味，也不知道在迷幻药的作用下跟人上床，在几个钟头前才认识的人身边醒来的感觉。你们从来不知道，输到一败涂地究竟是什么感受。你当时就知道钻在课本和电脑游戏里，尤勒斯还在做梦。我们彼此之间离得那么远……现在也是一样。”

他俩看着地面，沉默不语。这场景就像一盘国际象棋的残局，场上只剩下两个可以移动的敌对的棋子，但双方都失去了进攻的能力，比如两只不同格的象。

“要是我们一起嗑呢？”我站在楼梯上问。

他俩抬头望了我一眼，对我的出现似乎并不惊讶。

“你说得对，”我对丽兹说，“我们不知道你的感受，也缺少你那样的经历。就说嗑药，你的所见所感是我和马蒂无法想象的。你常常跟我说，迷幻药有多么棒，那我们为什么不一起吸一次呢！这样我们至少有共同语言了。”

丽兹想了想，还是摇摇头说：“你们不能嗑药，你们就不……”

“你看，”我插话说，“我就说嘛，你现在是不是想说‘反正你们跟我就不是一路人’？你要不想跟我们为伍，我们就成不了一路人。实际上，我们已经好多年没怎么来往了，就让我们分享一次你的生活吧！”

丽兹想了想说：“就算我想，你上哪儿搞迷幻药呢？”

“这个不难，”马蒂出人意料地说，“包在我身上。我认识的人多，这儿也有。问题是会不会出什么岔子。”

我们讨论了一番嗑药的是非，最后决定等埃莱娜回来后再进行这次冒险。那样，至少还有人可以照看我们。埃莱娜听说这个计划后并不是很赞同，但最终还是被我们说动了。

三天后，一辆灰色面包车停在了门口。马蒂跟一脸和善的司机闲聊了几句，拎回来一个塑料袋。不久后，我们三个并排坐在沙发上，手上各拿着一张彩色小纸片[①]。丽兹解释说，我们只需要把它一口吞下，就大功告成了。我打量着眼前的纸片，它呈淡蓝色，吃起来几乎没什么味道。

距离迷幻药生效还有一会儿。马蒂打开了《费加罗报》，丽兹闭着眼睛躺在沙发上。我望向埃莱娜，她坐在我们对面，冲我点了点头。我一口吞了下去。没过多久，我的嘴里便泛起了青少年时代

---

① 纸片被迷幻药浸过。

那股熟悉的味道，它就像烟雾、食堂饭菜和廉价啤酒的结合，还有阿尔瓦抓住我手的那个瞬间。我喝下一杯水，这股遥远的连带感觉渐渐从我的舌头上消失了。

哥哥首先有了反应。他出神地望着眼前的报纸，嘟哝着说报纸上的字母似乎重叠在一起了。后来，他干脆走到埃莱娜身边，把头埋进她怀里。

与此同时，我感到一股回忆的浪潮扑面而来，就像有人在翻动我的生活。往前翻几章，是阿姨的葬礼。一年前，她得了脑中风，很快便撒手人寰。在参加葬礼的路上，马蒂脸色平静，几乎没什么情绪波动，但他其实很爱我们的阿姨。他一言不发地开车，丽兹和我则说命运再次背叛了我们。“别胡说了，”马蒂突然插话说，“哪有什么命运，就像哪有什么上帝一样。其实世上什么都没有，或者说只有我们人类，两者其实并没有什么不同。所以，埋怨是荒唐的。死亡就像一张统计表，它现在看上去仿佛是在针对我们，但当我们周围的人，包括我们自己都死光了之后，它就又可以从头再来了。就这么简单。”可就在半个小时后，当我们坐在葬礼上望着阿姨的棺材时，哥哥却出人意料地号啕大哭起来。撕心裂肺的哭泣引来了小教堂里所有人的目光，而他就在众目睽睽之下靠在丽兹的肩膀上，任凭丽兹把他揽在怀里。

接着，我的脑海里又浮现出年代更为久远的另一幕。年幼的我站在客厅里，听阿姨通报父母的死讯。马蒂面如死灰，一动不动地站在我身旁，他的魂魄可能在千里之外。这番话慢慢显现出巨大的威力，它四处渗透：潜入地板，让它不再平整；潜入我的双眼，让我的视线模糊不清；潜入我的双腿，让我只能在房间里踉跄着移动脚步。后来，这股冲击波也蔓延到了丽兹身上。她一进门就关切地望着我："怎么了？"但我不能说，也不愿说，似乎这样就能免受事实的伤害。

"我也看到了。"丽兹在我身边说道，至少我认为她这样说过。

我想跟她说，一切都已经变了样，我也变了样，但我做不到。我的心跳越来越快，一幅幅画面涌入我的脑海。我看到父亲朝我抛来一个球，看到丽兹把一个马勒菲兹跳棋子藏进口袋作为吉祥物，看到母亲叫我小蜗牛，给我讲故事，看到自己替她筛做"馋嘴蛋糕"用的面粉。这一切是那么杂乱无章，却又近在咫尺，多么美妙。它们来得如此迅速，让我目不暇接。

我使劲吸气，呼气，吸气，呼气。

"够了，"我不停地说，"我受不了了，停下来吧！"

丽兹抓起我的手。"别紧张，"她说，"一切都好。"

眼泪顺着我的双颊流下来，房间里的色彩明亮起来，我几乎看得清手上每一道细小的纹路。我呼吸急促，胸口阵阵发紧。可接下来，就像是在一瞬间，一切都消失了，我的呼吸恢复了正常。我松了一口气，几乎笑出声来。我不停地看向埃莱娜，她一边打量着我，一边镇定地掌控着屋里的情况。

“现在我知道自己十二岁时一直想画什么了。”丽兹靠在我身上，“之前我把它们给忘了，现在回想起来了。我想画四条狗，它们像人一样在海滩上玩着皮球。它们有奇怪的名字，还穿着过时的衣服。”

我点点头，很高兴自己离她这么近。

当我的意识脱离了枷锁，带我故地重游时，一切都融为一体。

我像是……不对，我就是马蒂，小时候一心想组装一台烧汽油的玩具汽车。所有部件被精确地焊接在一起；当马达发动，车底的一切正常运转时，我喜极而泣。

我就是用彩笔在纸上画画的丽兹，我笔下的事物栩栩如生，我情不自禁地爱上了它们。我的脑子里还有更多生动的画面，它们挤得我有些头疼，但我又不能在外人面前表露出来。所以我不得不摆出一副高傲的样子，发疯似的在房间里跑来跑去，好把多余的能量甩出我的身体。

我就是注视着孩子们的母亲，我看着他们玩耍，看着他们一天天长大，希望他们能在我身边多待上一阵。我为这种生活牺牲了此生的自由，虽然有时我也会怀念自由，但我心里却并无不满。

我就是我的父亲，才刚开车出门上班，就恨不得掉头回家。但和许多人一样，我不能这样做。我常常问自己，事情是从什么时候开始不对劲的，还是它们根本就没有对劲过，从头到尾就是一个错误。我想起死前的最后一个圣诞节，我送给小儿子尤勒斯一台旧相机作为圣诞礼物，他却将它束之高阁。后来，我又跟他谈了一次……

“我想起来了。”我说。父亲沮丧地拿着烟斗，震惊地望着我，这个画面清晰地出现在我眼前，刺痛了我的心。是我的错，都是我的错。

“哦，天哪，现在我都想起来了。”

我依然紧闭着双眼。现在，我就是我自己。我跑过一片绿意盎然的草坪，闻着干草、松香和青苔的气味，各种感觉充斥着我的五官。下雨了，我浑身湿漉漉地跑进一片树林。短短几秒钟内，黑夜就取代了白天。周围突然又黑又冷，我能感觉到潜伏的危险。我必须从茂密的树林下方穿过，又尖又黑的树枝刺破了我的皮肤，我流血了。

“有什么东西不对劲，”我说，“很不对劲。但它就是不肯停下来。”

我感到有人在摇晃我的身子，但我就是睁不开眼，还在继续奔跑。我记得这片树林，从童年时代起，我就没有离开过这儿。它就是我的家。如果我不留神，就会死在这里。

我闯入了自己内心深处，在那儿清晰地看到这样一幅画面：随着父母的离世，我们的生活走到了一个岔路口，它在那儿拐错了弯，从此我们便开始了一段错误的人生。一个在系统里无法更改的错误。

在通往内心的路上，我绊了一跤，被地上的一根树枝刺中了。这根树枝刺穿了我的心，我流了好多血，一切都变得温暖而明亮，那么舒服，与此同时，我曾经有过的那种极其无助的感觉，因为我必须放下一切，失去一切……

睁开眼时，我浑身都湿透了。

“我不想死，”我大声喊道，“我不想死！”

必须与自己说再见了。必须忘却一切念头、愿望和回忆，从此永远黑屏。

我蹲在地上抽泣，不停地嘟哝着“我不想死”。丽兹躺在我身旁，马蒂和埃莱娜抓住我的手。我感觉到其他人就在我身边，我们的家是多么温暖舒适。但这一切却是那么遥远，因为我正处在自己内心深处，而那儿只有冰冷的恐惧。

此行的最后一天，我和哥哥坐在海边。空气很凉爽，海风吹动了我们的头发。一艘渔船从海上驶过，轮廓渐渐消失在海平面上。

“喂！”马蒂说。

“嗯？”

“可惜我们不常见面。”他取下眼镜，伸出拇指和食指按压着鼻梁，“过去这些年，我可能算不上一个好哥哥。”

“你就是个聪明的浑蛋。”

“嗯，或许是的。”

“一个自作聪明的大浑蛋。”

“谢谢，我懂了。”

我们互相看了一眼。哥哥拍了拍我的肩膀，似乎转眼间重新焕发了青春：“我会好好补偿你的。”

那天下午，哥哥姐姐开始打包回程的行李，我和埃莱娜最后一次去村里散步。

“马蒂的那些怪癖怎么样了？”我问，“锁五次门，有规律地往下按很多次门把手，走路不踩石头缝……这些都怎么样了？”

埃莱娜低下了头。“之前有段时间越来越严重，”她说，“甚至发展到一年做五次癌症预防，还不敢坐升降梯和扶梯，生怕它们会给他带来不幸。”

“什么？”

埃莱娜忍不住笑了：“是啊，他觉得升降梯和扶梯都怀有歹意。起初他有意瞒着我，被我看到后，还想靠玩笑糊弄过去。不知从什么时候起，这种强迫症充斥了他的生活。几个月前，他开始接受治疗。”

快到家了，已经能看到马蒂在往行李箱里装行李。他一边装，一边哼着歌剧《卡门》中的一支小调。

“他戒掉那些怪癖了？”我问。

“但愿吧，是好些了，但我有时能感觉到它们还在那里，只是被他更好地掩藏了起来。我想抓个现形，但至今还没成功过。”

见我走进花园，哥哥朝我点了点头。我想，艰难的童年就像隐形的敌人，你永远不知道他会在何时发动攻势。

第　二　部　分

ZWEITER TEIL

出了摩托车车祸后，我恢复得很快。没过多久，我就能阅读、看电视和打电话了，我的诊断结果也正式出炉：脾脏挫伤，右侧胫骨和腓骨骨折，锁骨骨折，严重脑震荡。医生说我确实不太走运。

走运。这个词近来几乎与我绝缘了。

有人敲门。托尼带着孩子们走了进来。一同来的还有埃莱娜。托尼是专程为我飞来慕尼黑的。

孩子们跑到床边拥抱了我。文森特送给我一幅画，上面是一个拄着拐杖的男人在露齿微笑；路易丝把一只毛绒玩具放在床头柜上，大概是想让它给我做伴。他俩已经七岁了，但我依然把他们的出生视作奇迹。即便有一天我离家出走，遭遇不测或者与他们闹翻了，他们依然是我的骨肉。

路易丝指了指我脚上的石膏和脖套。和上次探病时一样，她又问我会不会死。见我摇头，她放心地点点头。文森特似乎对我的回答并不满意，他揉搓着自己的手指，眼神里透出恐惧。

我决心打起精神，像从前那样，继续在孩子们面前扮演那个自信而快乐的小丑。我给他们讲了医院里的日常生活，又问他们：

“你们在马蒂伯伯和埃莱娜伯母家过得怎么样？”

儿子闷声不响。

“很好啊！”路易丝替他说。

“你们昨天干什么了？”

“去了动物园，看到了狮子，我们离它可近了。”

她很开心，我想。在发生了这一切后，她还可以为一只关在笼子里的可怜虫开心。我把她搂进怀里，给了她一个吻。

“你呢？”我问文森特，“你最喜欢哪种动物？”

他抬起头，与我对视了几秒钟，又低下头去。“蛇。”他小声说。

我不安地瞥了马蒂一眼，暗自祈祷我的儿子以后不会像他那样，喜欢解剖手无寸铁的小动物，还要把它们的血液放到显微镜下一窥究竟。

后来，我们一道画起了动物：先是大象，然后是老鼠、长颈鹿和老虎。托尼的画实在不堪入目（“这些可怜虫要真像你画得那样，恐怕一天都活不下去。”马蒂评价说。），而文森特的笔法却出奇地准确，他画的长颈鹿更是炯炯有神。我表扬了他几句，他笑了。这个突如其来的笑容是那么甜美，几乎让我放下了戒备，有那么一阵不再担心他了。

探病的人走后，天也黑了。看着一片片暗淡的云彩从窗外飘过，我感觉到黑暗正透过窗户窥探我。我想见我的妻子，但她另有要事，身在国外。我跟她说，我一个人就能搞定家里的一切，她无须挂念，她甚至连德国手机都不用带。她现在正在俄罗斯，更确切地说是在叶卡捷琳堡。她现在只能买到几天后的机票。在这之前，我只得孤身一人待在这里。

那天晚上，我睡得并不好。我骑着摩托车偏离马路、撞车摔倒的场景像电影一样在我的脑海里不停地重现。

“大概就是这样，”我正这样想着，另一个声音又说，“还要再厉害一些呢！”最后，我也分辨不清究竟是怎么回事了。

接着，我就醒了。

我打开灯。在我的要求下，哥哥给我拿来了一本相册和两本小说：亚历山大·尼古拉·罗曼诺夫的《飞逝的时光》和弗朗西斯·司各特·菲茨杰拉德的《夜色温柔》。这两本书我都读过很多次，却依然能驻足于熟悉的场景和文字间，流连忘返。后来，我终于睡着了。这次没有做梦，脑子里空荡荡的。

早上她打来电话时，我正沉浸在自己的思绪之中。她依旧滞留在叶卡捷琳堡，由于一场工业展览会，所有机票都售完了。

“我在这儿快待不下去了，”我说，“你到底什么时候回来啊？”

“我很快就回来。”

“早知道我就去找你了，那样兴许还容易些。”

“别这么酸溜溜的。光凭你身上的钛钉和钛板，机场安检就不会放你过去。”

她问起孩子们的状况。听说哥哥和埃莱娜与他们相处得很融洽，她也放心了。我告诉她我爱她，然后就挂了电话。

这一次，只有马蒂一个人来看我。他站在窗边看着外面。他的衬衫是量身定做的，裤子上的褶子也熨得笔直，但近来他的头发日渐稀疏。我打量着哥哥，他从不多愁善感，也从不留恋过去，一心把生活中的每一次意外据为己有，把它雕琢得与众不同。我的眼前出现了我们两个七十多岁时并肩而立的画面。我并没有那么喜欢马蒂，事实上，我们两个截然不同，但他对我有着与众不同的意义：他一直在我身边，四十一年来一直如此。

“你为什么要这么做？”他问。

这个问题完全在我的意料之中。

“所以你也觉得这不是意外？”

“什么叫我也觉得？”

我想起了和那个年轻的驻院心理医生的对话。她也认为这不是意外，因为现场根本没有任何刹车的痕迹。

“所以你觉得我是自杀未遂？”我挑衅地回应道。

她并没有反驳我的话。

“您必须认清事实，这很重要。”她最后说，“我知道，您又要躲进自己的梦里了。但您必须正视发生的一切。您的家庭需要一个活在当下的人。”

我没再说话。

我盯着哥哥看了好久：“我为什么要自杀呢？我是两个孩子的父亲，无论如何我都不会抛下他们。那就是一场事故，摩托车失去了控制。”

马蒂似乎并不相信我的话。“那玩意就是一堆废铁。”他淡淡地说，“我就不明白，你怎么会突然对摩托车着迷了。太危险了！”

他走后，我又试着做起了白日梦，但这一次并没有成功。我痴痴地盯着窗外，几只燕子从空中飞过。从前，每当心情低落的时候，我总爱想象自己也会飞翔。

我随便翻了两下相册。除了跟妻子的合影，我最爱看的就是与哥哥姐姐的合影。有几张照片是姐姐在一次聚会上拍的，她拿着一个鸡尾酒杯，眼神里满是挑衅和自信。已经过去十五年了，我对丽兹的思念依然难以诉诸言语。

一个护工敲了敲门。在他的陪伴下，我拄着拐杖，第一次在医院的花园里小心地散起了步。我的断腿几乎感觉不到疼痛，裂开的锁骨愈合良好，头痛也几近消失了。久违的日光灼痛了我的双眼，我深吸一口气，在一条长凳上坐了下来。周围一片叽叽喳喳的鸟叫声，天空万里无云，阳光照在花园的每一个角落。

她死了，我想。

有些时刻，我努力保持清醒。想点别的，想点别的，但各种念头依旧不停地在我脑海里盘旋。在柏林的那段时光又出现在我眼前。在那段孤独的日子里，我被一种令人绝望的愚蠢击溃了，在家中独自起舞。我想起了瑞士的地下室和那包子弹，也想起了自己重新拾笔写作的经过。一幅幅杂乱无章的画面在我眼前加速闪现，突然，我回忆起了车祸前发生的事情。深渊在凝视着我。

我也回望了它一眼。

回到过去（2000—2003）

在那次法国之行后约莫两年，我放弃了摄影。当时，我被一位相熟的策展人拒之门外；盛怒之下，我把所有相机装进一个盒子，搁在路边。一个小时后，我想把它们取回时，盒子早已不见了。此后的几个月，我的生活一路跌入谷底。我开始一觉睡到下午，还过量吸食大麻；我写了几个小故事，却从没有将它们给任何人看；而且，我明显变得好斗了。当时的女友弃我而去，在她看来，我太过自闭，太不接地气，她再也无法忍受我了。但我却无所谓。就像在前几段感情中一样，我并没有真正心动，在内心深处隐隐感觉这一切并非真正属于我的生活。我常常想用它来交换父母尚在时的生活。这种想法一再出现，就像是一道蒙在我心上的诅咒。

从丽兹那儿得知黄胶唱片有个空缺职位后，我退掉了在汉堡租的房子，搬到了柏林。这家音乐厂牌[1]的办公地点在科特布斯水坝大道附近的一个后院，它专注于歌手和词作者的培养及印度摇滚。我起初在那儿做法律顾问，后来成了一名猎头，但其实就算我去国外谋生或是再回去念书，也可以混得差不多。在内心深处，我觉察到自己的生活正在偏离正轨，但当时我还无法说清楚这种感觉。问题在于，我不知道自己究竟是在何时何地出了岔子。我甚至都不知道自己走的是怎样的一条路。

二〇〇三年一月，在我三十岁生日前夕，我正骑着小黄蜂踏板车在城里转悠，一辆红色的菲亚特突然停在我身旁。为什么我竟无法将目光从它身上挪开？哦，对，是因为阿尔瓦。她有过一辆同样的车。那一刻，我又想起了一切是怎么结束的。我求她跟我一起去慕尼黑，作为回应，她跟那个男人上床，还逼我目睹了这一幕。就是这样。

但这还不是全部。

中学毕业前的最后一个周末，阿尔瓦出人意料地来到我面前，

---

① Record label，指音乐专辑出版公司，特别是在摇滚或独立音乐等领域。在摇滚或独立音乐行业内，一家公司所出版的音乐专辑通常有着比较近似的风格，时间久了，一些知名的公司或者说厂牌就代表了某种音乐风格。

像什么都没发生过一样笑嘻嘻地说，她可能要去新西兰做一年义工。我们说到今后可能见不到面了，互相感叹从朝夕相处到不再相见的巨大反差。其实我当时还气愤难平，但她的眼神里有一些脆弱的东西触动了我。后来，她挽着我的手，问我要不要周末一起做些什么。她想通了一些事情，打算好好跟我谈谈。

我很吃惊，一时不知该如何回应。我答应无论如何都会给她打电话，她说她会等我的消息。

但我却没有给她打电话。

整个周末，我一直在寄宿学校走廊里的公用电话旁徘徊。但我没法给她打电话。阿尔瓦肯定是有意这样伤害我的，就算她再三强调，显然我对她也没有那么重要，她很快就要永远抛弃我了。我怎么能原谅她呢？但与此同时，我又非见她一面不可。我期待她或许会打个电话给我，但她没有这样做。

周一再次回到学校时，她没有搭理我。她一直逃避我的目光，似乎是在向我表示抗议。课间，我过去找她。

“对不起，”我故作随意地侧身倚在墙上，“我想给你打电话来着，但周末实在是太忙了！”

或许我还扯谎说自己去了一个派对，并在那里遇见了一个她也认识的女孩。阿尔瓦知道那个女孩喜欢我。反正只要能对阿尔瓦的所作所为略施报复，我便能感到莫大的安慰。我以为她会遗憾地点点头，或者至少对我的镇静表现出一丝惊讶，但她只是质疑地盯着我看。

“这样啊，”她说，“对哦，我都忘了有这么一回事了。哎呀，没关系的。”

这就是我和阿尔瓦的最后一次对话。

见到那辆红色菲亚特几天之后，我去接丽兹下班。距离在贝迪拉克共同度过的那个夏天已经过去快五年了。她在一所夜校里补上了高中毕业考试，后来读了师范专业，取得了音乐、艺术和德语学科的教师资格。我看见她和几个青年教师一起从楼里出来。从远处看，丽兹还要再高一些，可说是风度翩翩。她肩上背着一个挎包，脸上挂着笑容，显然是这群人的头领，其他人看她的目光中都带着仰慕。不知道她早已年过三十的人可能还以为她只有二十五岁，她的脸庞较过去圆润了一些。

我们一起在她那堆满各样家什和图画、有些邋遢的公寓里做饭。说是一起做饭，其实是她做我看。在这期间，我们聊到了马蒂搬家的事情。不久前，马蒂把他的公司卖了一大笔钱，转而去慕尼黑工大教书。他和埃莱娜在英国花园[①]附近买了一栋房子。

“你能想象吗？”我坐在厨房的椅子上晃荡着双腿，“他住的地方离我们从前的家只隔了几个街区。”

① 慕尼黑著名景点，欧洲最大的城市花园之一。

“我知道我们早晚要回去，”她一边把罗勒切细，一边说，“只是没想到会这么快。”

“我永远都不会回慕尼黑的，凭什么？”

“因为我们当时离开那儿是迫不得已。”

丽兹点燃了一根线香。收音机里放着墨西哥民族音乐，她跟着哼了起来。我想象着她在音乐课上给学生们弹吉他时的神情，想着她作为奖励画在低年级学生作业本上的小人和小动物，想着她在夏天带着他们一起排戏的样子。姐姐徘徊和迷茫了许多年，在我看来，她的生活现在总算踏上了正轨，恢复了父母在世时的样子。她找到了回到过去的路，就连哥哥似乎也找回了自我。我几天前在咖啡馆里注意到了邻座的一群人。为首的男人年龄与我相仿，把同伴逗得哈哈大笑，举手投足间便能掌控全场。我不安地扭过头，但他的一举一动却在我心头挥之不去。那一瞬间，我想到，如果有些事情没有发生，我也会成为那样的男人。

外面传来一阵叫喊声。一群孩子从混凝土墙围着的内院跑过。

“它本该几岁了？”问这句话时，我一半沉浸在自己的思绪中。

这个问题显然不合时宜，姐姐的目光黯淡了下来。“五岁。”她说。

“你还经常想起那件事吗？”

“没以前那么频繁了，但有时候我还是担心自己错过了机会，再也当不了妈妈了。第一次是在寄宿学校，那会儿我太小了。跟罗伯特在一起的时候，我的年龄正合适。谁知道以后还能不能生出孩子呢！”

她依然在不停地抛弃男友，以避免被他们抛弃。她的上一任男友是一位荷兰演员，那段感情也以失败告终。“他就是个蠢得迷人的浑蛋。”丽兹有一次这样说。

马蒂也还没有孩子，反倒是在几年前养了条狗。他脑子里实在没什么墨水，干脆就给这条狗取名叫狗。就在不久前，他还大放厥词说，反正早晚都要去见上帝，何必再生孩子自寻烦恼。

丽兹对此愤愤不平。“这些都是虚无主义的胡说八道。”她说，“你也知道这些话都是不对的。实际上，这些奉行虚无主义的人都是一群玩世不恭的浑蛋。他们假装一切都毫无意义，因为只有这样他们才没什么可以失去。这种态度看似无懈可击，不容置疑，但深究起来其实不值一驳。”

她摇了摇头，点了根烟。“生死的对立面就是虚无，”她嘴里嚼着烟头，“如果这个世界根本不存在，真的就会更好吗？我们总归得活着，我们创造艺术，与人相爱，我们审视世界，既承受痛苦，也享受欢乐。芸芸众生以不同的方式生存，并以此抵制虚无的侵蚀，但也要为此付出死亡的代价。”

我又想到了阿尔瓦和那辆红色菲亚特。头天晚上，我梦到自己在战场上穿行。一架架直升机从空中坠落，炸弹如雨点般落下，周围的人纷纷倒下。这座城市注定要沦陷，但我却在枪林弹雨中一路前行，因为我听说阿尔瓦在市中心的一幢房子里被俘了。我像疯子一样在城里奔走，累得筋疲力尽，有几次更是死里逃生，但却一直到不了目的地。就在这时，我醒了过来。

这晚过后，回忆像潮水般涌来。梦有自己的时间观，更准确地说，梦境根本不存在时间先后的差别。我想起自己刚在操场上跑完步，阿尔瓦则躺在草坪上看书。当时，我经常躺到她身旁，在她耳边吹气。这通常会让她咯咯直笑，但有一天下午，她却对此毫无反应。她双手紧紧抓着一本书，显然一位她喜欢的主人公刚刚过世了。直到这时，我才注意到她流泪了。我不想打扰她，但注定要与她分享这一亲密时刻。望着她涨红的脸，我意识到阿尔瓦是多么喜爱文学，这种喜爱远胜我所认识的其他人。她坐在我身旁，被一个故事深深触动，这一幕同样触动了我。我恨不得一把将她揽在怀里，保护她，使她得以远离自己，远离所有她不曾告诉我的事物。但之后一切都变了样，而这已经是十一年前的事情了。

这天晚上，我翻出阿尔瓦的电子邮箱地址，给她写了封邮件。我不指望她会回信，一切只是遵从我内心的感受。起初我写了足有好几页，最后却只剩下两行字：

我三十了，还没有孩子。

你呢？

她没有回信。我等了好几天，然后是好几个星期，后来就放弃了。我朝着过去呼喊，却没有收到任何回音。

春季，我休了几天假，去贝迪拉克看望正和埃莱娜在那儿小住的马蒂。我刚把租来的车停在勒高夫路尽头的房子前面，就见一条狗扑了上来，那是一条哈士奇。马蒂和埃莱娜收养它时，它还是一条幼犬，现在已经长得威风凛凛，它的毛发黑白相间，一双淡蓝色的眼睛炯炯有神。

埃莱娜的姐姐带着她的三个孩子在这里做客。跟埃莱娜打招呼时，我从她身上感觉到了悲伤。哥哥看上去依旧那么年轻。我开玩笑说，他看上去越来越像我们的父亲了。过一阵子，我一定得送他一杆烟斗和一件亮棕色的皮夹克。

我们七个一起去郊游。孩子们和狗一起玩耍，马蒂和我则落在队伍后头。我察觉到他的心思似乎在别处。后来，他指了指将自己的外甥扛在肩头的埃莱娜。在这群小孩子的簇拥下，她神采焕发。

“她喜欢孩子。”马蒂说。

“我知道。”

“可她大概没机会自己生了。”

我停下了脚步。“你们什么时候知道的？”

“之前我们就有些怀疑。我们从两三年前停止避孕，这几个月更是刻意加了把劲。见还没有动静，埃莱娜就去做了个检查……”

马蒂搜寻着我的目光，继续说道：“你知道吗，我不确定自己是否非要孩子不可。我也愿意想象跟自己的孩子一起组装遥控汽车的情景，但那不是必需的。可她却真心喜欢孩子，一心想自己生个宝宝。我们家那么多房间……这几周，她经常流眼泪。”

我们散步的小道通往那片熟悉的森林。

“我要跟她结婚。”马蒂的淡定像是刻在骨子里，“虽然我们之前不这么想，但我现在觉得这才是正确的事情。你觉得呢？”

“我觉得挺好啊！”

马蒂尴尬地望着我说：“我想让你当我的伴郎。”

“伴郎？一般不都是请自己欣赏的人当伴郎吗？”

“我想，我可以为你破一次例。”

树林里弥漫着一股清香，对于即将到来的夜晚，我已经有了一丝预感。我们来到那条遍布碎石的河流旁，那座独木桥依旧横跨其上。

“我小时候竟然会从这上头跑过去，真是难以置信。”我用脚尖点了一下那段树干，“这桥距河面有两米多，掉下去准得摔断脖子。”

“你小时候从不知道什么叫害怕。”

我踏上树干，感觉就像是走进了一方被施了魔法的空间，打开了一扇通往过去的门。才走了两步，我就感到头晕目眩。脚下的河水哗哗作响，水中石块林立，但它们看上去比我记忆中钝了许多。脚下的树干在摇晃，每走一步，我都感觉自己要掉下去了。我开始出汗，耳边响起了父亲的警告，这实在是太危险了。他的担忧和恐惧此时就像不期而至的租客一样占据了我的脑海。

“快掉头回来，”马蒂说，“看上去真的不妙！”

“小时候，我很快就跑了过去，只有这样才会成功。”

这时候，我已经走过了四分之一，但能救我一命的对岸依然遥不可及。回到过去，我想，做回从前的自己。但我马上就滑了一下。幸好我反应及时，再加上一点运气，才勉强站稳了脚跟，但我的心已经提到了嗓子眼。继续挣扎也只是徒劳。我小心地掉转步子，走回马蒂身旁。那一刻的我就像一个拳击手，重返拳台，却败给了年轻时的自己。

卖掉公司后，托尼去洛杉矶魔术圣地“查韦斯魔术学校”深造了两年，闲暇时骑着摩托车横穿美利坚，甚至一路往南到过火地群岛。现在，他却出人意料地来到了柏林。在找到新的住处前，他一直睡在我的沙发上。

一天晚上，我们一起在酒吧里闲坐，正巧看到姐姐走进来。她并没有左顾右盼，也没注意到我们，而是直接坐到了角落里的一群女人中间，点了支烟，很快便成为闲聊的中心。手持红酒杯的她有一种特殊的魅力，她说每一个字的语气都是那么贪婪而急切，仿佛一个口干舌燥的人终于喝到了甘泉。

托尼想要过去和她搭话，却被我制止了。我听见姐姐正在用她那低沉的演员腔讲述一次与人调情的经历。“最让人难忘的一次经历是在下东城的一个哥特派对上。”她大声说，“有个穿着皮衣、留着胡子、脑袋上还粘着两个尖角的男人过来跟我搭讪。”

“他说什么了？”她的一个女伴问。

丽兹非常享受这一刻。“他走到离我很近的地方，压着嗓子问：你准备好跟一个魔鬼上床了吗？”她略显放纵的笑声在酒吧里回荡，她的女伴们也跟着笑了。

托尼不停地朝她那儿张望：“她现在总该给我回信了吧？”

后来，我们一起去了白日梦酒吧。姐姐和托尼并排坐在路旁，双脚悬在施普雷河上方。托尼继续和她调情，也确实引起了丽兹的兴趣。她不再只把他当成弟弟的朋友，而终于把他当成了一个男人。她一边漫不经心地朝后仰去，一边打量着面前的这个男人。她穿了件黑色的衣服，背带掉落在一旁，一头金发披散在肩上，赤裸的双脚交叉在一起。她心情不错，正盘算着托尼究竟是逢场作戏，还是他原本就这么讨人喜欢，或者他也有深沉的、男人的那一面。在托尼面前，姐姐又摆出了那副讽刺而高傲的神情，它背后潜藏着极大的破坏性。一秒，两秒……他终于受不了了，落荒而逃。这种种反复，我都看在眼里。他没有一丝成功的可能。

我则试着和丽兹的几个女伴聊了起来，但感觉并不是很好。后来，当这群人还想转战另一个酒吧时，我提前告辞了。家里一片静寂，这种感觉我多年来再熟悉不过。但我已经渐渐厌倦了这种隐居的生活，厌倦了无力融入生活的自己。我一直在做梦，从未真正醒过。看看你自己，我想，你已经受够了独居的生活了，为什么还拼命想要在这个世界上孑然而立呢？

我打开笔记本电脑，有两封新邮件。马蒂来信说，他的婚礼计划完全掌握在埃莱娜的家人手里，他对此已经无权过问。第二封邮件来自我当年学法律时的一位同学，一看就是群发的，我二话不说就删了它。我又看了一会儿电视，不停地切换频道，正想上床睡觉的时候，又收到一封邮件。发信时间是凌晨两点四十六分。我揉了揉双眼，打开了它：

这些年一直想到你，愿你一切安好。若能与你重逢，我将不胜欣喜。

阿尔瓦

接下来的几周，我都在紧张和喜悦中度过。马蒂隆重的婚礼和他从克罗地亚远道而来的岳父母和妻舅只不过让我略微分了点心。有了这一封邮件，我的过去似乎重新焕发了生气。

阿尔瓦住在瑞士。在多次邮件往来后——她常常好几天不回信——我们约定在位于柏林和瑞士中间的慕尼黑见面。没过多久，我便重新回到了故乡，利用上午的时间去了哥哥家。他跟埃莱娜刚从西班牙度完蜜月回来。

“紧张吗？”刚穿过客厅，马蒂就这样问我。客厅里的新婚贺礼堆得像座小山，有些还未拆封。

“我不敢相信我马上就能和她见面了。”

“她有男朋友了吗？”马蒂一边问，一边瞄准一个亮绿色的包裹。埃莱娜的侄子把他的软气枪落在了这里，我们用它射击贺礼玩。

“我听说，她已经结婚了。”我朝一个红纸包裹的长条状礼盒开了一枪。它晃了一下，里面显然是一套餐具。

“这你都听说了。”哥哥朝着放在客厅抽屉柜上的一个白色小包裹连发三枪。那个包裹摔在地上，裂开了，里面是一个美因茨[1]小人状的厨房挂钟，一看就是廉价货。

马蒂满脸鄙夷地将它捡了起来。“这简直就是一堆破铜烂铁。”他把挂钟放回到抽屉柜上，“怎么还会有人送这种东西？”

“还不是因为你没有真正的朋友。”

“你不也一样。”

“我知道。我要是结婚了，只能请到三个人。你，丽兹，兴许还有托尼。”

“不好意思，只有两个。”哥哥说，“我可没时间。”

“你结婚后变了许多，越变越坏了。”我瞄准美因茨小人，一枪打在两只大眼睛之间的位置。它再次从抽屉柜上落下来，摔碎了。

“阿尔瓦具体住在哪儿啊？”马蒂又朝一个蓝色包裹连续打了几发子弹。

---

① 德国城市，位于莱茵河左岸，正对美因河注入莱茵河的入口处。

“住在卢塞恩，已经有好几年了。说不定她现在说德语都带瑞士口音了。”

突然，马蒂把枪口指向了我。“要是她真的已经嫁人了，你怎么办？”

“我是这样想的，”我也瞄准了他，“那再正常不过。”

“你不会真的这么想吧？”马蒂冷笑着说，“看得出来，你还抱有希望呢！”

“我不说了。”

“希望只属于傻瓜。”

“绝望也是一样。”

他朝左边努了努下巴。客厅的桌上摆着一份大礼，一个用糖果色彩纸包裹着的硕大花瓶。“数到三？”

“数到三！”

“一，二……三！”

我们同时打完了全部子弹。花瓶晃荡了一阵，最终还是啪的一声摔在了地上。我们相视而笑，接着又各自转过头去。现在，客厅里已经是一片狼藉了。“收拾一下吧，”马蒂吹了吹软气枪的枪口，“埃莱娜就要回来了。”

我跟阿尔瓦见面的酒吧在格洛肯巴赫区，就在从前阿姨家附近。

我像一个小青年一样紧张，提前十五分钟就到了那儿。我正想走开（千万别让我做第一个到的人……），突然瞥见了坐在门口的那个红发女人。她跷着二郎腿，正聚精会神地研究着菜单。

我盯着阿尔瓦看了好几秒，看着她那高耸的鼻梁、黑框眼镜、微扬的嘴角、丰满的嘴唇，还有性感的锁骨、洁白无瑕的皮肤和修长的身躯。第一眼望去，她是那么成熟，甚至让我觉得有些陌生。变化最大的是她的眼睛，这双大眼睛依旧清澈，但所有的镇定都消失了。就在我思索究竟发生了什么的时候，她注意到了我。

“嗨！”她说。

我怎么可能忘记她的声音呢！一个简短的拥抱后，我已经乐得不行，脸上的肌肉笑得发疼，但我就是停不下来。她坐在有坐垫的长椅上，我坐在凳子上，我们中间就隔着一张小圆桌。

“你什么时候变得这么准时了？”

“其实没变，”她说，“我就想在你之前到这儿，看着你从门口走进来……可惜错过了。”

阿尔瓦穿着黑色牛仔裤、大开领的灰色毛衣，显得神秘而自信，但也流露出一丝疲倦。

“我给你带了点东西。”说着，我将礼物递到她手里。

“我可以打开看吗？”

阿尔瓦没有撕破包装纸，而是小心翼翼地——几乎是满怀深情地——撕开一个口，从里面掏出一张唱片：尼克·德雷克的《粉月》。

“你还记得吗？”我问，“你第一次来我房间时，我们一起听过这个。你喜欢它，我还记得。”

我觉得她应该挺开心的，至少她一直看着这张唱片，手指来回抚摩着有些磨损的边角。

因为情绪激动，我一开始语速很快。听我简略讲完我的经历之后，她说起了她去莫斯科读文学专业的往事。只读了一个学期，她便放弃了学业。这就是她与文学之间的短暂接触。

“那你现在做什么工作呢？”我忍不住问道。

“说实话，我没有工作。”

“怎么会呢？”

阿尔瓦耸了耸肩。她一副无所谓的样子，但即便是在这么多年后，我依然能感受到她的不安。她对人生中重要的篇章一直闪烁其词，故意绕过了在俄罗斯的那些年，也不说自己现在在做什么，只是不断提起那些陈年旧事。

她将双手伸过桌子，抓住我的手，说：“见到你真是太好了。我还担心你不会来了呢！”

“为什么？”

阿尔瓦缩回手，盯着我说：“尤勒斯，你长得很帅，笑起来也很好看。当年在学校里我就想这么跟你说。你笑的时候就像换了一个人，看上去也不那么自闭了。你真该多笑笑。”她突然来了精神，“嗯，就像现在一样。”接着，她又兴致勃勃地问，“说说看，你在做些什么？”

“我在一家音乐厂牌工作。”我点了一杯饮料，她点了一杯卡布奇诺，“我其实想去意大利，可我姐姐告诉我有这样一个职位。这份工作还不错，不过有很多鸡毛蒜皮的法务琐事，但我现在也慢慢开始管理乐队了。”

我的工作还说得过去，但阿尔瓦似乎有些兴味索然。

“音乐当然也很适合你，但我总以为你会做些别的，比如写作。当年我可喜欢你写的小故事了。还有，你为什么不搞摄影呢？从前你很喜欢拍照。”

她对我的信任让我感动。她是唯一一个真心喜欢我的故事和照片的人。

“我试过当摄影师，但结果不是很好，所以渐渐地就放弃了。”

“为什么？”

“四处碰壁，搞得我心灰意冷。”

阿尔瓦思索了一阵，瞥了我一眼，说：“你真是因为这个放弃的吗？”

她还是能一眼把我看穿。

“你说得对，我就是发现我……”我摇了摇手中的杯子，冰块在琥珀色的液体中来回晃荡，“算了，不重要。这个下次再说吧！”

我们都没有说话。刚重逢时的兴奋劲儿已经过去了，一切都显得那么正式，那么费劲。有一阵子，我感觉我们两个的真身其实相隔万里，只派了两个傀儡到酒吧见面，而他们无权谈论真正重要的事情。

“你现在听什么音乐呢？”终于，阿尔瓦开口问道。

在她的要求下，我拿出MP3，与她并排坐在长椅上。我们一人一只耳机，听了几个乐队的歌。每听一首歌，她的情绪就活跃一些。

“这首好听。”听到艾略特·史密斯的《酒吧之间》时，她两眼放光地说，“我真的很喜欢。”

有那么一阵，我们并肩听着音乐，寄宿学校时代那种熟悉的感觉似乎又回来了。

“你过得好吗？”我问。

她有些不解地摘下耳机：“什么？”

“你过得可好？”

一开始，她似乎想要回避，以至于我担心这个问题是不是太直接了。但接下来，她只是耸了耸肩，反问道：“你呢？”

我也耸了耸肩。

“看来我们差不多。”她开心地大声说。

我指了指她面前的卡布奇诺。“有时候我在想，我们再见面的时候，一定会喝得酩酊大醉。”

“现在也不晚啊！”

“喝点杜松子酒怎么样？”

“还是换点别的吧！上次我们喝杜松子酒，感觉就有点怪怪的，你还记得吗？你在我面前跳起了舞，我也喝多了，差点扑到你身上。”

轻描淡写地说完这番话，她翻起了酒水单。

两杯下肚，我们依旧偎依在一起。不知是因为酒精的作用还是音乐的影响，我突然感觉我们上一次见面似乎是在昨天，只是这个昨天已经是多年以前的事情了。我错过了一班车，于是干脆决定连下一班车也不去赶了。我已经有些口齿不清了，但至少我终于说出了我想说的话。

阿尔瓦也活跃了许多。

“那些女人怎么样了？”

“哎呀，你知道我的。总有女人对我投怀送抱，在来这儿的路上还有那么两个，拦都拦不住。”

她给了我的手臂一拳。这个晚上被“你还记得吗？”和“难以置信，我们当年……”所充斥，我们相互讲了许多小故事。她小声跟我说，她每晚仍旧要靠听磁带入眠，还说起了她在俄罗斯的日子。在莫斯科的地铁里，她像小商贩一样穿行于一节节车厢中，向乘客们兜售各种情趣用品和盗版的 DVD 及书籍（那些书总是缺几页，但便宜得跟白送一样）。作为交换，我给她讲了马蒂的婚礼。哥哥和新娘跳舞时，就像一个没被校准好的机器人，但在致欢迎词时，他竟有一半时间都在说口音纯正的克罗地亚语。等我们聊到时常伴随我们左右的孤独，天早已黑了。（我说：“这种如影随形的孤独简直要了我的命。”阿尔瓦说：“对，但不加选择地跟人在一起，绝不是解毒的良方。获取安全感才是治疗孤独的灵药。”我冲酒保招了招手，说："我们干一杯！"）整个晚上，我都忍不住盯着她那张酷似黑色电影明星的脸和那双闪烁着鲜绿色微光的大眼睛。又一杯酒下肚，我们已经精神恍惚，当下面这番话从我口中说出时，我着实吃了一惊："其实我更想辞职离开柏林，专攻写作。"那一瞬间，我突然听到了自己的心声，我终于承认，我很想念阿尔瓦，这些年我总是忍不住想她。她的嘴唇紧贴在我耳边："我也想你。"我的颈部有些发痒，我享受我们之间擦出的火花，也感觉到我们的腿贴在一起。我一直问自己，她是不是也注意到了这一点，她有没有发现自己说话时一直往我身上贴。她的头发拂过我的脸，我闻到了她身上的香水味。难道这是她有意为之？我差点脱口而出告诉她，年轻时我花了太长时间才弄明白我爱她，但当时她正在讲去新西兰实习的经历，而我也已经错过了倒数第二班火车。我望着阿尔瓦说话时不停挥舞着的双手和她微笑时露出的牙齿。那天晚上她笑了很多次，她早已习惯了略有些歪的门牙，不再伸手捂住自己的嘴。

"为什么你说吃比萨可以克服精神创伤？"她问。

"还不是因为住校。"我回答，"当年，我们晚饭常常吃不饱，就算勉强吃饱也不可口。我们没那么多零花钱在晚饭后订比萨，但偶尔还是有人订的。半个小时后，白色的比萨车驶进寄宿学校的内院。当下单的人付完钱接过香喷喷的比萨时，有无数双眼睛在窗口羡慕地望着他。还没等他走进宿舍大门，我们就一起冲了上去。求你了，就一块，我之前不也给过你嘛！或者，下次我订比萨分你四分之一，我发誓。就一块。反正最后总得分给别人一些，大多数时候是半个比萨，因为下一次就得指望别人的施舍了。我们永远都吃不够。我的心中有一份永远都填不饱的饥饿，它一直持续了九年。现在不管我吃多少比萨，都不会觉得够了。”

阿尔瓦抿了一口酒。“这让我想起了你的邮件。”她的目光像是在打趣，“你真的还想生孩子吗？”

我点点头说：“嗯，我想做得比我父亲好。”尽管气氛很轻松，我的声音依然忍不住在颤抖，“不，我要做得比他们俩都好。我想活着，永远陪伴在孩子们身边，看着他们入学，看着他们进入青春期，看着他们恋爱，看着他们长大。我想在一边看着他们，我想知道，如果他们不是一个人成长，结果会怎样。”

阿尔瓦的神情突然严肃起来：“当年，你们姐弟二人一起搬进寄宿学校时，你到底是什么感觉？我一直在想这个问题。突然失去所有的朋友，失去家，失去一切。第一次去宿舍的感觉很不好受吧？”

我想了想说：“说实话，我已经一点都不记得了。”

“可你的记性一向很好。”她指了指尼克·德雷克的唱片，“你还记得这个……那你肯定能想起当年的感受。”

“这对我来说已经无所谓了，反正我们是到了寄宿学校。至于怎么去的……不知道。”

阿尔瓦有些失望。“我也就比你早到几个月，当时我们刚搬了家。第一天上学，我差点吐了。我还记得那天每一秒发生的事情。”

这是我之前不知道的。我还以为她一直在那所学校就读。看来当时我们很少说到真正重要的事情。

我又仔细回想了一下，但第一次去寄宿学校的经过在我的脑海里只余一片空白，或者说至多剩下些许零碎的记忆，而且很快也烟消云散了。我的思绪几乎搜遍了过往的每一个角落，但这一段似乎就这样凭空消失了。

我们望着对方，感觉已经把能说的事情倾诉一空，只剩下务必三缄其口的秘密。

“你为什么不工作呢？”我再次问。

阿尔瓦犹豫了一下，把头发拨到了脑后。直到这时，我才注意到她脖子旁两道细微的疤痕，就在左耳的正下方。两道长长的伤痕。我想伸手触摸它，但还是勉强控制住了自己。

“怎么弄的？”

她惊恐地望着我，连忙又用头发把耳朵两侧遮了起来。她不安地喝光了杯中酒，脸上头一次出现了忧郁甚至有些六神无主的表情。

“我不想谈这个。”她小声说。从她把杯子放在桌上的方式和杯子的叮当声中，我意识到这一晚的魔法已经结束了。对我们来说，时间不再倒退，而是再次迈出了前行的脚步。

阿尔瓦看了看表：“你的车是几点来着？”

第二天早上，我还有一个会议。她送我到火车站，在出租车上，我们什么都没有说。一切发生得那么快，我甚至没来得及问她是不是已经有了孩子，也不知道她为什么突然变得这么紧张兮兮。

来到站台上，我问她："要不下次你来柏林看我吧？"

阿尔瓦先是露出了欣喜的表情，但很快就被距离感替代了。

"我不知道你有没有听说我已经结婚了。"

有那么一小会儿，我感到喘不过气来。我望着自己的双手，周围的一切似乎都放慢了脚步。直到现在，我才意识到自己根本没打算坐最后一班车离开。我不想回柏林。

等我再次看向阿尔瓦时，她从手袋里掏出了什么东西。

"我也给你准备了一样礼物，就是不知道该什么时候拿出来。这是我和我丈夫一起准备的。"

从包装看，像是一本书。我接过礼物，但没有打开，只是和她拥抱了一下。当阿尔瓦的双手环绕在我背后时，我突然意识到，这些年来我有多么渴望见到她。她迟迟不愿松手，或者是我迟迟不肯放开她。我们就这样一动不动地在站台上拥抱了足有一分钟。我明白，过了这晚，我们不会再见面了，因为属于我和她的时间一直停留在过去，而我却无法忍受这一点。

上车的时候，我努力不让她看到我的脸。我把雨衣和她送我的礼物扔到座位上，平复了一下心情，望向同行的乘客。他们或在相互交谈，或正准备摊开报纸和笔记本。

在列车员最后一次鸣哨前，我又去见了她一次。她伸出一只手，握住了我的手臂。

“保重，尤勒斯。”

我点点头：“你也是。”

车门关上了。透过刮花的窗户，我看见她向我挥手。列车开动了，还没等我走回座位，火车站已经被甩到了后面。

我想了想第二天的会议和等着我草拟的歌手签约合同，接着又想到了阿尔瓦，想到了她站在站台上的样子。一阵莫名的痛楚袭上心头，我闭上了眼睛。黑夜里，我穿过起伏的麦地，朝着黑暗跑去。我的身子越来越轻，突然，我飞了起来。我感受到了迎面吹来的风，我张开双臂，越飞越快。我的下方是森林，上方则是一片虚无。我在空中盘旋了一阵，终于振臂飞走了，越飞越远，就像找到了回家的方向。

飞逝的时光（2005—2006）

阿尔瓦的礼物我没有打开。那次见面后，我多年来潜藏心底的希望彻底宣告破灭。我继续用习惯性的冷漠回应着命运。接下来的一段时光就像一团废纸，毫无意义可言。

直到两年半后，我才再次听到她的消息。那会儿，我已经和诺拉在一起了。她是我以前的同事，来自布里斯托，跟我一样很害怕生病。只要电视里一出现关于恶性疾病的报道，我们就抢着换台。对我在寄宿学校里度过青少年时代这件事，她一点都不感到奇怪：“我第一次见你吃饭时那副狼吞虎咽的样子，就在心里想：这家伙不是牢里出来的，就是在寄宿学校待过。”当时，诺拉刚刚回英国参加为期三个月的实习。临走前，她不停地暗示我。虽然我不像她爱我那样爱她，但这对我来说已经不重要了。

在公司里，我被擢升为演出部的负责人，经常到欧洲各地出差，观看那些从小样上看起来前途无量的乐队的演出。这是份美差，有些年轻的同事一直对我的升职耿耿于怀。为什么派尤勒斯做这件事情，他们问。在他们看来，我缺少激情，跟不上时代。但我的老板一直很支持我，而我签下的乐队也的确取得了成功。我从不会签那些一看就很有天分的艺术家，因为这样的人实在太多了。我要找寻的是那些想要成功的乐队和歌手。他们至少要拿出比我当年做摄影师时更大的决心。我坚信，人必须逼迫自己，才会有所创造；幻想可以改变，意志却不能转移。真正的天赋在于意志。现在我明白，让我的年轻同事们恼火的正是我的这种理念。

那时，丽兹和托尼已经成了好朋友。姐姐经常和托尼一起逛跳蚤市场，去看他的魔术表演，还让托尼开摩托车载着她同行。但只有一个话题从未被提及。

“你俩之间有什么进展吗？”有一次，我这样问她。

“别胡说八道，托尼太矮了。”

“也就比你矮几厘米嘛，你就对这个耿耿于怀？这也太肤浅了吧？”

姐姐看着我，像是在说你根本就不懂。“没用的，他跟我不合适。”

我知道有一天晚上，丽兹吸了点什么，超出了身体能承受的量。

在她的嘴里，这不过是“一段小插曲”。当时她找不到我，绝望之下就给托尼打了电话。托尼很快赶了过来，在她床边的椅子上坐了一整晚。

“有一次，我对她说，我爱她，一直如此。”托尼后来跟我说，“你姐姐说，她早就知道了。于是我说，我不指望得到任何东西，只是想把话说清楚。”说到这儿，他笑了，“我说，只要以后能让我稍微照料一下她，我就心满意足了。你知道吗？”托尼盯着我说，“我做到了。当然，能得到更多自然最好，但现在这样也算可以了。”

“过几个月，等她交了新男友，我再把这番话复述给你听听？”

“还是别了吧！”

当时，丽兹已经在一所中学里找到了固定的教师职位。一次吃晚饭时，她跟我说班上有个学生偷偷给她写了好几封情书。“他是班上学习最差的孩子之一，”她说，“写‘感觉’这个词的时候总会落掉一个相同的字母。太可爱了，是吧？”姐姐像孩子一样不好意思地笑了。

这个笑容使我想起一个被遗忘多时的场景。

我经常想到阿尔瓦，想到与她在慕尼黑的那次会面。起初，我以为只是我感伤的老毛病又犯了，后来我才发现，一再出现在我脑海里的不是阿尔瓦，而是她提的那个问题：父母双亡后，我们姐弟三人第一次去寄宿学校，那究竟是一种怎样的感受？

现在，这幅画面就像宝丽莱胶片上的影像一样，从无到有慢慢浮现在我眼前。

二十多年前，在通向过往的时光隧道里，我和哥哥并排坐在车后座。开车的是海伦妮阿姨，丽兹则坐在副驾的位置上。想到即将去寄宿学校生活，一路上我都闷闷不乐。我不停地回忆起父母的葬礼，想着他们的骨灰盒被安放进那两个小洞穴的场景。

车窗外，冬天的大地寸草不生，最后一缕日光渐渐消失在天边。就在这种阴郁的气氛中，姐姐谈论起了我们的新家。

“我敢打赌，那儿肯定要穿校服。”她说，“女生穿衬衫和裙子，男生穿西装打领带。”

“我不喜欢西装，”马蒂搭话说，“也不喜欢领带。”

“那儿的食堂肯定很大，”丽兹接着说，“而且肯定有游泳池。体育场里可以打网球，说不定还能打板球。”

“我不喜欢板球。”这几个星期，马蒂每说两句话，就有一句是以“我不喜欢……”开头的。“你是怎么想到板球的啊！”他质疑道，“这玩意儿只有英国人和印度人还在玩。”

丽兹越扯越远，给我们描绘了装修豪华的卧室和设施齐全的公共厨房。当时我只感到奇怪，在几十年后的今天，我终于明白她这么说只是因为害怕。在一张餐巾上，她最后一次描画着自己的名字。丽兹，丽兹，丽兹。

第一块指明寄宿学校方向的路牌出现了。接下来的几天里，新学校的同学们将会以怎样的态度接纳我？想到这里，我的胃开始抽搐。

“那里一定很棒，”姐姐又说，“你们怎么看？”

“不要！”马蒂一边擦眼镜，一边朝我投来担忧的目光。

阿姨也试着给我们鼓劲，这家寄宿学校就是她替我们选的。“小时候，我总想上寄宿学校。但家里人不让我去。那里肯定棒极了。”

“就是，棒极了！”丽兹傻乎乎地说，“快到了，我已经等不及了。”

到达目的地后，望着寄宿学校那破败不堪、只有几扇窗户亮着的大楼，就连她也陷入了沉默。

我坐在车上，看到校长正跟阿姨说着什么。哥哥姐姐从后备厢拿出行李，不知所措地站在停车场上。我也下了车，正想拿着我的行李跟他们一起走，校长却说，我所属的五六年级被安排住在另一幢楼。还没等我意识到自己即将与马蒂和丽兹分离，他俩已经背起行李，匆匆打了个招呼，走进了较大的那幢楼。走到门口，姐姐回头看了我一眼。之后发生的一切，从这个眼神中已经可以看出端倪。她像孩子一样忸怩地笑了下，然后就走了，再次回来已经是几年之后。

二〇〇五年深秋，我去巴伐利亚听一场音乐会，顺道看望马蒂。我们和埃莱娜以及她的侄子侄女们一起去参加一个节日庆典。旋转木马和小吃摊上铺着午后金灿灿的阳光，四处都是震耳欲聋的音乐声和闲聊声，还有烤杏仁的香味。马蒂跟我说，纸质书很快就会被电子书取代。

“这可不是什么好兆头，”我说，“这样一来，现实将被掏空。为什么要把书籍、唱片和胶卷丢在一边，走进一个永远无法进入的数字世界呢？未来的孩子只能坐在空荡荡的房间里，与四面白墙为伴了。”

“白墙儿童，”哥哥插话说，“是个不错的乐队名字。”

我皱了皱眉头，说：“从前，洗胶卷需要耐心等待。但人们喜欢的不仅是照片，还有等待的过程。”

“是啊，老大爷。”马蒂调皮地微笑着，“可惜谁都不能让时光倒流。”

我摆了摆手。但这番对话中的某些东西一直在我心头挥之不去。它就像手指上一道细微的伤口，刚开始未被发觉，过后才感觉痛彻心扉。让我难以释怀的是“谁都不能让时光倒流”这句话。

“你还好吗？”马蒂撞了我一下，“你看上去有些抑郁。”

“挺好的。”

“有句话不知当不当说，”他说，“你马上就三十三了，有时候，我真担心你就这样虚度了大好年华。最近你还说，你讨厌自己的工作。”

“我的原话是，我可能不会一直做下去。那又怎么样？一切都很好啊！别自寻烦恼了！”

说这番话的时候，我的嗓门可能有些大了。

“该死，尤勒斯，我可不想跟你吵架。我就是不想看到你一年涨一岁，快到五十的时候，才后悔自己错过了大好光阴。你就知道沉浸在另一种人生里做梦。”

马蒂抓住我的肩膀，继续说道：“你总得学会忘记过去。你知道有多少人比我们更不幸吗？你的童年和父母的死都不是你的过错。若任由这些事情支配你的人生，那就是你的不是了。只有你才能对自己的生活负责。如果再这样下去，你的结局现在就可以预见。”

我沉默不语。接下来的几分钟，我完全不知道市场里发生了什么。突然，我发现了一台“击打卢卡斯”游戏机。来不及多想，我便冲上前去，付了钱，拿起锤子，使出浑身的力量朝那个标记砸去。金属球一跃而起，只跳到八十分的高度。

我使出全身的力气，带上所有积聚的愤怒和沮丧，又使劲砸了一下。这一次，小球只跳到六十五分。

一个软弱无力、小丑般的声音从机器那头嘲笑我说：“这就没劲儿了吗？”

我又砸了一锤。七十分。

“就这点能耐了？”机器刺耳的笑声越来越大。

我一锤锤砸向那个黑色的标记，尽管我使出了浑身解数，也没能让小球冲到顶点。

那天晚上，我打开了阿尔瓦的礼物。

那是一本白色的平装书，亚历山大·尼古拉·罗曼诺夫的短篇小说集《转念》。和我送的尼克·德雷克的唱片一样，这也是一件怀旧的礼物。罗曼诺夫是我们学生时代最喜爱的作家之一。

我先读了阿尔瓦相当简短的题词。之后，她丈夫显然也写了点什么。

亲爱的尤勒斯，

我妻子一直对您赞不绝口。祝您阅读愉快。

致以诚挚问候

亚历山大·尼古拉

我把这几行字读了一遍又一遍。这是真的吗？我想起了阿尔瓦当年说到罗曼诺夫的短篇故事时赞不绝口的样子。她给我读其中一个片段时，声音里满是崇拜之情。为什么上次见面时她没告诉我她跟罗曼诺夫结婚了呢？是因为我的成就无法与之匹敌，她不想让我太过难堪吗？

我骑着踏板车去乡间。夜幕降临，在深蓝的天空下，周围的一切都显得神秘而迷人，就像来自另一个世界的光影。远处依稀传来城里沉闷的熙攘声，只有置身城外，我才能在头痛欲裂的同时意识到我没有利用好自己的时间。为了赶上公交，我可以分秒必争；但在做自己真正想做的事情上，我已经浪费了好些年。

就在那天晚上，我给阿尔瓦和她的丈夫写了封邮件。我打趣说自己稍微耽搁了几年，终于读了她送我的书，我很喜欢这件礼物，也对有些出人意料的题词感到惊喜。与上一次不同，阿尔瓦这次很快就回了信。在信的最后，她这样写道：

如果你能来我们家做客，我和我丈夫将十分欣喜。我们现在住在卢塞恩的一栋木屋里，随时欢迎你的到来。

期待与你再见

阿尔瓦

她迅速的回信和反复的邀请触动了我。我又像十五岁、三十岁时一样燃起了希望。同时，我也明白了，如果不想一辈子追逐一个魅影，就必须给这段故事画上一个句号。这时，诺拉就像约好了一般打来了电话，说她期待回来后跟我见面，还说要给我一个惊喜。“等着吧！”她说，“你会喜欢的。”打完这通电话后，我想到诺拉是多么喜欢跟我一起跳舞，还总从英国给我带我爱吃的司康饼。我想起她美丽的脸庞，她的嘴唇上方有一块微小的胎记，出于好玩，她给它取名叫“西蒙”。我再次意识到，我喜欢她，她不在的这段时间我很想她。她才是真实的存在，是能让我的生活变得有意义的人。

与托尼谈过一次后，我做出了决定。他的公寓在奥拉宁堡大街附近，客厅里摆放着一张巨大的台球桌；走廊的相框里都是威尔·斯泰西的相片，边上摆着罗斯科的画册；工作室里摆满了工具箱、灯光道具、磨削器械、电烙铁和其他魔术道具。托尼最新的节目是在舞台上将一束绿色的激光扭曲打结，然后将它切成两段，再以不知什么方式把一个挂衣钩拴在上面。除了这束绿色激光，在空中来回晃荡的挂钩再没有别的着力点。

我去找他时，常常会和他一起打台球，这次也不例外。还在寄宿学校时，我们几乎每个周末都和哥哥一起去“头彩”打球。马蒂曾是学校里最棒的台球手之一，他手握台球杆，身着黑色皮衣，配上又长又油的头发，活像B级片里的人物。我们当时都不是他的对手。

“她有男朋友了。”托尼边打边说，“人还不错。”

“那现在怎么办？”

他无奈地望着桌上的球，最终选了黄球作为目标。“不知道。我想我喜欢你姐姐，我深深地爱上了她。喜欢她的那部分可以容忍她男友的存在，深爱她的那部分却想将他碎尸万段。”

这一杆打偏了。“我知道，你肯定在想，为什么我还不放弃你姐姐。”他说，“为什么我不减少和她联系的次数，另找一个人过日子。那不也挺好吗？到时候，我会偶尔站在那儿想：可惜没能追到丽兹，但这也未尝不好，反正就这样了。”他边说边摇头，“可我就是做不到！”

“我知道。”

“我永远做不到。也许过上半年，我又会换一套说辞，或是开始自欺欺人。但至少现在我是诚实的。”他放下球杆说，“我的意思是，就算有人一辈子都走在错误的道路上，谁又能说这就是不对的呢？”

一月的一天，灰褐色的夕阳照进车厢，天边的云彩有棱有角，显出几分金属的质感。火车慢慢减速，滑行了一阵，终于停了下来。阿尔瓦已经在卢塞恩的站台上等着我了。她在我脸上亲了三下，带我走到她的汽车旁。她的丈夫坐在车里等我。

“不敢相信，你真的来了。”她一边走一边说出了我心中所想。

亚历山大·尼古拉·罗曼诺夫已经六十七岁了，但看上去至少要年轻十岁。

“我是亚历山大，”他伸出手对我说，“很高兴认识您。”

他说话几乎没有任何口音。他又瘦又高，一头灰色鬈发，长得仪表堂堂，那天还特地穿了西装和衬衫，衬衫最上面的扣子解开，整个脸庞就像雕刻的一样棱角分明，嘴角挂着一丝调皮的笑容，但除此之外，他就是一个过时的老人。很难想象他从前也能灵活地避开他人的拳头，像许多年轻人一样不知道如何修理漏水的下水管道。

阿尔瓦管她丈夫叫萨沙，这是亚历山大在俄语中的昵称。她开车带我去他们的木屋，一路上罗曼诺夫都在给我介绍这一带的情况。

他洪亮的声音令我着迷，我从中品味出了他许多私密的想法。罗曼诺夫在二十岁出头时成名，作为一个有学识的花花公子，他的中长篇小说被翻译成了三十种语言。如今，他的名声早已今非昔比，只有在网上还能找到关于他第一段婚姻的报道以及许多黑白照片，其中既有他与同时代著名艺术家的合影，也有他独自一人在卡姆登区的一家酒馆里抽烟的照片。

两年前，阿尔瓦和他离开卢塞恩，搬到皮拉图斯山[①]脚下这个名叫艾根塔尔的小山村居住。这一带乡村味十足，除了几个农民和当地人，几乎没有外人。从外面看，大多数度假小屋都空着，远处依稀能听见黄色邮车规律的喇叭声。

我们在一处被腐烂的木栅栏围起的开阔地前停了下来。这栋木屋很高大，下面是石块砌成的地基，上面是木头搭建的房子和屋顶。房子后面是花园和草坪，上面覆盖着白雪。这栋偏远的小屋与外界的联系似乎不怎么紧密。我一面把我的东西在客房里摆放整齐，一面思索着此行的目的。

晚饭吃烤芝士、土豆和白葡萄酒。摆在抽屉柜上的留声机放着爵士乐。

“《再续节奏实验》，”我说，“您吃晚饭的时候听这个？”

罗曼诺夫高兴地说：“有时候听。您喜欢吗？”

---

① 瑞士卢塞恩附近的一座山峰，属于阿尔卑斯山。

“我妈妈很喜欢布鲁贝克[①]。”

“我在旧金山听过一次戴夫的现场。他很会聊天。演出结束后，我们凑巧到了同一家酒吧，在里面聊了好几个小时。”

阿尔瓦瞥了我一眼，说：“你知道，萨沙在整个六十年代一直对他穷追猛打，跟在他屁股后面听了一场又一场演唱会。终于，布鲁贝克大发慈悲，赏了他五分钟闲聊时间。”

罗曼诺夫抓住她的手说：“我也不知道该怎么在她面前炫耀了。我已经搬出了戴夫·布鲁贝克，她却还想要更多。”

阿尔瓦自在地抚摸着他的手背。见他俩如此恩爱，我的心里一阵痛楚。罗曼诺夫的笑容让人捉摸不透，就像只有他发现了什么有趣的事情，却偏偏不说出来，而她恰恰喜欢他这副样子。我想象着他俩一起度过的那些欢乐的时光。起初她也许还不大乐意，后来就习惯了待在他身边。以前，她经常把罗曼诺夫的书借给我看。有几处文字下面画了横线，讲的是他父亲的死和恐惧如何摧毁了他的幸福。我能看得出来，直到今天，她依然很崇拜他。

“来这儿的路上，我又读了一遍《不屈的心》。”我说，“据我所知，它和海明威的《乞力马扎罗的雪》，是写得最好的两部中

---

① 戴夫·布鲁贝克（Dave Brubeck，1920—2012），美国爵士乐先锋，被称为传奇爵士音乐家。他的乐队“布鲁贝克四重奏”的专辑《节奏实验》中收录的单曲《土耳其蓝色轮舞曲》被认为开创了爵士乐的崭新时代。

篇小说。”

“谢谢，但它其实被夸得有些过头了。”罗曼诺夫一边往奶酪上撒胡椒一边说，“您得知道，写这个故事时，我才二十岁。距今已经超过……反正是很久了。这个故事不严密，有些庸俗，还满是错误。”

“但它还是感动了我。”

罗曼诺夫望向阿尔瓦：“你付了多少钱，才让他说出这番甜言蜜语？”

“我们的账户已经空了。”

于是，他又像在火车站时那样朝我伸出手，说：“尤勒斯，谢谢你的夸赞。”

晚饭后，我们一起在客厅闲坐。大家都喝得有些多，罗曼诺夫的脸颊都红了。他心情不错，甚至跟我们描述起了自己的灵魂。“它直径大概二十五厘米，悬浮在胸口的位置，”他说，“发着灰绿色的光。要是伸手去抓它，起初感觉像摸到了上等的鹅绒，然后手指很快穿透了它，就像摸到了一团空气。”

后来，他又跟我们讲起了他与纳博科夫[1]的交情，还有他的中国之旅。“像您那么大的时候，我跟几个朋友连着好几个晚上去澳门

---

① 弗拉基米尔·纳博科夫（Vladimir Nabokov，1899—1977），俄裔美国作家，小说《洛丽塔》的作者。

的一个地下赌场找乐子。”为了用双手同时比画，他把葡萄酒杯放在了一旁，“那儿笼罩着一股无与伦比的犯罪气息，提供的服务都再直白不过。你可以在里面肆意调情，或是跟一些罪犯和身份可疑的商人交谈。头一天晚上，我的朋友们想玩老虎机，我则想玩轮盘赌，我们约定午夜零点在货币兑换柜台前汇合。或许是新手运气好吧，接下来的几小时，我赢了两千美元，当时那对我来说就是一笔巨款。零点的时候，我准时来到约定的地点，但我的朋友们还没有来。”他抿了一口酒，“等待的时候，我注意到有一桌已经连续出了二十三次红色号码。这可是千载难逢的好机会啊，我想。于是我走过去押了一百美元黑色，以为胜利唾手可得。可出来的还是红色。我又押了一百美元黑色，但结果连着红了二十五次。为了回本，下一次我押了两百美元黑色，可结果还是红色。这下，我不得不下注四百美元了，但这钱还是打了水漂。八百美元，还是红色。就在这时，我的朋友们也来了。我从他们那儿借了钱，押了黑色两千美元。两千美元哪！可愣是连着红了二十九次。就在我失魂落魄地走出赌场时，身后传来发牌员的声音：黑色。”

这段逸事其实稀松平常，但叙事大师罗曼诺夫把时机拿捏得恰到好处，讲到点子上的时候，我们不由自主便跟着笑了起来。

他从一个银色的小盒子里拿出一根香烟，对我说：“临睡前来一根，您抽吗？”

我婉拒了他的好意，饶有兴致地看着他吞云吐雾。他是多么享受这种简单的快乐啊！“阿尔瓦说，你们小时候就认识？”

“没错。”

“那后来怎么失去联系了呢？”

“因为……”我望了阿尔瓦一眼，可她却自顾自地低着头。一幅在我心中埋藏多年的画面又浮现在我眼前：简朴冰冷的房子，我按捺不住欣喜，兴冲冲地跑上楼，却看见了赤身裸体的阿尔瓦，我们的友谊也在这一刻土崩瓦解。我常常问自己：她母亲是故意支使我上楼的吗？

罗曼诺夫看看我，又看看阿尔瓦，眼神中拂过几缕忧郁。

他起身朝我走来。我们个头差不多。“您还年轻，尤勒斯。请记住这点，因为您有的是时间。”他强调“时间”这个词的样子着实令我着迷。他最后又吸了一口，把烟头掐灭在烟灰缸里。“很高兴您能来做客。您想待多久都可以。您会发现，在高山上睡眠质量非常好。”他亲了亲阿尔瓦，从容地上楼去了。

他走后，我躺倒在沙发上，大口喝着芬丹酒。“你是他的狂热追随者吗？”我半开玩笑地问，“还是他的缪斯？”

“两者都有吧！”她说，“萨沙已经好久没有说过这么多话了。我觉得，他是想在你面前露一手。他上楼时甚至都没拄拐杖，这可不是他平时的做派。”

“我喜欢他，你是怎么认识他的？”

阿尔瓦盘腿坐在抽屉柜上。“那是在十年前，圣彼得堡的一次研讨会上，我在那儿做学生翻译。他当时约莫五十五岁，看上去就像一个演员，但也有几分乔治·格什温[①]的味道。他一开始引起我注意是因为他的德语说得很好，而且有一群女的冲上前去围堵他，我之前从没见过这种场面。他一边发言，一边不停地朝我这边看。我也不知道，可能是因为他那种潇洒的气质吧……很是吸引我。”

“那你父母怎么看他呢？他们来这儿看过你吗？”

“爸爸一年会来几次，妈妈已经好久没有联系了。自从高中毕业考试后，我们就没说过话。”

外面很安静，最近的一户人家也相隔甚远，隐在墨色的墙壁后面。我打量着阿尔瓦，过去这些年，她几乎没有变老。她戴着眼镜，一头红发盘在头顶，露出脖子上两道象牙色的伤疤。

她低下头说：“实不相瞒，我爱萨沙……”她突然悲伤起来，“但你千万别被他今晚的表现给迷惑了。他已经有好几个月没出过门了，这段时间，他变得有些……健忘了。”

楼上传来水龙头放水的沙沙声，之后则是脚步声。

“从前，我们经常出门，去旅行，去参加朗读会和研讨会。他在世界各地交游甚广，但主要还是因为他很活跃，对新事物充满好奇。

① 乔治·格什温（George Gershwin，1898—1937），美国作曲家，写过大量流行歌曲和数十部音乐剧，是百老汇和好莱坞知名作曲家。其卓越贡献是把古典音乐和美国爵士乐风格结合起来。

在认识他之前，我总觉得他应该是个忧郁的人，因为他写了那么多悲伤的故事。但实际上，他身上有一种孩子般的乐观，而这种态度是会传染的。这也是我最爱他的一点。”

阿尔瓦重新将我们俩的酒杯斟满。“两年前，萨沙得了一场重病。虽然治疗的过程一切顺利，但这场病却改变了他。他的魔力似乎消失了，他恢复了一个普通老人的模样，有着常人所有的恐惧和脾气。只不过，他依然在山上写作，决心要把手头的书写完。最近有一次，他跟我说，他已经感觉到自己大限将至了。就在这个房间里，你也能感受到？这是他的原话。我拥抱了他，但不可思议的是，我真的感受到了。”

她顿了顿，脸色不太好看。接着，她打起精神，转过头来对我说：“对了，他知道你在写作。”

“可我早就不写了，基本不动笔。那已经是陈年旧事了。”

“也许你没将你的故事写在纸上，而是写在了脑海里。”她一边小声说，一边轻抚着我的手臂，“你一向如此。你是个回忆者和收藏者，这你自己也清楚。”

远处的皮拉图斯山沐浴在晨曦之中，耳边传来溪水哗哗的流淌声。深吸一口气，空气是那么清爽。我起了个大早，出来沿着小溪跑了一圈，一路穿过农庄和森林。一个小时后，我大汗淋漓，喘着粗气，回到了木屋。出乎我意料的是，罗曼诺夫正坐在门口的台阶上等我。

“运动去了啊！”他说，“我妻子喜欢爱运动的人，这个您自然是再清楚不过了。”

“您妻子最喜欢的是作家。”

他抓住我的袖口，说：“尤勒斯，过来一下。”

他把我带到了楼上的书房。房间里有一股温暖干燥的尘土味。一张放着台奥利维蒂打字机的大书桌，一张放在墙角的小桌，一架钢琴，几页散落的手稿，挂在墙上的木雕苦像[①]，仅此而已。

“我需要一些空间思考。”罗曼诺夫说，“从前，这儿还有两个书架，但那样我就写不下去，老想找书看。所以我把它们搬走了。我必须抓紧时间工作，时光飞逝啊！”

这句“时光飞逝”似乎是他的中心思想，他一再重复。有一次，他说自己小时候写过一首诗，名字就叫“飞逝的时光”，后来在搬家时不慎丢失了。这个标题来自他最喜爱的作曲家舒伯特的一部歌剧，稍有改动。这是一首儿童诗，头两行是：

飞逝的时光
请你带上我

我指了指钢琴：“您会弹琴吗？”

---

① 指钉在十字架上的耶稣像。

“会一点。”

罗曼诺夫弹起了肖斯塔科维奇的《三首幻想舞曲》。他的手指轻车熟路，毫不费力就能找到正确的琴键。“当年，我被音乐学院拒之门外。”他说，“但好在我还有打字机。可以说，我的一生就是在敲击键盘中度过的。唯一的不同在于动作的优雅程度。”

弹完这支曲子后，他合上了钢琴盖。他似乎有心事。终于，他指了指放在角落里的小桌：“您要是愿意，也可以在这儿工作和写作。”

“谢谢，但我不想打扰您。”

“不会打扰到我的。相反，从前我一直喜欢在图书馆写作。看到其他人奋笔疾书的样子，我也会受到鞭策。一开始，阿尔瓦经常坐在我边上。但她的好奇心太强了，让我有些受不了。”他看着我说，“怎么样？有您做伴，我真的很开心。”

虽然他的语气有些漫不经心，但我感觉到了恳求的意味。所以，午饭后，我便来到了他的书房。他的书桌在窗前，我的桌子挨着墙。在他远眺瑞士风光的时候，我只能看到木梁。他坐的是一把带轮子的皮椅，我则坐在一把塑料折叠椅上。两个阶层间的差别显而易见。

起初，我在修改给公司的报告，但似乎很难专注其中。于是，我干脆合上文件，随意提笔写了起来。与一个我从前景仰的作家同处一室的感觉是那么荒谬，但这的确激发了我的干劲。我的幻想就像一座废弃已久的矿山，我再次推着采矿车下井，却意外地开采出许多矿藏。我很快便有了许多想法，沉睡在我心里的计划在这一刻苏醒了。

罗曼诺夫正盯着我看。

“怎么了？”我问。

“您写得很快，简直是奋笔疾书啊！嚓嚓，嚓嚓。”

我望了一眼他的打字机。夹在里面的白纸上只有寥寥数行。他戴着眼镜，噘着嘴，似乎有些劳累。

“您在写什么？”

“一本关于回忆的小说，分五个故事。它们相互关联，核心主题是回忆对我们的约束和操纵。真是……”罗曼诺夫想了想，气呼呼地说，“真是糟透了！”他站起身，继续说道，“我恨不得将打字机丢出窗外。我的上一本书六年前出版，这本书已经一拖再拖了。”

他拄着从壁角一个筐里拿出来的拐杖在屋子里转悠。他几年前在一次远足中出了点事故，那之后，医生便要求他拄拐。他轻拍了一下自己的额头，说：“这里现在空空如也，就像一座被吃空了的餐馆。一切都已经写成了书，揉成了纸团，成了说过的话。我只能……”

话说到一半，他似乎忘了自己想说什么，就此打住。直到这时，我才听见墙上挂钟的嘀嗒声。

“我在您这般年纪的时候，尤勒斯，也是文思泉涌。嚓嚓，嚓嚓。”他又模仿起我写字的声音，“当时的我无忧无虑，以为一切都会水到渠成，但我的成果却越来越少。我本该知足，但我就是不愿罢手。

只要您认为《不屈的心》是我最为出彩的故事，我就没法停笔。毕竟那只是我二十岁时信笔写成的啊！”

他停了一阵。接下来，恐怖的事情发生了。他话锋一转，又把那个地下赌场的故事一字不差地复述了一遍。

与阿尔瓦共处的头几天，就像远游后重归家门。对我而言，青年时代的每一个瞬间都比日后的经历更加珍贵；当年与她的每一场交谈，每一次对视，甚至她带给我的每一次失落，都像一座座雕像，耸立在我的记忆中。而现在，我重新回到了源头。当我们坐在厨房喝着葡萄酒谈天说地，或是一言不发地在树林里漫步，当她笨拙地在钢琴前弹着什么，或是听我讲我哥哥姐姐的故事，当我们在夜里坐在客厅的沙发上听着音乐，她靠在我身旁——在这一个个场景中，我仿佛看到我们的过去正与现在和未来缓缓交织在一起。

我到访的第三天，阿尔瓦和她丈夫一大早就开车进城去了。他们走后，我来到二楼，发现他俩是分房睡的。整个楼层都弥漫着一股呛人的气味，那是药草、软膏和药品的气味。阿尔瓦跟我说过，罗曼诺夫自从动过前列腺手术后就一直药不离口。他的房间像是一家旧书店的储藏室，床头柜上除了一盏亚洲风格的竹藤灯，还放了一个地球仪、一沓笔记本和一只泛白的玩具兔。阿尔瓦的房间更像是临时布置的，一张圆形的床，堆到齐腰高的书，一株龙血树，还有床边快长到天花板的丝兰。

这次出门慢跑，我选择了一条横穿潮湿的冷杉林的山间小路。这条徒步道一路向上，通向克莱古驰峰。冰冷的风从下面的田野里呼啸而过。

回到木屋时，坐在门口等我的不是罗曼诺夫，而是阿尔瓦。“我从窗户里看见你了，”她说，“谁又能想到，这辈子还能看见你跑步？”

吃完晚了的早饭，我们一起出门散步。木屋旁边就有一片森林，树木十分茂密，几乎遮天蔽日。这片森林让我联想到阴暗神秘的地下世界。阿尔瓦走在我身边，脸冻得通红。

“过去这些年，我经常想到你姐姐，”过了一会儿，我说，“想到那件后来找到的外套。真希望你能早点告诉我，那样我就能更好地理解你了。”

阿尔瓦沉默不语。她从地上捡起一块石头盯着看，像是盯着一块珍宝。

“说来话长。”她扔掉石头，“姐姐失踪后，父亲就像疯了一样。他最难接受的是，警察在姐姐的外套里没有发现任何蛛丝马迹。他辞掉了工作，亲自参加了所有的搜救行动，还独自跑去和证人谈话。他夜不能寐，最后终于坚持不下去了，住进了医院。母亲在最初几周以泪洗面，但之后就再也没有提起过这件事，就好像芬妮从未存在过。”

阿尔瓦的声音越来越小：“后来，他们开始了无休止的争吵。离婚后，妈妈和我搬到了那个远离家乡的小镇上。这件事我从来没有告诉过别人。当时我患了抑郁症，还有过自杀的念头。但我总在想，万一芬妮哪天回来了，我却不在了，那可怎么办？”

我想拥抱她，但她躲开了。我们从一片冰冻的牧场旁走过。有那么一刻，我甚至想尝尝触摸电网的滋味。

她一把抓住我的肩膀，说：“班上其他同学不知道我的遭遇，他们嘴里只有假期和父母，个个看上去都那么幸福。只有你……”我感到背上有些发凉，“只有你看上去不是那么幸福，所以当时我坐到了你身边。”

我们掉转方向，朝一家叫“下劳尔伦”的高山牧场餐馆走去。

“所以，你也了解这种感觉，就像人生从一开始便被下了毒药。”我平静地说，“就像把黑色的液体注入一杯清水里。”

“我以为旅行会有帮助，所以毕业后先去了新西兰半年，后来又到了俄罗斯。之后，我跟着萨沙去了世界各地，但这些都没什么用。”

“文学呢，有用吗？”

“偶尔吧。”

“罗曼诺夫呢？”

她笑了。“也是偶尔。其实我看书只是为了逃避，想从某些句子或某个故事中找到一丝慰藉。从前，我一心想成为小说中的人物。我想在书中永垂不朽，每个人都可以阅读我，观察我。这很蠢，我知道。”她不好意思地看了我一眼，继续说道，“但要说实话，我还是想成为一个小说人物。”

这下我明白她把我叫来瑞士的原因了：她觉得自己被骗了。她嫁给罗曼诺夫，是因为他能提供两种她最爱的毒品：信念和花言巧语。但久而久之，这个已经年近七十的供应商变得不太靠谱了。我能想象阿尔瓦近几年来在山上的生活。她每天就像一颗卫星一样，围着木屋里的书房转，而她的丈夫依旧在打字机前徒劳地努力，几乎不怎么跟她交谈。

我们在小餐馆里坐下。她继续讲她父亲的故事。那辆红色的菲亚特就是他送给她的十八周岁生日礼物。她父亲现在迷上了登山。“听说女婿比自己还要大十岁，他心里还挺不是滋味的。”

“他现在怎么样了？”

“挺好的，我觉得。他又找了份工作，在一家公共诊所里当内科医生。他很喜欢跟病人交谈，我小时候经常去他上班的地方。”

“之前你从没跟我说起过他。”

她盯着面前的餐盘说：“妈妈得到监护权后，爸爸就搬到奥格斯堡去了。起初，我每两周会在他那儿待上一个周末。我在那儿有自己的房间，他还会送我书，带我一起去远足。但之后，我们有好几年都没有联系。我以为这都是我的错，可能是我让他忘不了姐姐。但在我十八岁的时候，他突然找到我，跟我把一切都说开了。能够重新得到他的爱，我开心极了。直到那时候，我才知道妈妈一直没有把他寄来的信转交给我。她还跟爸爸说，我不想再和他见面了。”

“她为什么这么做？”

“不知道，从前她一直偏爱芬妮，所以对她的失踪耿耿于怀。我们经常争吵，相互说了一些不该说的话。她对我十分冷漠，当我离开家时，心里只有欢乐和解脱。我以为一切都到此为止了，但几年前，她通过我父亲交给我一封信。没写寄信人。她说自己现在住在国外，但具体在哪儿没有说。这封信写得很凄美，像是在与我诀别。”

阿尔瓦摇了摇头。“我多么希望她能在我还小的时候就说出这一切。当时，我简直恨透了人生。我认为，姐姐不见了，妈妈仍旧不爱我，那我肯定一文不值。我想成为值得被爱的人。”

她的眼里闪动着泪光。我凑过去抱住了她。

“你还会再待一阵吗？”她在我耳边问。

望着她恳求的目光，我意识到了这个问题的严肃性——或许在她之前。

我试了两次，才在老板吃惊的语调中宣布了辞职的决定。第一次，我假装自己得了肺炎；但因为我从来不擅长撒谎，所以在第二通电话中，我干脆直截了当地告诉他，我不会再去上班了。我几乎没有考虑后果，这不是我的风格。我回复了诺拉那封充满爱意的邮件，告诉她我暂时没法再跟她见面了。她又给我写了好儿封信，给我打电话、留言，但我都无动于衷。

短短几天内，我便给我从前的生活画上了句号。我不知道自己和阿尔瓦会有怎样的未来，我只知道，这次我不能再让她溜走。我不想为年轻时犯下的错误悔恨终生。

“虽然万般不情愿，我还是要再跟你说一遍：过去找不回来，也没法改变。”哥哥在电话那头说。

“谁说的，我就可以。”我说。

我坐在客厅里上了几小时网，才发现阿尔瓦竟然没在家。起初，我以为她在楼上陪罗曼诺夫，但我既没听到她的脚步声，也没听到水龙头的响动。木屋的隔音效果并不好，往常这个时候，总能听到这样的声音。我又在客厅里等了一会儿才上床睡觉。当时正值二月底，外面下着鹅毛大雪。清晨六点，我被一阵关门声惊醒了。后来我问阿尔瓦她去了哪儿，她只是耸耸肩，仿佛根本不知道我在说什么。

她对园艺的热情令我惊讶。随着春天的到来，她常常会连着好几个钟头在外面拔蔬菜，或是给植物移栽和浇水。每次从花园里回来，她的指甲缝里都是黑泥，但她却高兴得很。木屋则是罗曼诺夫的王国，如果用一种声响来形容，那就是打字机缓慢但却孜孜不倦的咔嚓声。

有一天，罗曼诺夫突然拿起拐杖，说要跟我决斗。我也抓起一根他的拐杖，跟他比画了一阵。当我问他原因时，他只是简单地说：“一个人能得到的最好的评价就是：‘他曾是个孩子，但他也曾是个男人。’”

这场决斗显然让他筋疲力尽，他坐到椅子上，擦了擦额头上的汗。“尤勒斯，您父母是做什么的啊？”

“我十岁的时候，他们就在一场交通事故中死了。”

“对不起，节哀顺变。”

我摆了摆手，反问道：“您的父母呢？他们是怎样的人？”

他说起了他的母亲。她是一位女作家，出身彼得堡世家。“她喜欢德国文学和德语，所以我们小时候都读过德国童话。我的父亲则家境一般，他的老家在叶卡捷琳堡附近。这个爱做梦的农民，脑子里全是各种伟大的商业方案，却从没成功实现过。十月革命前夕，年幼的他随家人逃亡到了国外。他在美国认识了我母亲，后来我们一家搬到荷兰定居。再后来，他还是自杀了。”

我看向他。

“因为失败，”他说，“他又搞垮了一家公司，害得我们一家生路渺茫，彻底露宿街头了。这都是他的错，所以他开枪自杀了。有些亲戚觉得这是懦弱的表现，但我觉得这就是他的宿命。”他看着我说，“儿子总和母亲亲密无间，却在暗中观察自己的父亲，对他既尊敬又怀疑，还会拿自己跟他比较。我一生都在思考他的故事。”

“我几乎不了解我的父亲，”我说，“我常常问自己，要是他还活着，我们之间的关系会怎样？我们会经常联系吗？还是早已形同路人了？我好想跟他一起坐在酒吧里，以成人对成人的方式谈天说地。但这一切都不存在，对话、微妙的瞬间、父子关系。直到二十岁时，我才发现自己刮胡子的方法是错误的。当时，我和室友一起去洗澡。沿着下巴往上刮，他说。而我之前都不知道。”

我在罗曼诺夫身旁坐下。他轻拍着我的肩膀说：“您是个好人，尤勒斯。我相信您的父亲如果还在世，肯定会喜欢您的。”

我面露尴尬，问道：“那您是怎么来到瑞士的呢？”

“我怎么来的这儿？我的第一任妻子是瑞士人，我一眼就喜欢上了这个国度，而且阿尔瓦在国外待久了，也想回来。说句实话，当时我也正有此意。经济改革后，我回到俄国，但在那儿却没有找到那种家的感觉。”

“对了，我正在读您和纳博科夫的通信集。您小时候真的上门拜访过他吗？”

罗曼诺夫笑着捋了捋自己的额发。有那么一会儿，他几乎全无老态。“也没那么小啦！我记得当时我十六七岁，刚刚读完《洛丽塔》。这是第一本让我心动的书，虽然我大概只读懂了一半。但光是其中的幽默戏谑和连珠妙语就足以让我着迷。我觉得我必须结识这位作家。当时我们住在俄勒冈州，有一天晚上，我偷偷溜出家门，乘坐一辆灰狗巴士去了纽约，想到康奈尔大学拜访他。他那天恰巧没课，于是我说我是他的侄子，还特地秀了一下我的俄国口音，从校方弄到了他的私人地址。几个小时后，我按响了他家的门铃。听说我因为他离家出走，他瞪大了眼睛。我们一起给我的父母打了电话，然后喝着茶，聊起了我们都很喜爱的作家和网球选手。后来，我自然而然地把我写的故事都寄给他，到了瑞士后也不例外。虽然他比我年长四十岁，但他一直在读我的作品。”

一阵短暂的沉默。“阿尔瓦晚上出门干什么去了？”我问，“她已经消失过好几回了。她在做什么？”

“我不知道，她也没跟我说。从我们相识起，她一直都这样。我总觉得不该多问，因为她不想多谈，但她需要晚上出去走走。”

我点点头。“亚历山大，我能不能再问您一个问题？您为什么要娶阿尔瓦？”

“为什么要娶她？”罗曼诺夫重复了我的提问。令人不安的是，近来他忘事、分心和找眼镜的次数明显增加了。“阿尔瓦跟您说过她跟我搭上话的那次研讨会了吧！当时我就注意到了她。她乐于给人指路，做每一件事都十分热心。对，很热心，但也很神秘。我能感觉到她经历过一些苦痛。”接着，他又骄傲地说，“当然她也是个美人。有时候，人就是应该貌相，从远处看去，她是一个集忧伤、热心和欢乐于一体的女人，而且她还爱看书。天哪，她随时随地都在看书，在台阶上，椅子上，地上。哪怕只有几分钟的空闲，她也书不离手。”“然后呢？”我小声问。

他想了想说：“阿尔瓦很矜持。我们一起吃过几次饭，她总是一副羞涩的样子，起初几乎连话都说不出来。一般在这种时候，我都会说一些活跃气氛的话，比如稍微聊一下我自己。但在她面前，我第一次感觉到了内心的平静。她就像一只冰凉的手，正放在我发烫的额头上。”

后来，我独自站在客厅的落地窗前，望着外面渐渐暗下来的天色。起初，木屋的夜晚总让我觉得阴森恐怖。挂在墙上的非洲面具仿佛死而复生的幽灵在张嘴大笑，鹿头和其他一些战利品也直勾勾地盯着你。扭头望向窗外，能看见的只有山谷上方那片地狱般的暮色，和随之而来的虚无的黑夜。有时候，我们连着好几天都见不到生人，感觉就像只有我们生活在山上。只有文明的声响能将我们拉回到现实之中：暖气管的流水声，还有灶台上茶壶的鸣叫。这儿的日常生活单调乏味，甚至有些古怪。后来我才回过味来，我们就是一批在此搁浅的失意的人，每个人其实都在等待着什么。当明白那是什么之后，我不寒而栗。

一天晚上，从少年时代起就压在我心头的一幕在我眼前重现。当时我们刚在电影院看完一部比利·怀尔德的电影，准备在城里找些吃的。罗曼诺夫一般不愿意去人多的地方，这次却破例跟我们同行。在回木屋的路上，他跟我们说，社会学家马克斯·韦伯曾经跟自己的父亲大吵一架。没过多久，他父亲就死了。为此，韦伯一直不能原谅自己，在父亲死后成了一个废人。

"他放弃了教职，"罗曼诺夫说，"在那次事故后甚至连说话都困难了。"

"就因为这一次争吵？"我问。

"当然还有其他许多原因，但没能跟父亲和解一直是他的一块心病，从内部彻底摧毁了他。韦伯的妻子管它叫'罪恶的东西'，它从地底下将魔爪伸向了她的丈夫。"

回到木屋，罗曼诺夫独自上楼去了。阿尔瓦把尼克·德雷克的专辑放进唱片机。“上次在慕尼黑见面后，我经常听这张专辑。”她说，“当时我以为我们不会再见面了。”她合上书，坐在餐具柜上。阿尔瓦总喜欢坐在奇奇怪怪的地方。

“有时候我听见你在上面和萨沙说话，都不敢相信你竟然真的在这里。从前，跟你一起聊天听音乐，是我生命中如此重要的一部分；但过去这些年，我一直把这当成一场梦，好像它们从未发生过。现在想来，一切都恍如昨日。”

“那是因为我们听了从前听的曲子。时间不会直线行进，回忆更是如此。人们总是更容易回忆起曾带来更多感触的事情。比如每到圣诞节，人们总会觉得上一个圣诞节仿佛才过去不久，其实它已经过去十二个月了。六个月前的夏天其实更近，但感觉却仿佛更遥远。与当前情感联系更为紧密的回忆往往会抄近道。你看……”我在一张纸上草草画了张图，指给她看。

“好吧，原来你成天就想这些啊！”她说。

我抓起罗曼诺夫的拐杖，拄着它在房间里走了几步。阿尔瓦走过来，劈手夺过拐杖。

“你走路也需要这玩意儿了？”她伸出手指，抚摸着桃心木打磨成的拐杖。

“把拐杖还给我，我需要它。”

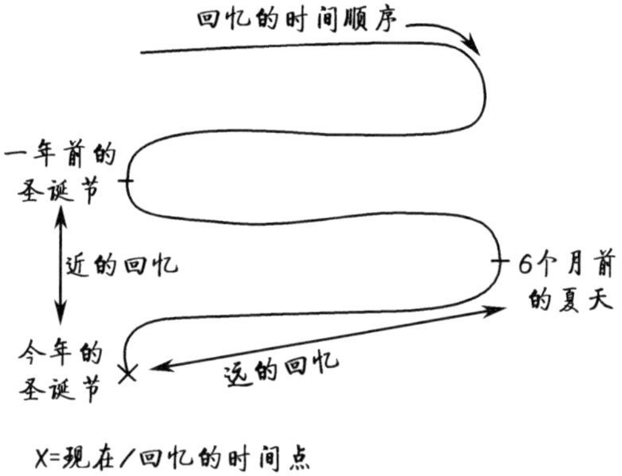

她笑着说："不行！"

外面隐隐传来一阵打雷声。群山之间雷雨交加，闪电在山峰间跳跃，照亮了夜空。这时候，坐在有屋顶遮蔽的房间里，听着狂风从树梢的枝条间呼啸而过，真是一件惬意的事情。

阿尔瓦凑上前来："你当年到底为什么放弃摄影啊？"

"我以为摄影可以让我更接近我的父亲，但很快就发现事实并非如此。"我的脸有些发烫，"但我开始摄影，本来就只是为了……"

她又上前一步，继续逼问道："为了什么？"

一幅我本以为早已遗忘的画面重新浮现在我眼前：夜晚的路灯下，一辆出租车从我身边驶过，在街角处拐弯。我想冲它喊些什么，大概是什么重要的话，但就是开不了口……

我愣愣地望着阿尔瓦。我要把我想到的告诉她吗？毕竟连我自己都不愿承认，我是因为潜意识中的负罪感才肆意挥霍我最好的年华，先是去学了一个不知所云的专业，后来又拿起了相机。虽然我一直喜爱写作，这些年却从未认真写过什么。

“下次再跟你说吧！”

“下次，下次。”阿尔瓦说。她的声音多么迷人，我来不及多想，一把抓住了她的手肘。我的手不由自主地沿着她的手臂一路往上，直到摸到她的脸。只要再上前半步，我的下巴就要碰到她的额头了。我低头看她，她也正抬头看我，我们各自犹豫了一会儿。终于，她抓住了我的手，但就在这时，她突然后撤了一步，用拐杖戳了一下我的肚子，甩下一句“晚安”。

此时的我还没有注意到，罗曼诺夫的身体每况愈下。在短短几天里，他两次让浴缸的水溢了出来，因为他忘了自己打算洗澡。他是一个善于掩藏自身真实状况的大师，整个人就像一座危楼，从外面看完好无损，其实里面早已分崩离析。

我陪他下到木屋的地下室，那是调节暖气和洗衣服的地方。扑面而来的是一股洗衣粉、旧报纸和湿乎乎的烂墙混杂在一起的味道。底下单独辟出了两块地方，分别作为酒窖和武器柜，武器柜里放着口径不一的步枪、短猎枪、前膛枪和双管猎枪。

“从前我经常打猎，”他说，“现在已经有好几年没去过了。我还是个小孩子的时候，父亲就教会了我打猎，当时我大概九岁。

他是个出色的猎手。”

罗曼诺夫注意到了我的目光，点点头，继续说道：“他经常用这把勃朗宁手枪，这是他的最爱。我的父亲是个拿得起放得下的人。他的死是一场悲剧，但我佩服他自杀的勇气，如今这种感觉更甚于往昔。”

他抚摸着枪管，接着说：“你听好了，”他突然对我以“你”相称，“两年前，我得了癌症，算是已经去死神那儿报过到了。它说我的时日不多了，所以我必须写作。我知道我的妻子为此承受了许多痛苦。山上的生活与外界隔绝，我一直叫她去城里找个房子，但她坚持跟着我留在这里。很遗憾，我已经不是那个她深爱的男人了，我对此无能为力。我希望你能跟她做个伴，陪她说说话，打发打发时间。如果阿尔瓦不再那么孤单自闭，我也会感到欣慰的。你是我们的朋友，这份情谊我会铭记于心。”

他把一只手放到我肩上，盯着我的眼睛看了一会儿，突然转过头去。

“天哪，你搞了她。”

过了好几秒，我才反应过来他指的是什么。我本能地后退了半步：“我不想……”

“我不是傻子，”罗曼诺夫没有看我，“未来是属于你们这些年轻人的。但只要我还活着，就不想看到她背叛我。几年前，我尚能亲力亲为，知道该怎么把一个女人拴在身边。可现在……答应我，您不会碰她。”

我看了眼柜子里的枪，又看了眼他。

“答应我，尤勒斯！”

罗曼诺夫再次盯着我，眼神里流露出一丝焦躁，平时温和的眼睛里满是强硬和无情。

到了六月，我已经在山上待了五个月了。为了不把积蓄挥霍一空，我让丽兹把我在柏林的公寓转租了出去。这一切是多么遥远啊，我想。当时，我正和阿尔瓦开车去一个高山湖边游玩。这个湖并不大，我们从冰冷的湖水中哆嗦着出来，躺在毛巾上，等着身上的水晾干。周围弥漫着青草的芳香，湛蓝的天空万里无云。一架滑翔机从远处飞来，慢慢朝着谷底降落。我们盯着它看了一会儿。我仰面躺着，阿尔瓦则趴在地上，不停地晃动双腿，每次都故意用脚趾撞一下我的小腿。

“好玩吗？”我问。

“嗯……你读过《心是孤独的猎手》吗？”

“嗯，上学那会儿就读了。我很受触动，为此我还给你写了一封信。”

“奇怪，”她说，“我没收到过你写的信。”

“我觉得它太庸俗了，就没寄出去。”

“信还在吗？”

“找不到了。”

“你骗人，尤勒斯。我敢打赌，你肯定还藏着这封信。”

一只长着黄翅膀的蝴蝶从草地上飞过，落在我的正前方。

“我想读点你写的东西。”阿尔瓦说。

“我还没写完。”

“你们两个成天都在干什么？我老是听见你们在说话。”

“我们大多数时候都在谈论你。”

她的脚趾又撞了一下我的小腿，算是轻微的警告。

“萨沙怎么样？”

“不好说。”我斟酌着措辞，“你有没有发现，他这段时间精神涣散了许多？我感觉，他的情况比几个星期前糟糕了不少。”

“我知道。”阿尔瓦轻声说，声音仿佛是从很远的地方传来的。

“这意味着什么？”

她没有说话。这个问题，我们三个人都不知道答案。

最近我正在写两部中篇小说，进展还不错，而罗曼诺夫依然举步维艰。有时候，他会给我念几个句子，甚至会征求我的意见；但有时候，他只是望着埋头写作的我，嘴里念叨着：“嚓嚓，嚓嚓。”他的语气里有戏谑的成分，也有失落。至于他是否写得更好，已经没有那么重要了，毕竟他再也不可能像我这样奋笔疾书了。

“一会儿去看场电影？”阿尔瓦问。

“只要你不哭。”

“我肯定不会哭的。”

她每次都这么说，却每次都流泪。悲伤的剧情肯定会让她潸然泪下，就连一些老掉牙的场景，比如情侣分而复合，或是饱受伤病困扰的老将在最后一刻掌控了绿茵场，也能让她感动得稀里哗啦。她常常为此感到羞愧，我也爱用这点戏弄她。

“注意，他俩马上就要接吻了。”我说，“你要回避一下吗？”

我现在最欣赏阿尔瓦的一点就是她的小心谨慎。这个词就像是为她量身打造的。她小心地移植盆栽，小心地说话，小心地轻抚丈夫的后背，写信时也十分注重措辞。就连餐具、盘子和杯子，她也会小心翼翼地放置整齐，然后再仔细地把桌子盖好。她显然不希望出任何差池。

入夜时分，我拿着笔记本准备去书房找罗曼诺夫。楼上传来了音乐声。我从门缝向里张望，罗曼诺夫坐在钢琴前，阿尔瓦搬了把椅子坐在他身边。他低声跟她说了些什么，把她逗得哈哈大笑。他们相互亲吻对方，但没有擦出太多火花。接着，罗曼诺夫又开始演奏。他的手指优雅地在琴键上飞舞，突然，他弹错了谱。他试着找回调子，却没成功，他已经记不清谱子了。最后，他合上了钢琴盖。阿尔瓦用俄语说了些什么，之后，她把头靠在他胸前，任由罗曼诺夫抚摩着她的头发。他失落的目光令我难以忘怀。

那天晚上，阿尔瓦又消失了好几个钟头，直到第二天早上才回到木屋。

我不知道哥哥姐姐能否和阿尔瓦相处得来，但他们一下火车就热情地拥抱了阿尔瓦。丽兹和马蒂要在这儿待一个周末。我们一起上山，阿尔瓦握着方向盘，小心得有些过头，汽车在盘山公路上行驶得很慢。这让我想起了她年轻时开车的样子。

“这儿简直就跟夏尔一样美，只是没有霍比特人。”马蒂激动地望着铺满晚霞的天空。不久前，他的椎间盘出了点问题，此时坐在副驾上，身体显得有些僵硬。

“我们这儿还能直接从农民手里买鲜奶呢！”阿尔瓦说，“我们有一个两升的铁桶，拎回家的奶还泛着奶泡。”

“你是想说，这鲜奶都是我拎回去的吧！”我插话说。

“那我还给你做了好几个月的饭呢！”

“尤勒斯不做饭，真是太可惜了。”哥哥说，“他小时候总爱在厨房里待着，有时甚至会把我们的父母赶出来，因为他们总爱说这说那。”

“这我可不知道。”阿尔瓦说，“不久前我还问过他会不会做饭，他说不会。”

我没再答话，而是望着哥哥姐姐说：“阿尔瓦的丈夫很欢迎你们到来。”

“我在谷歌上搜过他，”马蒂说，“美国、荷兰、俄国、瑞士，他一生都在漂泊。他今年多少岁了？”

“六十七。”

马蒂的目光转向阿尔瓦。她显然知道车里其他人都在想什么，但她一脸无所谓的样子。

“我觉得很好啊，”姐姐说，“我年轻的时候就想嫁一个比我大好多的丈夫。”

“老天爷啊，”马蒂说，“我知道你当年跟一个三十六岁的家伙相处过好几个月，你那个奇怪的未婚夫也比你大了快二十岁，而且他从来不跟我们说话。”

“我弟弟不懂这些，”丽兹对阿尔瓦说，“他从一百年前就跟同一个女人在一起，也就她能看上他。”

马蒂亲吻了一下自己的婚戒，若有所思。

伴随着一阵刺耳的嘎吱声，汽车停在砾石铺成的停车场上。罗曼诺夫在阳台上注视着我们，就像一个猎人在高处打量猎物。他热情地向我的哥哥姐姐表示欢迎，但直到晚饭前，他都独自躲在二楼。

“他不习惯家里来客人。”阿尔瓦正在厨房里切洋葱，“你怎么从来没说过你喜欢做饭？你要能给我们做顿饭就好了。”

“如果有些事情没出岔子，我早该给你做过饭了。”

“啊，什么时候？”

“高中毕业前夕。我问你愿不愿意跟我去慕尼黑一起租房，我们说好了在那天晚上边吃边聊。我把食材都买好了，我以为你吃了我的肉丁意大利面，就会忘了出国的计划。”

她笑着说：“啊，没错，我想起来了。那后来怎么没吃成饭呢？”

我吃惊地望着她，她的笑容突然不见了，厨房里一阵沉默。皱纹又出现在她的额头上，她默默地翻炒着锅里的烩饭，显得有些紧张。终于，她把锅铲放到一边，说："对不起。"

"无所谓啦！"

"你能再给我做一次饭吗？"

我盯着她看了一阵，点了点头。

晚饭时，罗曼诺夫呆坐在桌子一头，似乎不知该如何同两位稀客搭话。他穿着一件黑色衬衫，外面披着灰色西装，从穿着上看几乎无可指摘。但跟和我第一次见面那天相比，他显然沉默了许多。

马蒂介绍说，他已经取得了大学执教资格，埃莱娜也在慕尼黑开了一家心理咨询诊所。丽兹则对自己的工作和生活惜字如金。她看上去有些不安，随时都可能发作。姐姐身体里那只睡了好几年的野兽又在蠢蠢欲动了。它在牢笼里张牙舞爪，坐立不安。

后来，我们在客厅闲坐，罗曼诺夫总算恢复了一点活力。我已经不记得他是从哪儿说起的了，只记得他提到了他的第一任妻子。她是苏黎世一位家财万贯的实业家的女儿。当时，他正在"王冠大厅"庆祝小说《心灵禁地》的出版，在那儿的吧台结识了她。

"可惜她去世太早，"他说，"这是我人生中的一大不幸。当时我回到俄国，已经准备隐退了，但亲爱的上帝再一次眷顾了我。"

罗曼诺夫举起酒杯，向阿尔瓦致敬。我知道，在提到亲爱的上帝时，他十分认真。他常常在我面前长篇大论，认为只有傻瓜才没有信仰。

他又给自己倒了一杯，滔滔不绝地讲起了一件件奇闻逸事。他以为这能给我们解闷，但这天晚上，我发现他并不是故事的主人，而只是它们的奴仆。他的头脑不停地运转，疯狂地拉开一个个可能的抽屉。尽管阿尔瓦在我们面前极力掩饰，我还是注意到了她的痛楚。

罗曼诺夫说到一半，突然停了下来，盯着我的哥哥姐姐看。他的眼神有些迟疑，有那么一刻，他似乎忘记了坐在他跟前的这两个人是谁。可怕的停顿。终于，他恢复了笑容，自信满满地问丽兹和马蒂是不是第一次来这儿，对此地印象如何。这些再寻常不过的问题几乎适用于任何陌生人。我早已明白，这不过是他的掩饰和伪装。没过多久，阿尔瓦就搀着他上了楼。

客厅里安静得有些压抑。马蒂皱了皱眉头，却没有开口。

丽兹点了根烟说："他有两下子。"她想了想，又说："他从前一定很帅气。"

"他看上去有些……"马蒂犹豫了一下，"糊涂。不是一整晚都如此，但经常发作。阿尔瓦怎么办？"

"她心里有数，只是不想跟我说。她都没告诉过我他到底得了什么病。应该是老年痴呆吧，但我也不是很肯定。"

"那你怎么办？"丽兹盯着我，"我们有些担心你在这儿的状况了。我是说，你跟阿尔瓦怎么样了？你们有没有……"

我摇摇头。

丽兹瞪大了眼睛："我的好尤勒斯，你真是浪漫到骨子里了。跟她丈夫相处不容易吧？"她弹了弹烟灰，继续说道，"天哪，你在这山上待了多久了？几个月？"

楼梯上传来响动，阿尔瓦走下楼来，手中拿着一杯酒，朝我们点了点头。"有兄弟姐妹真好啊！"她对我说。

"我小弟有女人了才是真的好。"丽兹说。

我瞪了丽兹一眼，但很快又为自己的这一举动感到懊恼，因为我错过了观察阿尔瓦表情的机会。

刚刚入夏，夜晚还没有那么热，我们坐在阳台上，马蒂因为椎间盘的问题，干脆躺在地上。我们面前的山谷里一片漆黑，有不少人在对面的山上野营，生起了一堆堆篝火。

"可惜托尼没来，"我望向姐姐，"他因为你新交的男朋友心碎了吗？还是没到那一步？"

"我觉得快了。"丽兹一脸歉意地说。

哥哥冲阿尔瓦说："你知道吗，我们绝对是世界上最孤单的姐弟。我们三个人分摊一个好朋友，有时候我开玩笑管这叫'公共好友'。也许可以开一家中介，把托尼租赁给我们这样的人。你要是愿意付一个月租金，也可以把他租给你做一个月好朋友。"

"至少你们还有个这样的人，"阿尔瓦说，"我最好的朋友离开我快十五年了。"

我向她投去询问的目光，但她没有理睬。

哥哥姐姐能够和阿尔瓦相处融洽，甚至还有些喜欢她，这让我很开心。后来丽兹问她是不是也有兄弟姐妹，阿尔瓦沉默了一小会儿，有些犹豫地提起了生死未卜的芬妮。令我欣慰的是，说出这些话似乎让她感受到了一丝解脱。

浅灰色的天空越来越亮。我不由得想到，我很少有机会和其他人一起分享看日出的喜悦。在寄宿学校时有过那么几次，再就是同丽兹和马蒂在蒙彼利埃的时候。似乎在朝霞的映照下，一个人真实的一面也会暴露无遗。我们四个就这样坐着，在谈笑声中望着第一缕日光照射在山巅。

马蒂和丽兹走后，我突然感到木屋太大了，显得空荡荡的。如果说起初我们不知道如何应对他们带来的聒噪，那在他们走后，留下的只有一片静谧。罗曼诺夫依然可以神志清醒地说话，但他似乎已经丧失了抽象描述宏观场面的能力，常常在一个细节上纠结好几分钟。此外，他把东西放错地方的次数也越来越多。有时候，我甚至会在浴室的柜子里看到几本书，或是在更衣室的鞋柜里发现一个茶杯。

一天晚上，我和阿尔瓦坐在客厅里玩拼字游戏。房间里点了一根蜡烛，亮着一盏小台灯，外面下着小雨，不时传来牛铃声。阿尔瓦盘腿坐在沙发上，正想摆出一个词，楼上传来了罗曼诺夫的脚步声。

突然，阿尔瓦重重地把手中的字母摔在了拼字板上。

“我受不了了！”她喊道，“我坚持不下去了。他要疯了，尤勒斯。”她站起来，接着说道，“他再也不是我认识的那个男人了。有时候，我感觉自己就像跟一个陌生人生活在一起。”

她的嘴角在抽搐：“每过一天，他就迷失得更厉害一点，就会忘掉一点关于我的事情。虽然有时候他挺正常的，但我知道，他的内在正在消失。”

“你就不能跟他谈谈吗？想法子帮帮他？”

“萨沙不肯，而且这病也无药可医。”她停顿了片刻，让这句话的效果自行发挥。

接着，她叹了口气：“我去弄点喝的。”

她从冷藏室里拿来一瓶威士忌。我们干了几杯，但没有真正喝醉，就这样神志恍惚地坐在冰箱旁的架子上。

“这个是怎么弄的？”我指了指阿尔瓦耳朵下方的两道疤。

“那是遇见萨沙之前好久的事情了，那会儿我刚到俄国。”她声音很轻，也不看我，“住在莫斯科，我的生活就像一场噩梦。我在那儿人生地不熟，交了一些不该交的朋友。我在错误的道路上越走越远，做了一些不该做的事情。”

“什么事情？”

“我不想细说。”她摆了摆手，“都是陈年旧事了。反正最后我跟那段生活一刀两断了。父亲给了我一些钱，后来我就搬到了圣彼得堡。”

阿尔瓦很少说起她在莫斯科的那些岁月。有时我能隐约觉察到，她当时肯定出了什么岔子，甚至至今都没能从那段黑暗的回忆中走出来。我真希望当时我也在那儿，可以阻止那一切发生。

“你晚上出去散步的时候都做些什么啊？”

“没什么，就是随便走走。我享受独处的时光，那样我才有时间思考平时来不及细想的事情。”她看了我一眼，接着说道，“我开始这么做是因为，我确信，总有一天，我晚上出去散步就不再回来，从此一去不归。一想到这个，我就有一种无限自由的感觉。”

“你想自杀？”

“我可没这么说，而且我不都好端端地回来了嘛！”她的语气缓和了一些，“有时我觉得，自己这么做不过是出于习惯。虽然我知道这有点奇怪。”

她喝光了杯中的酒，失神地望着我说：“尤勒斯，你走吧。最好明天就动身。”

我简直不敢相信自己的耳朵。

直到这时，我才感受到酒精的冲击力，整个人就像瘫痪了一样，除了疲倦还是疲倦。我无法做出合适的回应，甚至连和她对视的力气都没有。

“我不想再跟你这样下去了。”我听见她说，“我清楚萨沙所面临的状况。事已至此，我不想把你也牵扯进来。你最好现在就走。

快要死去的是我的丈夫，一切都是我的义务。”

我像被麻醉了一样坐在原地，想象着自己第二天拎包离开的情景。我就这样抛下阿尔瓦和她的丈夫吗？我要重蹈覆辙，拥抱毫无意义的自由吗？

快要死去的是我的丈夫。

这一瞬间，我突然听出了她的弦外之音。就像年轻时一样，她在轻声对我说：“是我不够好。”

我眼前闪过十一岁时的阿尔瓦，她羞涩地来到我在寄宿学校的房间，翻阅着我的物品。紧接着出现的是十九岁时的阿尔瓦，她那么痛恨自己，所以也无法容忍我的存在。然后是二十五岁的阿尔瓦，她初坠爱河，幸福甜蜜，而我却无缘与她相伴。三十岁的阿尔瓦已成人妻，性格温和，在慕尼黑把我送上了火车。几年之后，她与我并排坐在高山之上的小屋里，遍体鳞伤，心惊胆战，根本无法做出正确的抉择。

冰箱发出一阵声响，外面下起了雨。当我把手伸向阿尔瓦的脸庞，把她的头掰向我这边时，我的呼吸开始加速。她吓了一跳，全身都绷紧了。

她似乎想说什么，但我却只听见她的舌头摩擦上颚发出的细微声响。就在这时，我亲吻了她的嘴。我能感受到她的诧异，还有犹豫，但很快她就回应了我一个吻。

第二天早上六点刚过，我就醒了。我穿上跑鞋，来到室外。雨滴不断从树叶上落下，山谷里弥漫着乳白色的水汽。这画面就像神话里描述的一样。但太阳渐渐露出了脸，有那么一刻，我感觉像是回到了二十岁。于是，我撒开腿跑了起来。

起初，罗曼诺夫并没有注意到在他眼皮底下发生的变化。他太过沉迷于他那日渐消散的灵魂，阿尔瓦也依旧睡在她自己的床上。在罗曼诺夫面前，我们尽量避免任何形式的亲近。

“尤勒斯，您看上去很开心啊！”有一天，他坐在书桌前对我说，“整个星期您都在打字，还常常自个儿笑出声来。您在写什么呢？”

“还是之前的两部中篇小说。第一部讲的是一个已婚男子对自己的梦失去控制的故事。他每天晚上都会进入同一个梦境，梦到另一种生活，另一些人，从事另一种职业，还在梦里爱上了另一个女人。后来，梦境与现实渐渐难以分辨。梦中那个女人的死也对他的现实生活产生了很大影响。”

我给这部中篇小说取名《另一种人生》，这个故事发生在第一次世界大战时期。主人公最后被征召入伍，而在梦里，他却依旧在乡间过着宁静的生活。

罗曼诺夫拄着拐杖来到我的书桌旁，他的眼镜已经滑到了鼻梁上。他读了几行。看完之后，他把一只手放在我的肩膀上，像是在对我表示恭维或鼓励。我又给他讲了我第二部中篇小说的构思。这个故事与菲茨杰拉德的《本杰明的奇幻旅程》有些类似。菲茨杰拉德的小说讲的是一个人返老还童的故事，而我故事中的这个人却能让时间加速流逝。看似只跟他闲聊了几分钟，时间其实已经过了半个小时。如果有位女士同他一道出行，对她而言似乎正好过了三个小时，实际上可能已经过了七个小时，有时甚至是十二小时。这个男人孤苦一生，一旦人们发现了他的秘密，就对他避之唯恐不及。他一直在寻找一个愿意承受这一切、甘愿在他身旁老去的人。对那个人而言，与他共处的短暂时光和有他在场的回忆，远比没有他的一生要珍贵。

这一整天，我都信心满满。我负责买牛奶和打扫，还承担了洗衣服的重任。入夜时分，我吹着口哨打开地下室的门，被眼前的一幕吓了一跳。罗曼诺夫独自站在房间中央，正不安地自言自语。注意到我的出现，他不再出声，只是一个劲儿地盯着我看。

“几点了？”他问。

“七点差一刻。”

这句话不但没能让他镇定下来，反倒加深了他的困惑。

“晚上七点差一刻。”我补充说。

“那我在这儿干吗？”

我瞟了一眼武器柜说：“您下来开了暖气，房间里太冷了。”

罗曼诺夫思索了一阵，点点头说：“嗯，没错。”他和善地看了我一眼，走到了温度调节器旁边。

我又花了几天时间写这两篇小说，然后把它们交给阿尔瓦阅读。

作为中篇小说，它们有些冗长，而且也没有彻底完工。不过，反正重要的也不是故事情节，而是可以借此看到我埋藏已久的心声。有些事情我不能说，只能写。因为说话的时候，我只是在思考，而写作的时候，我却是在感受。

我们一起躺在我的床上。阿尔瓦一边咬着苹果，一边浏览我的小说。我在一旁紧张地看着她。有一次，她读着读着就笑了；那一刻，我感觉自己就像站在漆黑的街道上，见到街灯突然齐刷刷地亮了起来。不知什么时候，我睡着了。半夜时我醒了一会儿，阿尔瓦依然坐在我身边读着小说。她似乎很受触动，说我的文字简直写到了她心坎里。我看着她拿起水杯喝水，接着重新闭上了眼睛。

几个小时后，我再次醒来。外面已经很亮了，但时间可能还只是清晨。

“终于！”阿尔瓦只穿着内衣坐在我怀里，伸出手指抠着我的肚脐眼。她的红发编成了一根辫子，眼镜放在一边。见我疑惑地望着她，她指了指放在床头柜上的我的小说，上面有明显的阅读痕迹，摆放得也有些杂乱。在她扑倒在我身上之前，她说了一句话，这句话一直萦绕在我耳边：

“尤勒斯，写得真好。”

那天下午，我依旧坐在书房里。罗曼诺夫根本没动打字机，就这么直愣愣地盯着我。

“你还好吗？”我问。

他六神无主地点点头，站起身来。突然，他摸了一把胸口，声音沙哑地说：“这儿痛。”

我连忙跑到他身边，心里做好了最坏的准备。他猛地一抓，我的脑袋被他紧紧夹在了肋下。他抓住我的头朝书桌撞去，接着又砸向打字机的键盘。后来，我终于挣脱了他的控制，但脸上又挨了一巴掌。打完之后，他一屁股坐在凳子上，自顾自地喘着粗气。

突如其来的袭击吓了我一跳。我回到自己的位置上坐好，脑袋还在嗡嗡作响，嘴里一股金属味。

“您真以为，有人搞了我老婆我会不知道？”他说，“我虽然老，但却不瞎。您以为自己是谁？情圣卡萨诺瓦？老年人睡眠质量不好，我每天早上五点准时醒来。自从和阿尔瓦住到这儿，我每天都在这个点去她的房间，看她在床上酣睡的样子。今天她却不在那儿，也没有出去散步。她在您的房间。”

我用舌尖舔了舔嘴唇上的伤口，没有作声。

“我请求过您，在我死前不要碰她。”

“那是威胁。”

罗曼诺夫的颌骨咯咯作响：“您竟然连一个奄奄一息的乞丐都不放过，都不愿意等他死了再下手……”

他用俄语自言自语，语气听上去十分苦涩。我能想到他在说些什么。一切就像一个倒置的沙漏，每分每秒都有沙子从他那头流到我这头，而他却无力阻拦。

我缓缓朝他走去。“从我十一岁起，阿尔瓦就是我生命中最重要的人。我不能就这么让她……”我本能地不想把阿尔瓦要打发我走这件事告诉他，“对不起，亚历山大。”我简单地说，“对不起，但这不只是你我之间的事，还关系到阿尔瓦，关系到她的意愿。”

罗曼诺夫没再说话，他的眼睛绕开我，望向远方。最后，他指了指我的书桌说：“我要读您的小说。”

“您还从没读过我的作品。或许您会不喜欢我的语气，或是故事。”

“您跟一个您爱的女人上床。”他神色黯然，“您现在写的东西，要不是十分糟糕，就是十分出色。”

罗曼诺夫和阿尔瓦大吵了一架，我能听见阿尔瓦越来越激动的声音。不管怎样，她似乎再也受不了罗曼诺夫渐渐垮掉的样子了。她睡得不好，成天睡眼惺忪地拖着脚步在房子里走来走去。我真希望自己能为她做点什么，随便什么都行。她似乎越来越害怕做出抉择，但同时又期盼着那一天的到来。

浓雾笼罩着树梢，天空灰茫茫一片。今年的第一场雪在十月底飘落，进一步把我们困在了屋内。虽然我每天早上依旧会出去跑上一圈，但冷风刺割着我的脸，寒气似乎正在深入我的骨髓。

罗曼诺夫说他喜欢我的两个故事，之后就没再多加评论。他继续在打字机前工作，虽然进展缓慢，但一刻也不曾停歇。他似乎想用没完没了的敲击声提醒我们他的存在。

有一次，我们正在我的房间里做爱，外面又传来了打字机的控诉和警告。我们试着忽视它的存在，但这个声音却不知疲倦。终于，阿尔瓦一把推开我，一言不发地穿好衣服，闪着泪光出去找他了。

我不知道罗曼诺夫是不是还在生我的气。一天早上，他在山下的街上神志不清，不小心摔了一跤。我扶他起来的时候，他甚至前所未有地拥抱了我。

近来，他一直把纳博科夫的一本书带在身边。他走到哪儿，这本书就跟到哪儿。只有一次，他把这本书落在了餐桌上。我想给他送上楼，却在无意间发现了夹在书里的小字条。我首先注意到了自己的名字。在那旁边，一段几乎难以辨识的潦草字迹简要描述了我的外貌，最后写了“朋友”二字。下面一行写着“阿尔瓦，红发，戴眼镜，年轻。我妻子。”之后则是对他书房和卧室的描述，以及他的出生年月。在字条的最后，写着大大的“瑞士，二〇〇六”。但最让我吃惊的还是写在字条右侧边缘的两个词：

1. 写作
2. 地窖

我把这本名叫《说吧，记忆》的书连同字条给他送上楼去。他一言不发地接过两样东西。我以为会听到一个神志错乱的人的胡言乱语，他却很快明白过来。这也是我与他之间最后一次清醒的对话。

“您肯定也注意到了，我病得很厉害。”他坐在书桌前的椅子上，“我妻子一开始以为是前列腺手术改变了我的生活，但其实一切都是术前检查惹的祸。老年痴呆，当时还在早期。我一开始还想着把她蒙在鼓里，但她很快就发现了。”

他低下头，继续说道：“我能感觉到自己的脑袋变得有些不对劲儿了。我来到这儿过乡间生活，就是因为对城市的生活感到力不从心。一开始还有朋友和熟人来这儿看我，但我其实更需要清静。住在这山上，我只需要记住几样东西就够了。我，我的妻子，您，这个房间，还有我的书。我的理智正在加速流失。”

“您为什么不愿接受帮助？比如可以叫个护工。”

“我跟阿尔瓦谈过这个。我不想让医生不停地过来检查，不想吃药，不想做记忆训练，一切都不想。我的治疗方法就是写作。”他扭过头去说，“我也不想拖累阿尔瓦，让她照料我。我希望我的妻子能够享受自由。”

“所以您更希望直接住院？”

“您没明白。”罗曼诺夫每说一句都要停顿片刻，显然每个字都经过深思熟虑，“我母亲很早就患了痴呆，最后死在护理医院。临终的时候，她就像一个流着口水的孩子，有木偶戏看就开心得不行。她是个作家，是个有着很强洞察力的文化人，可她就是不能放手，及时做出应对。我还有几周的时间，可以自主决定我的生活。我知道，现在离我大脑彻底崩溃的时候已经不远了。真到了那时候，我无法自理，只能去护理医院苟延残喘了。”

他打开一个抽屉，说：“但在那之前，我还要交代几件事情。这个……”他从抽屉里拿出一个大信封，“是给您的。在我死后您再打开。不许提前。”

我犹豫地接过信封，问：“您为什么要跟我说这些？您为什么还要相信我呢？”

“因为这是您欠我的，尤勒斯。”罗曼诺夫大口大口地喘着气，伸手抓住我，“这段时间，我清晰地记起了自己的童年。寒冬，美国的晚餐，和早已被我遗忘的父母的对话。这一幕幕在我眼前重现，它们在追踪我。”他揉了揉颈背，“现在我得放手了，您明白这意味着什么吗？知道自己大限将至？知道我就要跟自己的理智说再见了，因为它将一去不复返？”

他摇摇头：“我还记得，我跟您一般大的时候十分抗拒死亡。现在我坐在这儿，就像坐在一座正在着火的图书馆里。一切都将付之一炬，而我却无力挽回。”

他的嘴角开始颤抖。

“让我再交代一下我的后事吧，”他轻声说，“我还没法放手。但我会早做打算的。”

之后的几周，每次阿尔瓦要跟我商量她丈夫的未来，我都表现得十分克制。我想给他争取点时间，替他洗衣服，采购东西，尽可能地给他俩提供一些帮助。罗曼诺夫一直为自己生活尚能自理感到骄傲，可现在，就连穿衣也成了一个问题，他不得不经常叫阿尔瓦帮忙。

他还时不时想出一些更适合过去的计划。一天晚上，他说要去美国看他哥哥，可他哥哥早就死了。他从我们的表情中意识到自己犯了错，整张脸扭曲成一团。“这不可能。”他嘀咕了一句。

他近来也很容易暴怒，这同样令人不安。

“我不需要你！”有一次，他当着我的面冲阿尔瓦大喊大叫，我还没来得及插手，他又猛烈地摇晃着她的身子，“我一个人就能做！”

阿尔瓦没有反抗。我走到他俩中间，牢牢抓住罗曼诺夫。他一边拉扯着我，一边用俄语嚷嚷一些我听不懂的话。我们花了好久才让他安静下来，但没过多久，他似乎就忘了这起意外，又温柔地抓起了阿尔瓦的手。

后来，我们一起吃午饭时，阿尔瓦宣布她已经受不了了。在我面前说到罗曼诺夫脑力衰退时，她有意对某些细节避而不谈。

“我们可以请个人来照顾你。”她说。

罗曼诺夫没有答话。因为害怕说错话，他现在变得寡言少语，连清晨读报这件事也放弃了。只有在吃饭的时候，他才显得不那么失魂落魄。只见他切下一块肉，先使劲闻了闻，再把它放进嘴里，一边嚼，一边享受地闭上了眼睛。

“这样能让你好过些。”阿尔瓦继续试探道，“也能让我们好过些。”

罗曼诺夫盯着面前的盘子。“不要护工，”他说，“我不想请人来这儿。”

他拉过她的手亲了一下，站起身来，径直踱进了书房。在餐厅里，我们依然能听见他在楼上缓慢而固执地敲着打字机的声音。这不过是欲盖弥彰。我曾经翻看过他的废纸篓。从废纸上的内容看，他已经写不出什么有意义的文字了，最多不过是罗列几个名词或是写几句不知所云的笔记：

> 周一，雨……
>
> 晚上，一个赌徒。边走边停。
>
> 最后也无法决定
>
> 到底想要什么。
>
> 但问题却摆在这里

他依然坚持坐在打字机前，他也用同样的执拗和骄傲拒绝阿尔瓦的照料。每天他都会与人发生争执，还经常指责别人。直到有一天，他又在外面迷了路，把自己冻得不轻，阿尔瓦不得不提议在圣诞节后把他送到苏黎世的克里斯蒂安养老院。那是一所私立疗养机构，她已经给那儿的院长介绍过他的情况，并当场预订了一个床位。

听说这个消息后，罗曼诺夫并没有表现出任何情绪。但此后，我经常能看到他愤怒地望着远方。

时间到了十二月十七日，海伦妮阿姨的生日。“很好记，就在圣诞节前一周。”每次我们这些孩子忘了她的生日，她都会这么说。

整个早上，我都沉浸在一种莫名的不安之中，总觉得有什么不对劲，但究竟是什么呢？阿尔瓦去了城里，我给哥哥姐姐打了个电话。两个月前，我曾邀请他们一块儿来这儿过圣诞节，现在我不得不取消这个计划。丽兹说，她和托尼都会去慕尼黑我哥哥家过节。我说，要是有什么需要布置的，我也可以抽出一天过去帮忙。

“出来走走。”在挂电话前，姐姐这样说。

我走到窗边。房子后面的花园和草坪都不见了，我的眼前只有一个覆盖着皑皑白雪的山谷。木屋里一片寂静。这下我终于意识到究竟少了什么：罗曼诺夫在二楼打字的声音。

我跑到书房，里面空空如也。几秒钟后，我推开地下室的门。发现罗曼诺夫正拎着一个洗衣袋站在我面前。他面色惨白，下巴上布满了灰白色的胡楂。他似乎花了好一会儿工夫才认出了我。万幸的是，他还能准确地叫出我的名字。

“尤勒斯，你得帮帮我。”他突然又开始对我以“你”相称，语气也十分和善。他从裤袋里掏出一张折叠的字条，上面只写着一个词：地下室。

“我要来这儿做什么？”

我想到了正在城里购物的阿尔瓦。买完东西之后，她还要跟克里斯蒂安养老院的院长见面，商量下一步的方案。此时此刻，我却跟她的丈夫一起站在这里，他甚至都不知道自己到底是来洗衣服还是来自杀的。我又想起了他那张字条，上面除了对我外貌的描述，还有“朋友”二字。我走向他父亲最心爱的手枪，触摸到了那沉甸甸的金属枪管，我的太阳穴砰砰直跳。

我把手枪塞到罗曼诺夫手里。

多年以后，我依然清晰地记得地下室这一幕。时至今日，我仍经常梦到它。

“勃朗宁手枪。”他很快就认出来了。

“您还记得您的父亲吗？”

“当然。”

“您还记得他是怎么死的吗？”

“他是自杀的。不管你信不信，他用的就是这把手枪。我以前经常带它去打猎，我父亲也酷爱打猎。”

罗曼诺夫若有所思地望着面前的武器。接着，他的神情为之一变。我看到了他的恐惧，他的嘴变了形，双手也开始颤抖。

“哦，我的天哪，我知道自己为什么要来这里了。”他小声说。

这个念头显然让他吃了一惊。他睁大双眼望着我，我意识到，这可能是他尚能自制的最后一刻了。从此之后，摆在他面前的将只有疯癫和错乱。

“我这样做对吗？”他问，依旧抓着手枪不放，“说啊，尤勒斯！这样做对吗？”

“您的妻子在城里。”我的嘴巴有些干燥，“她要跟一个养老院的负责人见面，她……”

罗曼诺夫不解地看着我。

“您不想进医院，”我说，“不想变得像您母亲一样。您听懂了吗？”

我能看出他绞尽脑汁回想的那种绝望。

“不，我不想。”他最后说。

我上前一步说：“您能放手吗？亚历山大，能放手了吗？”

罗曼诺夫似乎并没有在听我说话。“我的母亲最后精神错乱了。”他用几乎有些幼稚的语气说，“她就像一个畜生，既不知道谁是她的儿子，也不知道她自己是谁。”他走到柜子旁，拿出一个弹夹装进手枪。一颗子弹掉在地上，他吃力地把它捡起来。

“要我给您妻子带什么话吗？我会转告她您爱她。”

罗曼诺夫没有回答，只是用颤抖的双手抚摸着手枪。能看得出来，他害怕极了。

“小时候，我总在观察候鸟。”他说，“我想，它们要飞去哪儿呢？

它们要去哪儿？”

在我的脑海里，有一个声音命令我赶紧去报警，赶紧把枪从他手里夺下来。但我只是拥抱了罗曼诺夫，默默地离开了地下室。

我匆忙回到我的房间拿起外套，沿着山坡朝山谷跑去。我滑倒了，掉进了雪堆里。我挣扎着爬起来，继续朝前跑去。我在等着枪响，却一直没有听到动静。我想象着罗曼诺夫拿着手枪站在地下室的样子，他将独自在失去理智和失去生命之间做出抉择。最后再花上一刻钟，与一切告别，然后只须拿出一秒钟的勇气，坚持住，就能彻底放手了。

我一直走到山下的马路上才听见了那声枪响。几只惊鸟拍打着翅膀从树上飞走了，山谷里又恢复了平静。

恐惧的诞生（2007—2008）

为了去意大利，我们租了一辆车。出发前，我们又去新装修的客厅转了转。墙壁粉刷一新，地板刚刚打磨抛光过；直到几个小时前，我们才大功告成。阿尔瓦已经在说回来后要怎么布置房间了。我不知道究竟是因为我又有了一个家，还是因为她已经有了六个月的身孕，我突然忍不住流下泪来，只好尴尬地转过头去。

入夜时分，我们离开慕尼黑，一路上轮流开车。“你知道吗？”阿尔瓦敲着方向盘，“我觉得，我还是想回去念书。我怀念大学和学习生活，就算我是班上最年长的也无所谓。”

“你准备学什么专业？文学？”

她一阵摇头。“我跟作家相处太久了，现在我需要一些自己的东西，只为我自己。我想为我的理智做点什么。”

她的双眼在镜片后面闪着光。我望着她的脸，她白嫩的肌肤、黑细的睫毛和浓艳的红发，有那么一刻，我为她的美貌所倾倒。

我们聊到了年少时一起经历的旅行。我们一起去过遥远的湖边，去参加过狂欢节。我有些忘乎所以，说了句类似这样的话：“我们这么多年都没见面，是不是疯了啊？”

阿尔瓦耸了耸肩：“上学那会儿，我觉得我们之间不太可能。直到后来，我才明白自己一直爱着你。”她准备变换车道，所以并没有看向我，“可当时我已经在俄国了。我经常想到你，但不知为何，我总是强迫自己忘记你。”

“所以你想念过我？”

“嗯，有时候。”阿尔瓦说，“但大多数时候，我还是庆幸自己放开了你。”

她笑了。我把手放在她的肚皮上。我们还没有给这对双胞胎想好名字。她一开始想让我们的女儿叫她姐姐的名字，但后来又放弃了：“要是芬妮还活着怎么办？”在寻找名字的时候，我发现“阿尔瓦”在斯堪的纳维亚语中意为“森林中的精灵”。我很喜欢。阿尔瓦守护的就是我自童年起从未离开过的森林。

我们前方有数十辆大货车，空气中弥漫着一股汽油味，一盏盏车灯投射出无数道光芒。驶入意大利边界后，我们的心早已飞到了阿马尔菲海滩。我们将在那儿的旅馆里待两周。我用我的积蓄支付了旅行的费用，但这其实没必要。罗曼诺夫死后，阿尔瓦继承了一笔足以让我目瞪口呆的遗产。出售木屋及其周围的地产，又为我们增加了近一百万瑞士法郎的收入。无论这是否是我的本意，反正钱对我们来说已经不重要了。

“你还能跟出版社通电话吗？”

“嗯，”我说，“他们现在把他的书加入了明年年初的出版计划。”

“你搞得定吗？”

“已经快弄完了。”

罗曼诺夫的最后一部作品《飞逝的时光》共收录了五个故事。在他去世前几个月，其中三个被交到卢塞恩的一位公证人手上，以防它们被他自己撕毁。第一个讲的是四十年代末一个商务代表在波兰的故事。经历了战争中的家破人亡，他在寒冬只身前往这个冰冷贫瘠的国家旅行。那里一无所有，只有他的回忆。第二个故事名叫《光与逆光》，发生在美国，讲述了一对来自俄勒冈的夫妇分手的经过。妻子发现丈夫多年来一直在欺骗她，原本美好的回忆被撕开了一道口子。第三个故事写的是他自己，身陷遗忘沼泽的作家亚历山大·尼古拉·罗曼诺夫，描述了他精神错乱、被送进养老院并最终将自己的生活搅得四分五裂的经过。鉴于后来发生的一切，它成了我最爱的罗曼诺夫的小说，地位甚至在《不屈的心》之上。

最后两篇小说其实是我写的。

罗曼诺夫去世前几周交给我的信封里有三十页写满场景、注释、回忆和想法的纸，此外还附了一封信。

我们是两个小偷，尤勒斯……所以，我要跟你谈一笔交易。用书换女人。这是您欠我的。

他想要我在瑞士期间写的两个故事，还要按照他的要求修改。

“我还是不明白，你为什么要为萨沙做这些。”阿尔瓦说，“这只是一个请求，他当时已经神志不清了。”

“对于这个请求，他是认真的。”

“那又怎样？你这是在放弃自己的写作前程啊！你为什么要这么做？”

我只是摇了摇头。个中原因，我无法对她道来。

把罗曼诺夫的想法加入我的小说，有时候极其容易，有时候却很困难。要把陌生的场景植入手稿，就好比做一场移植手术。为了把他的想法加进小说，我常常不得不编出一大串情节。但过了一段时间，我渐渐无法分辨他的场景和我的场景了。他的最后一本书满怀悲怆，但他有一次却说，他从没有把生活戏剧化，也从没有往里面添油加醋，他只是不愿视而不见。

阿尔瓦叹了口气：“写完他的书，你打算干什么？”

“我可以去找份工作。”

她摆了摆手：“我要是去上学了，你就得在家照看孩子。”

“那我该做什么呢？”

“你得重新开始写自己的东西。我很乐意出钱资助一个有前途的作家。你就当这是一份奖学金好了。”

“真有意思。”我把车停在一个加油站前。

阿尔瓦走到我跟前：“尤勒斯，拥有一个依赖自己的宫廷作家，那一直是我的梦想。”她给了我一个吻，“我的家庭奴隶。”

“你可是越来越放肆了，歪牙怪。”我回赠了她一个吻，顺便轻咬了一下她的下嘴唇，“当心，别让这笔巨款把你腐蚀了。”

“早就被腐蚀了。”

我们储备了点咖啡和三明治，重新开车上路。仪表盘在漆黑的夜里发着光，能跟她一起坐在车里，是一件多么惬意的事。整个晚上，我们就这样聊着天，听着广播里的意大利歌曲，瞎扯着各种闲话。阿尔瓦说，我的耳朵很小，是她见过的最小的耳朵。我只好说，这是聪明绝顶的标志。

“到了之后，我们先去海边吃顿早餐。”她有些困了，舒服地蜷缩在座位上。天边出现了一丝微光，我们静静地坐在那里，看着乡间小道从黑暗中渐渐浮上来。阿尔瓦的指尖拂过我的前臂，在那儿蹭来蹭去。也许就是在这一刻，我彻底打消了过另一种生活的念头，甚至不愿看到父母重回人世。

九个月后，罗曼诺夫的书由他的瑞士出版商出版。报刊上出现了一些评论，有几篇还回顾了他毕生的作品，但这本书却销量惨淡。这也是亚历山大·尼古拉·罗曼诺夫这个名字最后一次抛头露面，从此它便成了历史。

“至少他不必亲历这一切。”阿尔瓦望着手中那本白色的小书，痛苦地说，“五年之后，这本书就没人读了。写得太阴暗了。”

“我会读的。”

“请问你什么时候读？”

“心情低落的时候。我会从中得到慰藉。”

阿尔瓦走到儿童床边。“我们为什么要心情低落呢？”她望着我们的孩子，继续说道，“我很想算一笔账，虽然它可能不那么让人愉快。生活就是一个零和游戏[①]。对我而言，负面的事情有姐姐的失踪、我的童年、我母亲和萨沙的死，尤其是他的死法。所以，我们的生活中肯定会出现许多好事，才能在游戏中保持平衡。”

“生活可不是零和游戏。有些人一生都在走霉运，只会一点点失去自己所钟爱的一切。”

“你似乎觉得自己是这样的人？……我亲爱的希奥布。”阿尔瓦抚摸着我的头说。小心，我想。

---

① 又叫零和博弈，表示所有博弈方的利益之和为零或一个常数，即一方有所得，其他方必有所失。

“相信我，”她给了我一个吻，“接下来的这些年是属于我们的。”

我从床上抱起我们的女儿。每当我把孩子抱在怀里时，我心中总有一种沉甸甸的感觉，仿佛我生命中最为闪亮的部分不在我身上，而在他们身上。“听见了吗？”我在路易丝的耳边轻声说，“接下来的这些年是属于我们的。”

当时我三十五岁，跟父母去世时的年龄相差无几。我正要跨过一道坎，一道拦住了他们的坎。一想到我跟他们共同度过的时光已经沦为过去，成了我生命中前三分之一的岁月，我的心中依然感到痛楚。看着阿尔瓦做妈妈的样子，我总会想到我的母亲，并为我对她知之甚少感到遗憾。我对她的记忆不只是一种感觉，还有她的温暖和乐观开朗。但作为一个活生生的人，她给我的感觉却是陌生的，直到现在我才明白为什么。她从未在我面前展现过她脆弱的一面。我从未见过她忧郁或沮丧的样子。她就像一个演员，把她真实的自我藏在光芒四射的母亲形象背后，从我的童年匆匆而过，我对她的了解就只剩几段相似的故事。

“你们的爸爸可不是我喜欢的类型。”有一次，她对我们说，“但我就是离不开他。当时他是一个学生小团体的头头，每天都带着那帮人在校门口等我，问我愿不愿意跟他出去。每一次我都让他吃闭门羹。那就明天见，他总会冷笑着鞠躬。这让我感受到了他的顽固。而且他还老把我的名字念错。”

说到这里，她看向我们的父亲，父亲则一字一顿地念出了玛格达莱娜·赛茨这个名字。

想到这一幕，想到父亲当年的放荡不羁，我真的难以把他与若干年后那个心事重重的男人联系到一起。也许，当时的他只是跟所有二十出头的年轻人一样，天不怕地不怕。反过来说，那也许是他一生中唯一一段真实的岁月，随后他很快便被青年时期的变故牢牢拴住了。

为了了解他的过去，我在储藏间里仔细翻找。这儿存放着我对贝迪拉克、慕尼黑、汉堡和柏林的所有记忆。我找到了一个盒子，里面有一堆泛黄的家庭合照，旁边放着那本我童年时写小故事的红色笔记本，还有那台摔坏的徕卡相机，以及一封法语信。

> 亲爱的斯特凡纳，送你这台相机，愿它能时刻让你谨记自己是谁，谨记生活中的大忌。请试着理解我。

我把信放到一边。我对父亲了解多少？他年轻的时候喜欢踢足球，想成为一名摄影师，但缺少勇气和相应的支持。有一点可以肯定，爷爷每次喝多了就会对他和埃里克伯伯拳打脚踢。这是海伦妮阿姨暗示我们的。其他的一切，我只能根据别人没告诉我的事情来推断。为什么埃里克伯伯会英年早逝？他的死是一个悲剧性的秘密，家里人都对此守口如瓶。现在再去打听这一切为时已晚。父亲肯定有意隐瞒了自己的过去，而现在我也无法将它还原了。

就在我整理东西的时候，一张旧照片映入了我的眼帘：那是我父母和他们的故交莱纳夫妇的合影。汉诺·莱纳是一位英俊的外交官，经常给我们讲他在苏丹或伊朗旅行的故事。他的妻子埃莉·莱纳跟我母亲一样是位教师。后来，这对夫妻似乎与我的父母闹翻了，在他们去世前的几年里都不曾跟我们来往。照片上，他们四个坐在我们家的餐桌前。父亲正望着眉飞色舞的埃莉·莱纳，汉诺·莱纳也着迷地望着他的妻子。只有我的母亲没有看她，也没有看父亲或者镜头。她在看他，她的这种眼神我再熟悉不过：每次姐姐看向她心仪的男人时，就是这样一种陶醉、渴望的神情。而到最后，她往往也能如愿以偿。但真的是这样吗？这个故事是这张照片告诉我的，还是只是我的臆想？

我泡了杯咖啡，坐下来读我正在写的小说。当时，我进展缓慢，在瑞士木屋时的那股魔力消失了，而罗曼诺夫的死却还在对我产生影响。阿尔瓦不知道是我把枪塞到了罗曼诺夫手里，虽然我知道自己并非有意为之，但有时候，我还是会为自己用这种方式铲除情敌感到内疚。

我打了几行字，思绪又回到父亲身上。我想到了我们之间的最后一次对话。虽然与我的记忆有出入，但我宁愿相信自己在服下迷幻药后看到的一幕幕。那才是我一直不愿承认的事实，它就像一根毒刺扎在我心里，冥冥之中决定了我的命运。

没错，在最后一晚，我的确跟父亲谈到了相机的事情。他送我的圣诞礼物，我一直原封未动。我们也的确把这点小争执说开了，他主动要求教我玛米亚相机的使用方法。他说，如果我能开始摄影，他会由衷地为我高兴。他早就发现我在摄影方面很有些天赋。

但这并不是对话的全部。

我们当时关系紧张，而这不仅仅是因为那台相机。母亲总是深得我心，她说什么我都不会反驳。可要是父亲叫我去睡觉，我就会耸耸肩表示抗议。哪怕他装出一副权威的模样，对我出言警告，我也只是一笑而过。因为他把他的惶恐和不安暴露在我面前，而这是我无法忍受的。

就在父母出发去法国的当晚，我一心想去参加一个高年级男生举办的派对。当时他已经开始抽烟喝酒了，能得到他的邀请，我颇感荣幸。可父亲却不许我在他家过夜。

“可大家都说要去，爸爸。我也答应了。”

“我们之前就说过这个男孩，他不是你该交的朋友。我决不允许你在无人看管的情况下在他家过夜。”

“可要是我不去，大家都会当我是个懦夫。”

“那就随他们说去吧，反正你不许去。”

在他看来，这场谈话就到此为止了。他拉上箱子的拉链，给烟斗填满烟草。

“好吧，”我说，“我知道你不在乎这些！谁让你自己就是个懦夫。”

我很快就意识到自己犯了大错。父亲转过身望着我，手里还拿着烟斗，他显然跟我一样吃惊。

“你刚才说什么，尤勒斯？”

“你就是个懦夫。”我听见自己结巴着说。我的身子一阵热一阵冷，我越过了边界，却无法及时回头。“你从来不敢冒险。你禁止我们做这做那，其实都是因为你自己胆小怕事。你就是个懦夫，还希望我们都跟你一样做个懦夫。”

我的左脸上挨了一巴掌。

眼泪很快掉了下来。“你还敢打我，”我咆哮着，“你和你的破相机。”我愤怒地盯着他的脸，“我恨你！”

一瞬间，周围安静了下来。

我后退了一步。这一刻，我仿佛第一次真真正正地认识了我的父亲。他似乎被伤得很深，脸上的表情跟接到那个解雇电话时一模一样。我已经开始有些同情他了。后来，我跑回了自己的房间。

半个小时后，母亲来到我的房间。她穿着米色大衣，跟我拥抱道别。我闻到了她身上丁香花味的香水。“别这样，”她说，“爸爸不是那个意思。”

“他打我。”

“我知道，他很内疚。他无法相信自己竟然对你动了手。”她停了一会儿，继续说道：“他现在有些……他最近有些不顺。”

“所以你们才要出门？”

“有这方面的原因。”她抚摩着我的头发，“你难道不想跟爸爸说声再见吗？他可想跟你道别了，出租车马上就来了。”

“不要。”我嚷嚷道。

母亲亲吻了我的脸颊，很快走廊上便传来了她跟丽兹和马蒂道别的声音，爸爸还问了我的情况。

“你知道，”她说，“他就是这么顽固。”

“该死……”他嘟哝了一句，听上去十分沮丧。接着，他来到我房间，想跟我谈谈，我默不作声，摆手叫他出去。没过多久，出租车来了，我听见了大门锁上的声音。

后来，我再也没有机会在那句“我恨你！”后面补充什么，它成了我对父亲说的最后一句话。

当时，我从客厅的窗户里看着他们上车离去。我的父亲斯特凡纳给我的母亲玛格达莱娜开了车门，然后车子就开走了。时至今日，我依然记得那个场景：那辆出租车在深夜的路灯下拐过街角，从我的视线里消失了。

无法改变（2012—2014）

二〇一二年四月，我骑摩托车出车祸两年半之前，我们聚在慕尼黑共度复活节。午后的暖阳把街道两旁古铜色的屋顶照得闪闪发亮，空气中弥漫着新鲜出炉的蛋糕的香味。吃饭的时候，马蒂一个劲儿地做着傻兮兮的鬼脸，想要逗我儿子发笑，但这显然不可能成功。时年四岁半的文森特胆子很小，而哥哥在孩子面前也不是一个天赋出众的演员。

吃完甜点，双胞胎开始找埃莱娜藏在房子里的复活节彩蛋。每次跟我的孩子们待在一起，她的脸上都焕发着光彩，所以我很喜欢把两个孩子带到她家。但有时候，我也会独自去她的诊所找她。在快要做父亲之前，我不知道自己能否胜任这一角色，我就去见了她。埃莱娜从不多言，只是听我诉说着害怕再次失去一切的隐忧。她无须开口，就能看穿我的心思。只需一个或友善或警告的眼神，我就能领会她的意思。我越来越明白，马蒂到底在她身上找到了什么。埃莱娜就像一个纠错员，能察觉有人偏离了轨道，并用柔中带刚的方式把人引回正轨。

托尼没有来慕尼黑，我也决心不向丽兹打听他的情况。他在一场演出后把一个女人带上了床，后来把所有细节都告诉了丽兹，他俩一块儿乐了好一阵子。丽兹靠在他身上，抓起他的手，还给他起了许多亲昵的爱称。但他俩没能更进一步。后来，丽兹又找了个男朋友，却没有告诉托尼，而是几乎彻底从他身边消失了。“我们就是一个女施虐狂和一个男受虐狂。”托尼有一次半开玩笑地说。但他显然不是在说笑。

路易丝跑到姑姑身边，坐到她的怀里。每次丽兹从柏林来访，都会郑重其事地说她也想要孩子。她已经四十二岁了，我估计她是没机会做妈妈了。“我也想生一个。”她说，“像她这样就很好。”她亲了亲我女儿的头，两人的脸上都写满了喜悦。

尽管很享受一家人在一起的生活，她每次也只会在慕尼黑待上几天。我还记得，从前在阿姨家过圣诞节时，每当气氛过于欢快祥和，她都会借机出门参加某场派对。这不禁让我联想起她年轻时挂在床头的杰克·凯鲁亚克的名言：我只喜欢这一类人，他们的生活狂放不羁，说起话来热情洋溢，对生活十分苛求，希望拥有一切，他们对平凡的事物不屑一顾，但他们渴望燃烧，像神话中巨大的黄色罗马蜡烛那样燃烧，燃烧，燃烧。

客厅里传来一阵欢声笑语。阿尔瓦和孩子们一起蜷缩在沙发上。阿尔瓦做母亲的样子我怎么都看不厌。与我不同，她总能选择合适的语气，知道什么时候该严厉，什么时候该睁一只眼闭一只眼。为了孩子，她似乎愿意付出自己从未得到过的一切。孩子们喜爱她，就像崇拜偶像一样。

我走到唱片机前说："注意了！"那一刻，我仿佛又回到了童年，感觉到了给哥哥姐姐展示什么东西之前的那种喜悦。我放进一张唱片，唱片机里传来响亮的吉他声和合唱队的和声。所有人都齐刷刷地看向我。

"爸爸，这是什么？"

"披头士的《平装书作家》。"我说。

路易丝似乎觉得这首歌很有趣，文森特则皱着眉头，一脸惊奇地摆动着双腿。这首歌放完后，他马上说："再来一遍。"

这天晚上，我们把孩子留在马蒂和埃莱娜家过夜，好享受两个人外出的时光。

"我们正在看电影，完事我就叫他们去睡觉。"晚上，埃莱娜在电话那头说。接着，她第三次重复了那句话："我们会好好照顾他们的。”

“嗯，嗯，我知道啦！”我快要笑出声来了。

挂了电话，我发现阿尔瓦一直盯着我：“怎么了？”

“你看上去那么满足，你在傻笑。”

“我才没有傻笑。”

“谁说的，你经常这样。”

我牵起她的手，将她揽到怀里。“终于又能跟你独处了，”我把两只手搭在她的肩膀上，“要不我们就把孩子留在我哥哥家，一起开溜？”

“我还以为你不想呢！”

后来，阿尔瓦在餐馆里聊起了马蒂推荐给她的一门课程。这几年，她和马蒂也成了好朋友。我回到家，经常发现他们两个正在深入交谈。有时候我也会加入他们的谈话，但总体上，我更乐于看到即便没有我在场他们也能相谈甚欢。“你有没有注意到，她和丽兹在许多方面很像？”在一次这样的谈话之后，马蒂突然说。一开始我以为他在开玩笑，哈哈地笑了几声。但后来，我经常想起他这番评论。

阿尔瓦早就读完了哲学课程，现在正在专心写博士论文，顺便照料我们年久失修的内院。在她的建议下，物业在内院铺了新的草坪。现在，她又要求给孩子们（甚至还有我的一份）搭建秋千和树屋。

但她内心依然不时泛起涟漪。过往的经历似乎一再纠缠着她，年少时的一幕幕和那段我知之甚少的莫斯科岁月也没有放过她。有时候她会做噩梦，睡不踏实，只有偎依在我身旁才能安静下来。我很早就发现了两个阿尔瓦的存在，但凡想要拥有其中一个，就必须同时接受另一个。虽然自从双胞胎出世后，她就放弃了半夜散步的习惯，但我依然有些担忧，生怕有一天她会不辞而别，从我的生命里消失。

“对了，我读了那个瑞典人写的儿童书。”她翻着菜单，“马格努斯·桑德索，我很喜欢。”

我早已习惯了她偷偷翻阅我正在审校的书稿，但我依然装出一副生气的样子。

“怎么了？”她跟没事人一样，“你又不写东西给我读，那我只能看看这个了。”

在罗曼诺夫的出版社的引荐下，我得到了这份审校工作。他们对我编辑的罗曼诺夫手稿十分满意，在我的要求下把我推荐给了一家慕尼黑出版社。至于我自己的小说，我只是偶尔才动笔写两句。要不是阿尔瓦一直追着我问，我可能早就放弃了。

那天晚上，我们俩都喝得有点多。阿尔瓦说起了我们相识之前她的生活。她小时候很爱做的一件事情是跟父亲一起在房子后面结冰的池塘里滑雪橇。说到这些时，她似乎发自内心地感到开心。我隔着桌子给了她一个吻，又给我们俩各自点了一杯酒。她问我是不是想把她灌醉，我说正有此意。

回家的路上，她的步子有些摇晃。我想扶她一把，却发现自己也站不稳。我们就这样一边慢腾腾地走，一边咯咯直笑，搀扶着上了地铁。

当天晚上，我被一阵响动惊醒。我做了许多梦，过了好一会儿才回过神来，发现阿尔瓦正在我身边哭泣。我吃了一惊，连忙打开灯。

“为什么我就是高兴不起来呢？”

她说得很快，听上去有些模糊：“我爱你，我爱文森特和路易丝，我爱我们所拥有的一切。但有时候，这一切似乎都不能让我满足，我好像永远都不会知足。这时候，我就只想离家出走，不再回来。我也不知道为什么会这样。”

她的话就像一块投入湖里的巨石，在我心中激起了层层波浪。

我抓起她的手。“没关系的。”我一边重复这句话，一边轻轻地亲吻着她的身体，“不论你是什么样子，我都一样爱你。”

“我也不想这样，”她低声说，“但我无能为力。”

“我知道。”

有好几分钟，我就这样紧紧地抱着她，说着安慰的话。既然阿尔瓦睡不着，我就陪她一起看电影，直到第一缕曙光把房间染成了淡蓝色。这一切当然跟后来发生的事情没有什么关联。但从此以后，我越发珍惜那些无忧无虑的时光。

起飞前几个小时，我跟孩子们一起在院子里玩耍。路易丝一定要当彼得·潘，文森特则负责扮演多个配角。不久前刚刚搭好的树屋被当作海盗港，由我这个狡猾的虎克船长负责保卫。罗曼诺夫留下的桃心木拐杖成了我的佩剑，孩子们则用树枝发动进攻。经历了一场鏖战之后，自然是他们取得了胜利，而我只能在痛苦中死去。

“他死了，他死了。”孩子们大笑着在我周围跑来跑去，一边用树枝戳我的肚皮。

这时，哥哥背着个手提袋出现在院子里。见到我在地上打滚的样子，他不禁笑了：“我们得走了。”

我们要飞去柏林，算是给托尼一个生日惊喜。他在一家酒馆里庆生，对于我们的到来，他似乎十分高兴。但很快我就发现，他的情况十分糟糕。他脸上没有了从前那种迷人的活力，显得闷闷不乐，人也苍老了不少。这天晚上，他的注意力依然集中在丽兹身上。丽兹先是跟他亲切地交谈了一番，后来却跟一个我不认识的男人坐到了吧台边。托尼依旧不停地看向她，勉强装出的笑容逐渐黯淡下来，最后一言不发地站到角落里。我和马蒂走过去陪他，却没法让他高兴起来。没过多久，他便独自回家去了。

这天晚上，我们在姐姐家的厨房里坐了好久。她似乎看出了我们的心思。

“我受够了。”丽兹最后说，“你们以为我看着他这副垂头丧气的样子能开心啊！”

“我不是这个意思。”马蒂说，“但你这些年为什么要一直这样折磨他呢？托尼本可以建立自己的家庭，过上幸福的生活，可你却不愿放他离开。你从不把门堵死，总是留下一道缝，好让他继续跟在你后头跑。说白了，其实是因为你不能忍受他突然消失。”

“那我该怎么办？跟他在一起，就因为这才是正确的决定？”

“为什么不呢，我觉得这样不错啊！”

“你疯了吧！”丽兹不可思议地望着马蒂，又转过头来问我，“你呢？你也这么想吗？”

“哎呀，他现在单身不娶，肯定有你的原因。”丽兹正想答话，我摆了摆手制止了她，“当然了，即便结了婚，他也不会开心的。哪怕你表现得对他毫无感觉，他也依然深爱着你。这是他的决定，他不想要别的，所以也没有什么好后悔的。”

丽兹咬起了手指甲。“我又不能左右自己的感觉。”她低声说，“就算他是那个对的人，我也不爱他。”

“但爱不过就是一个字。”马蒂说，“重要的是心满意足。”

丽兹突然大笑了一声：“什么心满意足，对不起，这简直就是无稽之谈。我要的是激动、挑战和紧张。托尼是个好人，说实话，我能想象自己和他相伴到老，但只是作为朋友。他很讨人喜欢，但却不是我爱的人。我要的是一个偶尔也会拒绝我、折磨我、跟我开战的人。”

“可为什么呢？谁会愿意自找苦吃？”

丽兹耸了耸肩：“对有些女人来说，仅有安全感是远远不够的。”

马蒂回应道：“就拿我老婆来说吧！听好了，她绝对是个很好的榜样。她见到我时就在想，嗯，这个人有潜力，所以就在我身边待了二十年。我这个人可能有些无聊，也不是命中注定的白马王子，但至少我好相处又有钱。就算她年少时对未来的丈夫有过别的设想，找我这么一个人结婚也够了。你看现在多好，碰巧她的丈夫也是这样想的，所以，我们虽然日子过得普普通通，但却幸福美满。这不好吗？”

一阵尴尬的沉默。因为他说的这一切正好也是我们对他婚姻的看法。

哥哥似乎也意识到了这一点。他匆忙收拾好自己的手提包，朝门口走去。“你要一直这么想，那我实在没法看好你。”他对姐姐说，“这样下去，你一辈子都不会幸福的。”

他的身影消失在楼道里。

“但至少这是我自己的人生。”丽兹说，但马蒂已经听不见了。

一般情况下，阿尔瓦会去国家图书馆写她的博士论文，但在深秋的一天晚上，她却在家里动起了笔。书房的灯不太亮，我站在门口，观察她写作的样子。突然，她的眉间露出了皱纹，眼神空洞，正神情恍惚地啃着手指甲。我喜欢看她专注的样子，早已练就了从她肩膀的姿态来判断她是否正在聚精会神地工作的能力。而她留出的门缝宽度则透露出她有多想找人陪伴。我们之间如此亲密无间，就像两面镜子，都能从对方那儿看见自己的模样。

我把一根香蕉切成两半，拿上笔记本电脑坐到了她对面。我们吃了香蕉，默不作声地打字，时不时地交换一下眼神。每当路易丝和文森特在隔壁房间熟睡的时候，我都会感觉到一种自童年起就已失去的安全感。

我想起了当年的自己，那个自信满满、无所畏惧的少年。在父母过世时，他不够坚强，败给了人性中的另一面。我并不怀念他，只会偶尔怀念他在十岁前的放纵和淘气。在我的生命中，可还有机会回到那种疯疯癫癫、无忧无虑的状态，哪怕只有很短的时间？

“我在想一些东西。”

“说一说吧！”

我合上笔记本。“我在想，要是我当年去了法国并生活在那儿，要是我出了意外，要是我们从未相遇，那会怎么样？我生命中有那么多岔道，那么多可能，随时可以让我成为另外一个人。”说到这儿，我看了阿尔瓦一眼，“我是说，你就没问过自己，如果你姐姐当年没有失踪，你会不会变成另一个人？那样的话你肯定跟现在不一样。”

她想了想说：“嗯，肯定不一样。”

“问题是，有什么是无法改变的？什么是你身上不曾改变的东西？无论人生何去何从，什么是不曾改变的？到底有没有能够超越一切的东西？”

“然后呢？”

我想到了丽兹，她总是反复无常，我行我素，从父母在世时就是如此。对男孩的痴迷似乎是她本性的一部分，还有她的勇于探索以及对唱歌、画小故事的爱好。即便她迷失了自我，很多年没做过这些事了，也不能改变这一点。无论是在店里看到一本有趣的儿童书，还是跟自家兄弟一起吸了迷幻药，诱因可能有所不同，但总有一些时候，她会想要画画或是唱歌。马蒂虽然没有成为医生或研究员，但他身上有一点不曾改变，就是那种不达目的誓不罢休的冲动。或许换一个专业，他也可以成为生物教授或是物理教授。

“我不知道……”我望向阿尔瓦，“你呢？你在想什么？”

“嗯……克尔凯郭尔曾经说过：要成为自己，就必须打破自己。”

“什么意思？”

她皱了皱眉头，说：“比如说，一个人来到这个世界上，受到周围环境、父母、命运、教育和其他偶然经历的影响，不知从什么时候开始，他想当然地认为：‘我就是这样的。’但这其实只是表面现象，只是人的第一层自我。”她坐到我桌上，继续说道，“要找到真正的自我，就必须质疑一个人从出生起遇到的一切，还必须付出失去某些东西的代价，因为一个人只有在痛苦之中才能明白什么是真正属于自己的……只有在破碎之中，人才能认识自己。”

她摆动着双腿，继续说道：“但反过来说，我也不知道，如果我过着另一种生活，或是迷失了方向，究竟会发生什么。比如说，我不确定我们是否还能走到一起。我可能更愿意找一个无忧无虑、我行我素的男人，不像你那么爱动脑筋。但现在，你就是那个对的人。你，只能是你。”

“这话倒是挺诚实的，就是有些伤人。”

她在我太阳穴上轻轻一吻。

“为什么我就是那个对的人呢？”我问。

“因为你懂我的一切。”

我稍作思索，继续问道：“还有呢？我英俊的外表，过人的智慧……我的谦逊？”

“可能还有一点谦逊吧。”她仔细打量着我的头发，“还没有白头发，你是怎么做到的？”

我没有回答，而是伸手触碰她的脸颊。她闭上了眼睛。

我想到了几年前的婚礼。在哥哥家装饰着灯笼的花园里，我们办了一场小小的派对，她的父亲在婚礼上致了辞。阿尔瓦和她父亲有着独特的相处方式。虽然他们十分亲近，却很少来往。但他们经常通信，而她父亲坚持要举办一场婚礼。

“你还经常想起芬妮吗？”

她点点头。“我想，这不可能停下来。”

阿尔瓦叹了口气，取下眼镜擦起了镜片。她的面色有些苍白。这几个星期，她看上去一直很累，还发过好几次烧。

我命令她休息一会儿，从厨房拿来一瓶葡萄酒。她放了一张乔治·格什温的唱片。我一直听不惯他的音乐，但阿尔瓦却很喜欢，总管他叫“我的乔治”。以前，我一直害怕变老，但一想到四十年后还能跟她厮守在一起，我便安心不少。到时候，我们可以坐在一起看书、聊天、下棋，时而戏弄对方一番，再接着回顾我们一起积攒的珍贵回忆。我想着她快八十岁时的穿着打扮和满脸皱纹的样子。与此同时，我也明白这一切其实都不重要，而我也无须再害怕变老。

后来，我去了孩子们的房间。他俩都已经睡着了，我能听见他们轻微的呼吸声。我先坐到路易丝的床边。她是个活泼开朗的女孩，自信得有些过了头。她已经意识到自己的价值，知道我们都觉得她很可爱，会因此原谅她的胡作非为。她现在还愿意偎依在我身旁，但渐渐地，她已经把我给看透了。她出于本能地在我面前表现得很反叛，却对她的母亲言听计从。我亲吻了一下她的额头，又来到文森特的床边。他又把被子踢开了。与路易丝相比，他显得有些孤僻，尤其害怕陌生人。我在书房里审稿的时候，他常常陪在我身边。他很享受这种安静，独自坐在地板上玩小货车，或是复述阿尔瓦给他讲的故事。他还是个小孩子，就这般安静，这究竟是为什么呢？一切是从什么时候定型的？

我替他盖好被子，去厨房里拿了瓶啤酒，坐到阳台上。一阵凉风拂过，院子里飘来一阵湿树叶的味道。我抿了几口啤酒，享受着夜晚的宁静，突然生出一种近乎惬意的忧伤。

二〇一三年一月，我飞去柏林待了几天，跟我们的一位签约作家讨论他的书稿。一天晚上，我约丽兹吃晚饭，不料她把托尼也带来了。他兴致勃勃地谈起了在爱丁堡的一场魔术表演，他作为嘉宾参加了演出。总之，这一次他的状态比上一次要好。他和丽兹虽然没能成为一对，但至少丽兹对他的态度认真了许多，不再继续用她的恋情折磨托尼。

回慕尼黑的航班适逢日落，当周围的一切都被镶着晚霞的阴云笼罩时，我隐约感到了一丝不安。但在飞机降落后，这种感觉很快就消失了。在城铁上，我打开手机，看到阿尔瓦给我打过好几通电话，却没有留言。我给她打了回去，但她没有接。

“马上到家，怎么了？”我给她发短信。

一进家门，我就看见两个孩子在争吵。路易丝夺走了文森特的玩具长颈鹿，想让它跟她的动物玩具结婚，文森特很不情愿。他们为长颈鹿起了争执，而我不得不居中调解。

“把长颈鹿还给他。”我竭力拿出严父的样子，可路易丝毫不理睬地跑到了一边。我叫她给我过来，她调皮地笑出了声，把我也给逗乐了。

终于，文森特拿回了他的毛绒玩具，而路易丝也已经把这件事抛诸脑后了。她从浴室里拿来一把梳子，自顾自地哼起了歌。

文森特拍了拍自己的额头：“她真够蠢的！”

我吩咐他俩赶紧收拾一下，我们马上就要去他们的伯伯家吃晚饭了。他们很久之前就发出了邀请。

“可妈妈已经把晚饭取消了。”文森特说。

“为什么？”

他耸了耸肩。直到这时，我才注意到阿尔瓦不在家。我又去卧室里找了找有没有留言或小字条，却一无所获。我想给阿尔瓦打电话，却发现她的手机就放在床头柜上。

“妈妈说她出去一下。”路易丝在我背后说。

我转过身问：“什么时候？”

“就在你回家前。”

“她说去哪儿了吗？什么时候回来？”

路易丝摇摇头：“没有，她说你马上回来，叫你准备晚饭。”

我有些紧张起来。阿尔瓦从来不会让孩子们独自留在家中，哪怕只是出去几分钟。接着，我试着说服自己，我可能多虑了。她也许只是去了趟国家图书馆，为她的博士论文复印点资料。我给孩子们做了晚饭，陪他们玩了会儿蛇梯棋，便打发他们上床睡觉。之后，我一个人坐在客厅，房间里安静得有些令人压抑，我重新感到不安起来。图书馆现在也该关门了，我打电话问马蒂和埃莱娜，他们也不知道阿尔瓦的去向。有那么一刻，我想要报警，但转念一想，还是再等等吧。

我盯着手机，喝了两瓶啤酒，继续盯着手机，在街区里转悠了一圈，回来继续盯着手机，在房前冰冷的台阶上坐了好久，等着阿尔瓦出现。两点，三点，四点。我煮了一壶浓咖啡，随意按着电视遥控器，试着转移注意力，后来又读起了《斯万的爱情》——这也是我母亲的最爱。睡意不断袭来，我好几次读着读着就闭上了眼睛。

就在我打算上床睡觉的时候，门上传来钥匙转动的声音。我悬着的心终于放下了，连忙跑到门边。阿尔瓦真的回来了，只是眼眶红肿，黯然失神。她简直变了个人，就像夜间出来游荡的鬼怪，刚刚才恢复人形。

“你去哪儿了？”

她一言不发，把外套搭在椅子上。

“该死，快说你去哪儿了？”

她确实该好好给我道个歉，或者至少给出一个说得通的理由，让我平静下来，而不是像现在这样。

“你又去散步了？你又开始了？”我紧贴在她身旁，意识到自己有点失控，“你搞清楚，你已经有孩子了，怎么可以就这样一走了之，害我们担惊受怕？”

她盯着我，眼神黯淡依旧。我怒气冲冲说的这番话显然吓着她了。

“我生怕你不回来了。”因为紧张，我的身子有些发抖，“有什么事不能跟我说吗？我是说，你能想象我们之间……”

“我得了癌症。”

过了好几秒，我踉跄着往后退了一步，就像被一只看不见的手打了一巴掌。这简单的五个字像是唤醒了一股原始的力量，瞬间使我哑口无言。它夺走了我的全部感受，有那么一瞬间，我完全不知道自己该说什么，又该做什么。

“我联系过你。”阿尔瓦平静地说，“给你打过好几通电话。我不得不出去。抱歉，我不该这么做。”

一阵酥麻的感觉从我胸口蔓延开去，直到手脚。没过多久，我感觉自己简直快要飘起来了。

“什么癌？”我不知何时说了一句。那感觉就像有人把我的音量调到了最低值。

“血癌。”

“确定吗？你是怎么知道的？”

“上周你去柏林的时候，我就去看过医生。当时我只是再次发烧，但我已经有了不祥的预感。我做了好几项检查，但我不想跟你说，免得你担心。今天，检查结果出来了。”

我发现自己不知何时坐了下来。阿尔瓦伸手触碰我的脖子，我不禁颤抖了一下，她连忙把手缩了回去。

“看着我。”她说。

我默不作声地抬头看向她。

“我会扛过去的，尤勒斯。我知道。”她看上去格外平静，“我会扛过去的。”

我望着她的眼睛，相信了她说的每一个字。

阿尔瓦的诊断结果很不好，但她得到了很好的治疗，有望将癌细胞从血液中清除出去。她很快就接受了化疗，为此在医院住了好几周。药物通过静脉注射到她体内。细胞生长抑制剂，这是希望的代名词，也是毒药的另一种说法。

新近发生的这一切超越了一般的现实，光凭理智很难经受住考验。我就像一团雾，一个沉默的精灵，终日守护在她的病榻旁。但即便开始脱发，阿尔瓦也没有屈服。她默默忍受着痛苦的注射和无休止的恶心，有时候甚至拿这些开玩笑。她总是跟孩子们说，情况并没有那么糟糕，她很快就会好起来。我也试着照搬她的那套说辞。信心，我们需要信心。只有一次，我不小心说漏了嘴，感叹命运与我们作对，但阿尔瓦很快就劝住了我。

“这种话我以后不想再听到。”她坚决地说，接着，她的语气缓和了一些，“等我好起来之后，你再诉苦也不迟。”

我点点头。当时，我们面对面站在卧室里，她第一次被允许出院几天。广播里放着诙谐曲[①]。我的样子可能还是有些灰心，因为她牵起了我的手，然后迈开了舞步。这着实有些出乎我的意料：自从认识她起，除了婚礼上装模作样的那几步，我还从没见过她跳舞。

我们紧紧相拥在一起，随着音乐起舞。因为阿尔瓦的身体还很虚弱，我们的动作十分迟缓。她闭上了眼睛。我们亲密无间，我能

---

① 一种三拍器乐曲。其主要特点是速度轻快，节奏明确，常出现突发的强弱对比，带有舞曲与戏剧特征。

感觉到她的呼吸、体温和颤抖。此时此刻，我根本不敢想象她的生命竟然面临危险。

“你在哪儿？”我问。

“我在这儿啊！”她依然闭着双眼，“我一边跟你跳舞，一边试着什么都不去想。”

“你不觉得奇怪吗，我们竟然从来没跳过舞？”

“我不喜欢跳舞，你可能也发现了。”

卧室的墙壁渐渐淡去，直至完全消失。我们的皮肤重获光泽，我们仿佛又回到了在寄宿学校上学的年代。当时我们只有十九岁，她为了避雨进了我的房间。我们喝了点杜松子酒，有些醉了，我乘机邀请她……

“你还记得有一次我邀请你一起跳舞吗？”

“你从没邀请过。”

“谁说的，当时我还特意放了一首歌。我妈妈说，有了这首歌，很容易就能俘获一个女人的芳心，但你却根本不想跟我跳。所以我想，你根本就不喜欢我。”

阿尔瓦的脸皱了起来：“你知道吗，跳舞是她的最爱。她比我更有天赋，小时候每天都去上芭蕾舞课。她失踪后，我再也不想与跳舞产生任何关系。这太容易让我联想到她了。”

我感觉像是有一阵冷风吹过。“要是早知道这个就好了。”我说。这句话更多的像是在说给我自己听。

我们沉默地跟着音乐跳了一会儿。我闻到了她身上熟悉的香水味，檀香木混合着栀子花的味道。

“说说你姐姐吧。”我说，“每次我一想到她，就只能联想到警察只找到了她的外套。说点别的，让我也对她有点别的印象。”

阿尔瓦想了想说：“芬妮很活泼，简直有些神经质。她很喜欢歌剧，小时候就经常听莫扎特。有一次，我们去听《魔笛》，她激动得过了头，差点没喘过气来，最后被剧场医生给带了出去。”她笑了，“我们一起玩耍的时候经常很放肆。我们有一个固定的睡前仪式。每次妈妈来跟我们说晚安，芬妮和我都会各自在床上翻两个跟斗，一个往前，一个往后，然后妈妈才会把灯关上。”她摇了摇头，但我能看出，她其实很珍惜这些零碎的记忆。

当时，我为阿尔瓦做了我能做的一切，照顾她，满足她的每一个愿望，几乎寸步不离地守在她身旁，却仍感到自己很无用。好在哥哥几乎每天都来看我们，埃莱娜每天晚上都会直接从她的诊所来我们家。她的温柔总能让我们每个人都保持冷静。

当时，第一个强化治疗阶段已经结束了，随后是持续数月之久的巩固治疗。在每个化疗周期之间，阿尔瓦能在家里休养个把星期。有时候，她因为劳累，甚至会一觉睡到晚上。情况稍好的时候，她经常去院子里，那儿已经快被她变成一个花园了。我喜欢站在阳台上看她跪在地上松土和栽培植物的样子。但我最喜欢看到的还是她完工后望着自己作品的神情。这时候，她多半会抹一把额头上的汗，或是搓搓手，最重要的是，这一刻她看上去是那么满足。

直到夏天，我们依然没有等到明确的诊断结果。那段时间，我们满脑子想的只有癌细胞数值和白细胞数值。为了分散注意力，我们去了贝迪拉克。阿尔瓦很期待这次旅行，她要去的第一站就是海边。

“快去准备好！”没等孩子们上楼拿自己的东西，她就兴奋地冲他们喊道。

我看着文森特和路易丝坐上车，系好安全带，自己又回了一趟屋里。从浴室门口经过时，我瞥见了阿尔瓦的脸。我还从没在她脸上看见过那种表情，即便是她第一次跟我讲到她姐姐时。她的嘴角已经完全走了样，眼泪顺着脸颊倏然而下。我在她脸上看到的只有完完全全的恐惧。

看到我来了，她擦了擦眼睛：“我刚才感觉自己快要坚持不下去了。”她从头上取下假发，“要是我不在了该怎么办？我根本就不敢想。”

她对着镜子打量自己光秃秃的头顶。

“这不是我，尤勒斯。这根本就不是我！”她突然大喊道，把我吓了一跳。

后来，她跌坐在浴室的瓷砖地板上。“他们才六岁啊，”她小声说，“他们太小了。”

九月，孩子们入学了。我的感受就跟当年眼看着阿尔瓦出落得美丽动人而我从此却要跟全世界分享她时一样。阿尔瓦不愿意送孩子们去上学。“我戴着假发难看死了，”她说，“孩子们肯定都会盯着我看的。”

“胡说，你美极了。”

她叹了口气：“尤勒斯，你从来就不会撒谎，刚才这番话你自己都不相信。”

尽管如此，她还是在开学第一天去了学校。

路易丝对一切都满怀渴望，文森特则消极得多。“我就不能在幼儿园里再待一年吗？”他问。

“你不想上学吗？”

“想，可是幼儿园里那么好。”

“学校里也一样好。”

他睁大了双眼，显然不相信。

“反正我觉得上学挺好。”路易丝说。

“反正我觉得上学挺好。”文森特故意模仿她的口气说。

他俩虽然是双胞胎，却几无相同之处。路易丝是个活泼的野孩子，甚至已经有些叛逆了。她在同班同学面前炫耀自己会读书写字的样子让我不禁想起了丽兹。文森特也已经学会几个字了，但他的自信十分脆弱。母亲的病使他变得更加多疑，也更加孤僻。他越发不愿告诉我他在做什么，而是独自缩在一旁。只有在踢球的时候，他才会走出自己的世界。有时候我跟他和路易丝在院子里踢球，也会想到我父亲在英国花园里踢球的样子。作为一名自由人，他能一直带球突破，所向披靡。他要是尚在人世，现在应该已经是一个满脸皱纹的七十多岁的老人了。我想象着他陪孩子们一起踢球的样子，这一刻，我异常想念他。

时隔多年，我和阿尔瓦再次有了在早上独处的机会。起初，我们还不知道该如何打发这段闲暇时光，但很快我们就学会了享受生活，开始在阳台上吃早餐，一边听音乐一边讨论报刊上的文章。之后，我就在卧室里编辑手稿，顺便陪着她。感到虚弱的时候，阿尔瓦会卧床休息，有时候她也会拿上一本书，背靠着墙坐在抽屉柜上。那儿是她最爱的位置。她像一只猫咪，从不在椅子和凳子上落座，反而爱把壁柜、茶几和桌子当成自己的座位。

她感觉好些的时候，我们也会出门散步。“我想念校园，”有一次，她摸着我的手臂，小声说道，“可惜我们没能一起度过大学时光。认真学习的感觉简直太……”

她找不出合适的形容词，只好摆了摆手臂。“尤勒斯，等我明年好些了，你陪我去上一次课吧。我知道，这样说更多的是在安慰你，但我的病总得有个盼头吧！”

秋天用落叶给英国花园铺上了一层地毯。一只天鹅从湖中走出，笨手笨脚地朝我们走来。阿尔瓦撞了我一下，问道：“你明年有什么愿望？如果可以自由选择的话，你会做什么？”

“骑摩托车。”我不假思索地说。

“真的吗？”

“我还是个小孩子的时候就想骑摩托车。每次听托尼形容那种飞一般的感觉，我都在一旁羡慕不已。我虽然确信他有些言过其实，但一直很想亲身尝试一下。”

“那你为什么没去试呢？”

“嗯……可能会出事。”

“有数百万人在骑摩托车，也没见出什么事啊！”

“那是运气。”

“有可能，”她只是简单地说，“那运气怎么就不能站在你这边呢？”

后来我们一块儿站在厨房里准备午饭的时候，阿尔瓦的手机振动了。她犹豫了一会儿，伸手去接电话。我们相互交换了一个眼神。

“是医院。”她小声说。

我的心跳瞬间加速。我把做饭的勺子放到一边，焦急地走来走去，不时看一眼阿尔瓦的脸色，想要从中看出些许端倪。这通电话为什么持续了这么久？有那么一会儿，她闭上了眼睛，我的心一下子沉到了谷底。但很快，她又认真地听起了电话。

我突然生出一种热血沸腾、兴奋异常的感觉。起初我还不明白为什么，但接下来我意识到，这都是因为阿尔瓦笑了。她不停地点着头，喜形于色。“嗯，当然。”说着，她猛地抓了一把我的衬衫。她把我拉到身边，想叫我一起听电话，但对方已经挂了。后来的一切发生得很快：通话结束后，我们拥抱着对方；我听见自己大喊着一些不知所云的话，然后再次紧紧地把她拥在怀里。这时，我能感觉到我全身都在颤抖。

主治医生告诉她，癌细胞已经彻底消失了。因此，他建议放弃风险和压力都很大的骨髓移植手术，改为保守治疗。

我想反复听这个消息，每次换一种说法，一遍又一遍。我给马蒂和埃莱娜打电话，之后又给丽兹和托尼打电话。托尼正在地铁里，听不清我在说什么，这对我来说再好不过，因为我可以大叫："我说，阿尔瓦战胜了癌症！"

但真正的欣喜并非来自刚刚得知的消息，而是来自随之而来的如释重负的感觉。那天下午，我们带着两个孩子去公园散步。我们在那儿一起踢足球，一起在游乐场上欢快地荡秋千，一起吃从小吃店买来的薯条。相互交谈时，每个人眼里都焕发着光彩。没有一个人想要回家，谁都不想让这梦幻般的一刻太早结束。

夜里躺在床上，阿尔瓦和我都难以入睡。兴奋感依然在我们身体里回荡，我们俩都清醒得很。在她的要求下，我去附近的加油站买了她最爱的香草饼干冰激凌。回家的路上，我脚下起初还是正常的速度，后来就越走越快。最后几米，我几乎是拎着塑料袋跑回了家，一边跑一边不由得笑出了声。

我们边吃冰激凌边规划未来。过去几个月里，我们脑子里想的只有医院打来的下一通电话，现在我们终于可以拓展一下话题，聊一聊埋藏心底的愿望、可能的旅行以及等文森特和路易丝长大后我们想做的事情。

“你就承认了吧，”我抚摸着她脖子上的两道伤疤，“你一直都知道一切都会好起来的。”

“当然了，这不过就是一个……”

“零和游戏，我知道。”

“而且我也不能留下你一个人管孩子，这对我来说倒没什么，就是苦了孩子们。”

我们开始想象，如果我一个人抚养双胞胎长大，会发生什么，甚至还描绘出一幅惨不忍睹的画面：路易丝成了十足的女朋克，留着印第安人的发型，逃学在一个糟糕透顶的乐队做贝斯手；文森特成了个孤僻的密教徒，在加入一个神秘宗派之后，随着他的新同伴永远消失在加拿大的荒野之中。

“密教徒？我做父亲真有这么糟糕吗？”

“好吧，可能没这么糟。”

“他们都不听我的话，只服你管教，你是怎么做到的？”

她耸了耸肩。

“简直强大到娘胎里了。”我小声说。

阿尔瓦睡着后，我依然清醒。外面下雨了，雨滴打在窗户上，她睡得很安稳，仿佛睡眠将一切阴郁的念头都抹去了。她转向我这边，一只手放在我的胸口，我连忙把它握紧。一阵倦意袭来，我依然紧盯着她，直到我也陷入了梦乡，梦见自己牵着哥哥的狗在无边无际的森林里游荡。

冬天来临的时候，阿尔瓦已经长出了一大片头发。我们在哥哥家欢度圣诞节，那儿可以为这种场合提供足够的空间。这座被灌木丛包围的房子孤单地伫立在一大片田地之上。这儿有许多空房间、巨大的花园和一堆高科技玩具，譬如可以上网的冰箱和可以伸缩的银幕，拍《小鬼当家》简直再合适不过。

“马蒂最爱把钱花在没用的东西上。”有一次，姐姐这样说。

所有人都来了，包括阿尔瓦的父亲。他是一个矮小结实、脾气有些古怪的老头，鼻子长得像罗马人，嘴角挂着一丝忧郁，这与他乐观的天性不太相称。他目光坚毅，由于经常在阿尔卑斯山区攀岩的缘故，皮肤有些发黄。他先跟阿尔瓦拥抱了许久，又把孩子们高高举起。他问了他们很多问题，两个孩子一晚上都没离开过他身旁。

我们一起唱歌，丽兹又弹起了吉他，却一如既往拒绝弹唱《月亮河》。

“这首该死的歌，等我有了孩子才会再唱。”

“好吧，那就是说再也不会唱了。”马蒂说。

丽兹狠狠地瞪了他一眼。

接下来到了孩子们打开礼物的时间，而我们就坐在客厅的大茶几旁，静静地看着他们。我和阿尔瓦送了他们书和乐高玩具，埃莱娜送了衣服，托尼和马蒂送了电子游戏，丽兹则送了水彩颜料。过去的一年对我们来说十分不易，现在能举家团圆，像回顾一场噩梦一样回顾这一切，感觉格外美好。

哥哥和托尼站在音响设备前，商量着由谁来挑选第一支曲子。最后，哥哥摇着头回到茶几旁，说："今天我才知道，托尼根本不懂音乐。"

"别听他胡说，"托尼喊道，"在寄宿学校的时候，他听了好几年黑金属，害得我一辈子都有阴影。"

与往常一样，只要他俩聚在一起，就会不停地逗弄对方，直到最后像两兄弟一般坐在一起，亲密无间地聊上好几个小时。

丽兹当天晚上一直很拘谨。她那从前完美无瑕的脸上已经起了一道皱纹。她笑的时候显不出来，一旦不笑就十分明显。她已经不嗑药了，但我知道她依然酗酒，红酒杯就像她的金发，是她生命的一部分。姐姐当时四十四岁，似乎已经无力抵抗岁月的侵蚀。她一向只享受当下，为了自由一再放弃一切，现在她手中几乎一无所有。

当我问她工作的情况时，她扮了个鬼脸，顾左右而言他："我越来越老，他俩倒是永远十七岁。他俩还有一辈子要过，我的日子却是过一天少一天了。"

很晚的时候，厨房里只剩下我们俩。丽兹告诉我，她刚刚和她的记者男友分手。这次又没能成功。她用手指反复摩挲着满是缺口的桌角，脸上的自信荡然无存。她的嘴角在抽搐，她极力想要掩饰，却无济于事。终于，她走到我背后，像儿时一样从后面抱住我。我紧握着她的手，脑子里闪过一艘轻快地驶离海岸的小船。过了许多年，一直没有什么力量消解它最初那小小的冲动，所以它孤帆前行，离海岸越来越远……

“我也说不好，”我说，“但也许你一辈子至少应该把一件事情坚持到底，而不是一直选择逃避。”

“就知道你会这么说，”她松开了我，“但这样的生活并不能带来什么。一切都在飞快地流逝，根本没法抓住任何东西。人只能做自己。”

她用她独有的眼神看了我一眼。这一次，我没有避开她的视线，因为我明白她在说什么。

文森特九岁那年，我给他报名参加足球俱乐部。他的第一反应是恐慌，路易丝则对此愤愤不平，因为她也想参加俱乐部。但对我来说，重要的是文森特能有属于自己的东西，能有不被全能的姐姐超越的一技之长。另外，我也想让我的儿子学会团队作战，不至于在今后的人生中独自沿着百米赛道奔跑，毕竟他的对手除了自己，还有时间。

过去一年的不幸渐渐从我们的记忆中隐去。现在，阿尔瓦重新拿起笔记本，每天都在书房里继续写她的博士论文。她催促我挑选我们下学期一起去听的课程。“除非你终于把你的小说写完了，能给我点东西读读。”

“没那么快，但你早晚会读到的，我保证。”

“萨沙当年也这么说，最后却什么都没给我留下。”

孩子们现在已经习惯了上学的日子。白天的时候，他们过着自己的生活，我听他们讲学校里发生的事情，却从未亲眼看到过。有一次，文森特在吃饭时说，他们跟老师聊到了“默罕玛·达里”。在我的追问之下，他说那是一位拳击手。

“你说的是穆罕默德·阿里吧！”我叫道，“他是有史以来最伟大的拳击手。”

文森特看着我的表情，像是在说：“既然你这么说……”路易丝毫不掩饰自己对这个话题的无感。

“阿里太厉害了，他总是管不住自己的嘴巴。看好了！”我从座位上站起来，瞪着眼睛吼道，“我是最伟大的，上周我刚跟一头鲸鱼缠斗过，还打碎了一块山岩，打伤了一块巨石，把一头山羊打进了医院。我强壮如牛，百病不侵，轻盈如蝶，迅捷如蜂。”

我在餐厅里蹦来蹦去，孩子们一脸惊愕地看着他们的父亲突然开始发疯。

“他的对手总是这样羞辱他。”我挑衅地走到路易丝面前，“你这个恶心鬼，哭起来眼泪直往上蹿，一直流到后脑勺。”她笑了，我傻乎乎地对着空中挥舞了几下拳头，又走到文森特面前，“我敢打赌，你这只丑熊，照个镜子都能把自己吓个半死。”

接着，我演示了一番阿里招牌式的滑步，飞快地原地晃动身子，但我的动作早已没有从前那么自如了。很快我便累得气喘吁吁，但我就是不愿意停下。孩子们笑得前仰后合，见阿尔瓦惊得直摇头，我就在她面前晃动起来，直到把她也逗乐了。

二月底，我去学校接马蒂一起吃午饭。从学院出来的时候，他正跟一群学生说着话，其中几个年纪约莫只有他的一半。与年轻时相比，哥哥的品位着实提升了很多。他穿着一件优雅的灰色西装，里面配蓝色衬衫，脚上是一双亮棕色的布达佩斯特牌皮鞋，或许是为了掩饰脱发，头上还戴了一顶大号鸭舌帽。他听斯普林斯汀、传声头像乐队和范·赞特，戴着一副不起眼的眼镜，看上去已经是一个能让人放心的家伙了。

“你跟学生们说什么呢？”

马蒂推开餐馆的门，说：“有个人在快下课时问，自由意志是否真的存在。”

“然后呢？”

“肯定存在啊，但相比这个问题，更重要的其实是我们对它的态度。就算对大脑的科学研究证明我们不能自主做出选择，我也不会认同这一点。”说到这儿，他笑了，“即使自由意志只是一种幻觉，它也是我所拥有的全部。”

我正想答话，手机突然想了。阿尔瓦打来电话。

“求你快回家！”她说。

我感到胸口一紧。不知为何，文森特突然出现在我的脑海中。如果家里有谁出了事，那肯定是他。

“孩子们出事了吗？”一进家门，我连忙问道，“文森特受伤了？”

“没有。”

我松了口气，望向她：“那怎么了？”

阿尔瓦笑了，但那不是真正的笑容。她的眼里闪着泪光。她扭过头去，我沉默地躺倒在她身边。

生活不是零和游戏，它不欠任何人任何东西，该发生的事情总会发生。它有时候是那么公平，让一切都有了意义，有时候却是那么不公，令人不禁怀疑一切。我扯下命运的面具，却只看到了意外和巧合。

得知阿尔瓦癌症复发后的那几天，我一直神情恍惚。癌细胞已经扩散到了肝和脾，医生给她安排了化疗和放疗，并加大了药物剂量。难以计数的毒物被注入她的体内，问题重新回到了原点：癌细胞和她，究竟谁存谁亡。

这些天，哥哥和埃莱娜搬到我家，我们三人一起照顾孩子。马蒂负责陪他们玩，埃莱娜晚上给他们讲故事，早上上班前开车送他们去上学，我则一大早就出门去医院。我们几个都努力表现得乐观一些，但文森特还是最先发现了端倪。

“她真的要死了吗？”他问。

我惊慌失措地望着他：“不，当然不会。”

“那她怎么这么长时间都不在？”

“这样她才能得到更好的帮助。别担心，妈妈不会倒下的。上次她不就恢复健康了吗？”

这番话似乎让他平静了一些。路易丝虽然看上去比弟弟更有信心，但一有机会，她就会去医院看阿尔瓦，爬到她的病床上。直到今天，她俩一起躺在病床上那一幕依然清晰地保存在我的脑海中。她们都一言不发，一个是因为虚弱，另一个是因为恐惧。

“我们会竭尽所能。”埃莱娜一再对我说，“你不用担心孩子们。”

“谢谢。”

“你要是想找人说说话……”

“我知道。”

此前，我一直坚信阿尔瓦不会放弃希望，但我能感觉到，对于病情这么快发生反复，她显然没有做好准备。我想给她一些积极的暗示，最终拨通了托尼的电话。

一个月后，我跑上医院的台阶，冲进阿尔瓦的房间。当时已经是五月了，她正在昏睡，床上堆着写博士论文用的书。那个春天，天气一直很好，这一天也晴空万里，阳光把房间照得透亮。

“你能起来一下吗？”我扶阿尔瓦坐在床边，指了指停在下面停车场里的一辆摩托车。她看了眼车，又看向我。

“可你之前一直害怕得要死。”

“已经过去了，”我说，“现在我不怕了。”

她拥抱了我，给了我一个长长的吻。我把手里的头盔扔到了床上。这时我才发现阿尔瓦哭了。我没再说话，只是紧紧地抱住她。

“可是我害怕。”她在我耳边小声说，像是在对我倾诉一个秘密，“化疗效果不好。”

“医生会提高剂量的，或者试试另一种疗法。”

“可我只能一直待在这儿。”

她哭了好一会儿，才渐渐平静下来。接着，我给她讲了托尼陪我买车和我偷偷练车的经过。给阿尔瓦讲故事是一件很有趣的事情。她总会瞪大眼睛，身体前倾，下意识地抓住我的手肘，整个人因为好奇而兴奋起来。每次看电影，哪怕困得不行，她也从来不会睡着，因为她想知道故事的结局。

“等你出院了，我骑着摩托车载你去兜风。”

她一脸怀疑地望着我：“你技术过关吗？”

“当然了，我一路骑到这儿，不也没出什么事。”

我们一起倒在床上，虽然对于两个人来说，这张病床实在太窄了。

阿尔瓦依偎在我身边，说：“跟你躺在这儿感觉很不错。”她用手指抚摸着我的下巴、嘴唇、眉毛和太阳穴，“你知道我特别喜欢你的小耳朵吗？”

“我感觉到了。”

“小耳朵绝对是你身上最吸引人的部位。”

她久久地望着我，似乎这是她第一次有意识地打量我这个人。最后，她摸着我的头发说：“这么多白头发了。”之后，她没再说话。

有几个周末，姐姐来看望我们，她照看孩子，陪我散步，当然也会去医院探望阿尔瓦。但我能感觉到，她的内心其实也在挣扎。工作让她心生厌倦，再也生不了孩子的念头也在折磨着她。一天晚上，我们坐在一起看电视里关于印度的报道。丽兹说，她还从没有去过那儿。这句话听来像是无心之语，但我能看见她眼里跳跃的火花，我深知她很快就会做些什么。关掉电视后，她抱着我给我安慰，或者说我抱着她给她安慰，二者的界限十分模糊。

如今，我大多数时候在晚上工作，反正我也睡不着。我要求医生对我说实话，他们却只是安慰我。现在还没到放弃希望的时候，仅凭这一点，就足以让我坚持下去。每天早上，我都会去公园散步，哥哥的哈士奇时常陪在我身旁。之后，我分秒必争，为阿尔瓦提供帮助，收拾房间，处理各项事务，往返于家和医院之间，还要照管孩子。为了照顾好他们俩，我把自己小心地掩藏起来。可文森特和路易丝却越来越频繁地吵架，每当我居中调停或是想打发他们上床睡觉的时候，他们就溜到一边，流着眼泪嚷嚷着要妈妈回来。

马蒂过来帮我，装出一副信心满满的样子，但有时候我也会看到他意志消沉，一个人在那儿发呆。我知道他很欣赏阿尔瓦，鉴于他那虚无主义的世界观，很少有什么东西能在这种情况下让他振作一些。人从出生、活在人世到死亡，他们的身体终将腐烂，之后一切都会烟消云散。我祈祷过几次，希望阿尔瓦能够恢复健康。我并不信教，但我也一直没能成为彻底的无神论者。我想起了与罗曼诺夫的一次对话，当时我们站在他的书房里，正好聊到神义论[①]。

“尤勒斯，你听我说。”他说，“有些事情是没有答案的，这就是其中之一。我们人活在世上，注定孤立无援。要是每一声祈祷都能得到倾听，要是确信生命将在死后延续，那我们为什么还要过现世的生活呢？我们早该上天堂去了。你可知道有句谚语：授人以鱼不如授人以渔？这也是一个道理。上帝想让我们学会照顾自己。他没有给我们鱼，没有倾听我们的所有祷告，但他的确在关注我们，看着我们在人世间与疾病、不公、死亡和痛苦做抗争。生活的目的就是学会打鱼的本领。”

这番话对我来说是一种慰藉。我想到了罗曼诺夫当初将我接到他家住的慷慨大度，想到了他对阿尔瓦的用情至深。我暗下决心，有一天要到他在卢塞恩的墓前看看。

七月。虽然阿尔瓦已经累到无力工作，但她还是坐在床上读着

---

① 神学和哲学的一个分支，关注的中心是人的罪恶问题：罪恶的持续存在与上帝消灭罪恶的意愿之间的矛盾。

写博士论文的书：斯宾诺莎、洛克和黑格尔的作品。对于背叛了她的身体，她似乎置若罔闻。

“这些东西太难了。”我说。

“我喜欢这些，研究他人的思想能给我带来许多乐趣。”

我无法把自己的意思一言道尽，但她其实明白我想说什么。

“我如果真的要死，”她说，“那也要昂首挺胸地面对死亡。只要我还活着，就要尽可能地读书学习。”

这时候，我确信她一定怀念夜晚独自漫游的日子。我经常想象阿尔瓦独自在医院里夜游的画面，甚至希望她真的在这样做。我真希望她从没有在尘世中行走过，而是神秘地消失在了阴暗之中。

“孩子们在干吗呢？”

“路易丝挺好的，最近很安静。她还问我是不是可以翘课跟我一起来。文森特跟自己的队友打了一架。”

“你看，这是他画的。”

阿尔瓦指了指放在桌上的一幅画。画上她和一条狗在一起，那条狗显然是哥哥家的。在他们身旁，文森特还画了一个黑色的圆圈。他肯定用光了所有的黑笔，才把黑色涂得那么显眼。这个圆圈象征着死亡，一想到这儿，我不由得为之一惊。

“说好一起去听哲学课的，现在大概要延期了。”她打趣说，“你又可以拖上一阵了。”

我只是笑了笑，但恐惧很快就钻进了我的心里，就像有一只拳头顶在胃上，让我感受到切身的痛楚。这种痛苦足以把世界扭成一个结。

阿尔瓦抓起我的手。我们手的大小很般配，握着她的手，我感受到一股熟悉的温暖。当年，在停在乡村小酒馆前面的红色菲亚特里，我就这么做过。我在她那儿一直待到天黑，才骑上摩托车离开。马蒂已经哄孩子们上床了，但我没有直接回家，而是骑车去了城外。来到乡间小路上，我加大了马力。寒风吹过我的脸，我享受这种感觉。

有时候，我直愣愣地盯着路面，一切仿佛都从我眼前消失了。接着，我看到她在学校里坐在我身旁的样子。一头红发，小心翼翼，戴着夸张的角质眼镜，虽然前门牙有点歪，但还是一个美人胚子。这个阿尔瓦对我来说是那么神秘。

现在，我知道了许多从前不知道的事情。我知道这个女孩失去了她的姐姐，后来去了俄国，在那儿结了婚。我知道她后来与我重续前缘，生了两个孩子，还有在夜间独自散步的习惯。我也知道她是一个好母亲，后来得了病，躺在医院里。当年阿尔瓦在学校里坐在我旁边的时候，我预料不到这一切。当时的她只是坐在一个刚刚成为孤儿的城市男孩身边的乡下女孩。这就是故事的开端，属于我们的故事。

后来，我想到了死亡。从前我一直以为死亡是一件很遥远的事，就像从一片白茫茫的雪地上飞过。触碰到雪的那一刻，虚无的世界中便装满了一个人的回忆、感受和画面。有时候，这些信息是那么美妙，那么奇特，灵魂需要深入其中，在里面停留片刻，才能继续前行，穿过虚无的世界。

七月底的一天，我一个人在家。正值午后，家中笼罩着一种陌生的宁静，凉爽的风从院子里吹过，没入灌木丛中。前几个小时里稀稀落落下了好一阵子雨，但现在，灿烂的阳光又穿透了蓝灰色的云层。我决定把我十九岁时写给阿尔瓦的信找出来。写信的时候，正是与她分别前不久。当时我犹豫了好久，还是没有把信给她。我觉得它太幼稚，太做作了。相反，我只是引述了父亲的话，说了她是我真正的朋友那番鬼话。于是，这封写于一九九二年五月二十六日的亲笔信，她再也没能读到：

亲爱的阿尔瓦，

希望你还喜欢我写的小故事。就算你不喜欢，也别要求太高。对了，这个周末我终于读完了《心是孤独的猎手》。现在我总算明白，你为什么那么喜欢麦卡勒斯了，这个故事也很打动我。现在我也明白了你为什么想要成为书中的人物，在午夜过后去咖啡馆游荡。但实际上，那些每天晚上在那儿相聚的人或多或少都有些迷惘和失意。我不希望你也成为那样的人。另外，更触动我的是书中一个人物里外分明的双重人生。过去这些天，我一直在想这个问题，也明白了我就是这样的人。

外在的世界，也就是其他人口中的现实。在这个世界中，我父母双亡，没有朋友，哥哥姐姐头也不回地弃我而去。我或许会学个什么专业，然后找一份工作。在这里，我不能向他人倾诉，也许看上去有些冷漠，甚至失去了部分乃至全部的自我。死亡在终点等候，有时候我真想就此消失。

内在的世界有所不同，它存在于我的脑海里。可一切不就存在于我的脑海之中吗？你总是问我，在发呆或是上课走神时都在想些什么。事实上，我什么都没想，只是在做我自己。有些时候，我想象自己在美国长大，我的父母还在世。再比如今天，我就在上课时神游了意大利，同行的有我的父母、阿姨和哥哥姐姐，大家都坐在一辆舒适的房车里。这种感觉如此强烈，很难用言语形容。我们似乎又回到了童年，一起开车沿着阿马尔菲海岸行进。我可以准确地告诉你那儿的空气中混杂着柠檬和海藻的味道，给你描述秋天树叶的颜色，给你形容我们吃的西瓜被阳光笼罩的样子。我可以告诉你我们姐弟三人都谈论了些什么，我们的父母向我们投来了怎样的目光。在一家意大利小餐馆，姐姐第一次抿了一口葡萄酒，还装出一副很享受的样子。但其实我知道，那味道让她恶心得要死。

我当然清楚这些幻想是多么幼稚。但我也坚信在苍茫宇宙中总存在一个地方，能够将两个世界看得一般真切。真实的世界和想象的世界。当一切已成过往云烟，当时光在数十亿年后抹平了一切，没有证据能够证明任何事物曾经存在，所谓的现实也就失去了意义。到那时候，我脑子里想出的这些故事，也许就跟人们所谓的现实一样真实，或者一样不真实。

你肯定在问，我为什么要写这些东西。你肯定也想知道，为什么我只是问你想不想跟我一起去慕尼黑租房，而没有向你坦白我的感受，虽然这或许显而易见。我无意冒犯。相反，实际情况是，我不能这么做，因为我还不知道你对我的想法和感受。我不愿拿我们之间的感情作赌注，害怕继失去我的父母和哥哥姐姐后，又失去你。

不过，这封信是我藏匿了许多年后迈出的回到外在世界的第一步。跟你说的这些，我从未对其他人说过，因为我也知道，过于沉浸于自我其实是个错误。我希望和你生活在同一个地方，那就是现实。

你的尤勒斯

八月的一天，具体的日子我已经记不清了。医院走廊里的顶灯不停闪烁，搅得我心烦意乱。消毒水的味道刺激着我的鼻子，有人从走廊上跑过，运动鞋在地面上发出摩擦的声响。我望着医生机械活动的嘴唇，他的话在我耳边久久回荡。治疗没能取得成效，癌细胞进一步转移，这场斗争已经失去了希望。药物作用使阿尔瓦的身体愈发虚弱，癌细胞已经遍布全身，可以为所欲为了。医生建议终止治疗，只进行临终关怀。

他们说她只剩下几个星期了。我在心里不断重复着这句话。只剩下几个星期了。

虽然私底下已经做好了最坏的打算，但我们一直不愿放弃希望，盼望着最后会有奇迹出现。即便在医生做出这番诊断之后，我依然不敢相信。这肯定只是我的幻觉，下一刻，我们又会坐在桌前，一起吃晚饭，一起玩棋盘游戏。这不可能是真的，绝对不是。

我仿佛丧失了感觉，失神地拖着脚步走过医院的走廊，推开了阿尔瓦的房门。过去几周，我曾上百次走进这个狭小的空间。只不过这一次，一切都不同了。

“这一天终于来了，”见到我进来，阿尔瓦说，“完蛋了。”

我以为她会泣不成声，没想到她还能拿着本书看。虽然从眼前的情况看，她肯定写不完博士论文了，但她依然不愿就此放手。我坐到她床边，想要拥抱她，她却小心地推开了我。

“我得再消化一下，”她说，“现在不能让人接近。再给我一点时间，好吗？”

我退后一步说：“当然。”

“明天我肯定就好了。”

她扭过头去。我看了她一会儿，默默走出了房间。

阳光铺满街道和房屋，城里的光亮让我难以忍受。我没给任何人打电话，只身汇入了人潮之中。面包房里流淌出碱水面包的香气。几个工人修补着碎石路面。一对老年夫妇手牵着手，在人行道上闲逛。只剩几个星期了。

回到家，埃莱娜给孩子们做好了饭。看样子，她也已经得到了消息，她什么都没说，只是给了我一个拥抱。孩子们安静地坐在桌子前。我相信还没人告诉他们，但他们似乎能感受到有什么东西已经彻底发生了变化。

我把女儿揽在怀里，然后是儿子。吃了没几口，我就走进卧室，躺在我那一侧的床上。现在，床的另一侧将永远空荡荡了。我马上又为我的自怨自艾和多愁善感生起了气。后来，我终于睡着了。

晚上，哥哥叫醒了我。他什么都没说，只是躺在我身边，就是从前阿尔瓦躺的位置。他脸色苍白。

“我刚跟丽兹通过电话，”他说，“她没怎么说话，但状态很不好。现在发生的这一切只会让她的情绪更加低落。最近她跟我说，她有了辞职的想法。我叫她放假时到我们这儿来。”他转向我，“托尼让我转告你，你需要他的时候，他随叫随到。你要愿意的话，他马上就过来。”

我们相互望着对方。

马蒂摇了摇头说：“我不知道该跟你说些什么。我一整天都在想怎么宽慰你，但根本就没有用……至少你的孩子还有机会跟她道别，这虽然于事无补，但已经比我们当年好多了。”

“他们才七岁，”我说，“三十年后，他们可能已经不记得母亲的样子了。”

“那就得靠你给他们讲她的故事了。”

我们就这样躺了几分钟。后来，马蒂站了起来。这天晚上，他和埃莱娜一起负责照看孩子。我则一动不动地躺在房间里，听着路易丝和文森特打听我的情况，还有放餐具的声音和水龙头的出水声。我没法动弹，也无力起身。我就这样躺着，直到大家都去睡了，房间里恢复了安静。这时，我打开灯，读起了罗曼诺夫的最后一本书。

我不想再去形容病魔最后在阿尔瓦身体里肆虐的情形，也不想提她神志不清、陷入绝望的模样。我感觉她即将坠入深渊，只剩一只手还抓着崖壁，而病魔正在一根根撬开她的手指。

但在她已经溃不成军的身体里住着一颗坚强的心。神志不清地昏迷了好几天后，阿尔瓦决定勇敢地面对死亡。我不知道她哪来的力量，因为她几乎已经下不了床，只能在吗啡的作用下长时间昏睡，但醒来的时候，她精神焕发。

阿尔瓦被转到了临终关怀站。这里不再只有单调的白墙，而是一个富有生气的房间：地上装着护板，墙上挂着水彩画，还配了一个红色仿皮单人沙发。我从早到晚坐在床边的沙发上，占据了她清醒时的每一秒，想尽可能地从时光中截留下最后一丝属于我们的回忆。有时候，我说着说着就乱了方寸，心里充满了挫败感。这时候，她就会笑着对我说——虽然这笑容已经跟从前不一样了——我得振作一点，可千万别被死神小瞧了。每次这么说的时候，她都做出一副死神就站在房间里的样子。

“你就放心大胆地说吧，”她说，“我在他面前没有秘密。”

对阿尔瓦来说，最难挨的是早上，那时的她直愣愣地躺在床上一言不发，根本无法和我交流。“我一做梦，一切都消失了。”她嘟哝着说，“每天一觉醒来，我又得重新意识到自己命不久矣。晚上一睡觉，我便又忘了。”

那会儿，她已经太过虚弱和疲倦，没法继续看书了，只好把她的哲学书堆在床头柜上。作为替代，我给她朗读小说片段和诗歌。她最爱的诗是里尔克写的，现在我已经背得滚瓜烂熟了。

死本为大
我们受其节制
张口大笑

若我们在生命中相爱
它就敢在我们中央
放声哭泣

但她最爱听的还是我写的故事，也就是收在罗曼诺夫的书里的两个中篇小说。其一讲的是一个在梦里过着第二种人生的男人的故事，另一个讲的则是一个孤独一生的人，他偷走了别人的时间，没人甘愿自折寿命，只为跟他好好过上几年。

“可惜你的长篇小说我这辈子是读不到了。”在我们最后一次长谈时，阿尔瓦这样说。在医生加大了用药剂量后，她常常疲惫不堪，或是在吗啡的作用下神志不清，几乎无法跟我好好交谈。但那天下午，她却十分清醒。

“我还有那么多没做完的事情，还有那么多想去的地方。”她望着我，“你还一直想给我做顿饭呢！”

“我经常给你做饭啊！”

“但你从没有表现出上学时那种渴望。”

我不得不承认，这话说得没错。

“还有两个孩子，”她说，“我想看着他们长大。等到路易丝进入青春期，有了这样那样的问题，我会好好跟她谈谈。或者文森特第一次恋爱的时候。”她抓住我的手，“现在这些都归你管了。”

几个星期前，我试着说服自己，我能搞定这一切，但就在这一瞬间，绝望和愤怒迸出了我的胸口。我站起来，在房间里来回踱步。“可我做不好这一切，”我大声说，“我不能代替你。我根本就没准备好。”

“你是一个很好的父亲。”

“那是因为有你在啊！是你在抚养他们，你做了所有重要的事情，我只是陪他们玩耍。我根本就没准备好一个人照顾他们。孩子们现在就不听我的话了，他们根本就不认我。”

阿尔瓦疲惫地摇了摇头：“我知道你也会成长的，他们需要你的时候，你就准备好了。”

“我不想让他们过我当年过的日子。”我倒在椅子上，双腿紧张地来回晃动。

她依然很平静。“我理解，但我认为，作为一个父亲，你不只会陪孩子打闹，还是一个严肃的男人。你的哥哥姐姐也会帮你的。”

“丽兹去印度了。”我嘴上这么说，其实连自己都不敢相信。

“这我不知道。”

“她三天前辞职了，不来帮我，却独自跑到孟买去了。她一向喜欢临阵脱逃。”

有那么一会儿，阿尔瓦没说话。

“不管怎样，”最后她说，“对两个孩子来说，你就是最好的父亲。你现在必须相信我，而不是相信你自己。”

我坐到她床边。“好吧。”我轻声说。

她再次握住了我的手。

“你害怕吗？”我问。

“有时候吧！每当我不敢想象自己马上就要死了的时候，我就会感到害怕。但我现在已经慢慢能接受这一切了，所以心里也舒服了许多。反正人早晚都要死的。”

我点点头。我们的对话就像一场比赛，我们两个争着想要再增添一点内容。“才八年啊，”我说，“我们在一起只有八年。我们浪费了那么多时间。”

“我也常常这么想。”阿尔瓦费劲地坐了起来，望着我说，“尤勒斯，你还记得我们在学校最后一次说话是什么时候吗？”

“毕业舞会的时候？”

“不是，在舞会上你连看都没看我一眼。还要往前。”

“没错，”我说，“你突然跑来找我，问我要不要在高中的最后一个周末一起做点什么。你想要跟我好好谈谈。可能是自尊心作祟，我没去找你。但我其实是想跟你见面的。可后来我再找你说话的时候，你似乎忘了这件事情。”

她缩回了手。“不对，”她说，“恰恰相反，是我在那个周末之后找你说话，问你为什么没来找我，可你……”

她的声音越来越轻。现实又一次被撕开了一道细缝，我清楚地看见当年的自己站在教室里，自以为是地笑着撒谎说，我忘了和她的约定，和另一个女孩一起在一个派对上做了点什么。

阿尔瓦盯着我说：“整个周末，我都在等你的电话。我总算……懂了你的意思，尤勒斯。每次有人往我们家打电话，我都希望那是你。”

“真的吗？”

“嗯，一直没你的消息，我很伤心，也很生气，但主要是对我自己。从那以后，我就只想远走高飞。”

有那么一会儿，我不知道该说什么。就在我想要自责的时候，她打断了我。

“当时我们也没到那一步。”

“否则我们就有更多时间可以在一起了。”

“我们也享受过在一起的日子了。”我听见她说，“我宁愿跟你厮守八年，也好过没有你过上五十年。”

我躺在她的床上。闭上眼睛，我的记忆很快便回到了年少时的那个夏天，我想起了她羞涩的暗示。她送我的纪念相册里，除了我们两个的照片，还有她抄写的小诗。有一次，她半开玩笑地对我说，她想去国外，除非爱上了某人，她才会留下。当年，我们一再错过，只是把对方当成朋友，过了太久才明白彼此之间的感觉。现在，我很容易就能纠正这个错误，不管是在她的菲亚特里，在我寄宿学校的宿舍里，还是在山间的木屋里，只要几句话，一点点行动，一切都会变得不同……

可接下来，我必须睁开眼睛，面对即将来临的一切。它无法改变。

几个邻居和阿尔瓦的同学来过病房，算是与她道别。她父亲定期从奥格斯堡过来看她，每次都带鲜花来。到最后，他终于受不了了。继失去第一个女儿之后，他又将失去第二个。他恳求我给阿尔瓦带一封信。

终于到了孩子们和阿尔瓦见最后一面的日子。因为医生正在查房，我和他们一起坐在走廊里的长凳上。孩子们都不说话，显然经受不住这种场面。他俩只有七岁，肯定无法理解这次道别究竟意味着什么，但从另一个更深的层次来说，他们再明白不过。

两个护士交谈着从我们身边走过，之后，走廊里又恢复了平静。

“真有南赫亚拉这个地方吗？”路易丝问。

“那是哪儿？”我问道。

“是埃莱娜给我们念的故事里的一个地方。”

“那本书叫《狮心兄弟》。”文森特小声补充道，“南赫亚拉是人死后去的地方。”

“那儿好吗？”我问。

“嗯。”他俩齐声说，然后一脸期待地望着我，似乎阿尔瓦死后的去向都取决于我的决定。

“我相信，只要她愿意，就一定能去那儿。但说不定她想去别的地方，她肯定想去能经常看到你们的地方。”

他俩很快就相信了我的话。有那么一刻，我也几乎相信了。接着，医生走出房间，我们可以进去了。

我担心阿尔瓦正在睡觉，或是在药物的作用下昏昏沉沉。见她还算清醒，我放下了悬着的心。见到孩子们的那一刻，她脸上完全换了一副表情。但等她明白过来我带他俩来的原因之后，她的眼里流露出一丝痛苦，令我不忍直视。

孩子们把他们送给妈妈的礼物放在床头柜上，没说话。文森特画了两幅画，一副是他最喜欢的动物，另一副则是他和妈妈在一起的场景。路易丝给阿尔瓦带来一块她在公园里玩耍时发现的漂亮石头，希望能给她带来好运。

拥抱过阿尔瓦后，他们再次爬上她的病床。后来，他们哭了，我不忍看到这一幕，只好走出了房间。我泪眼婆娑地坐在长凳上，感到那么无助。我心里仿佛有个大洞，即便是在父母去世时我也不曾有过这种感觉。

几分钟后，路易丝和文森特到走廊里找我。后来我们说了什么，又做了什么，我已经记不清了。

现在，哥哥和埃莱娜几乎完全接手了照顾两个孩子的工作，好让我能腾出时间跟阿尔瓦待在一起。我已经顾不上医院对探病时间的规定了。我不想留下她一个人，哪怕只有晚上。

我给她带来了 CD 机，和她一起反复听里面的音乐，尼克·德雷克的专辑或者她最喜欢的乔治·格什温。大多数时候，她听着听着就睡着了，我躺在她身边，有时候也会小声地诉说我对失去她之后的生活的担忧。

当她清醒一些的时候，我会告诉她，我当年加入学校的田径俱乐部只是因为她崇拜运动员，而我们刚搬到慕尼黑时守着孩子们入睡的时光是那样无忧无虑。当然，我也会反复告诉她，我是多么爱他，她对我是那么重要，总有一天，我会写写她的故事。

阿尔瓦静静地躺在那儿，听我倾诉。

“不要。”她小声说。

“为什么？”

“这让我想起当年见到那只冻死的狐狸时你说的那些话。”

在她日益消瘦的脸上，出现了一丝久违的笑容。

阿尔瓦去世前的最后一天，我几乎没有松开过她的手。我不想让她离开，只留下我一个人，我能感觉到，她依然放心不下。一想到她随时可能撒手人寰，放下一切长眠不醒，我就感到不寒而栗。外面太阳很大，虽然我拉下了百叶窗，依然有几缕阳光透过缝隙照在房间的地板上。阿尔瓦大多数时候都闭着眼睛，但只要我捏一下她的手，她就会捏一下我的手作为回应。我去买咖啡的时候，也是尽可能快地跑着去，再飞快地赶回来握住她的手。这时，她也会轻轻捏我一下，好让我明白她还活着。

她最后一次睁眼是在下午。她看着我，见我在那儿无声地哭泣，她显得有些不安，似乎觉得一切都是她的错。她又捏了捏我的手，接着就闭上了眼睛。我几乎可以感觉到她的思绪在时空中游荡，追寻着最后的珍贵和美好。也许她想到了我们的孩子，想到了我，想到了她的姐姐和父母，想到了过去和未来。这是思绪和情感、恐惧和信心之间的最后一次纠葛，它们伴随着阿尔瓦，以奇快的速度朝着遥远而陌生的地方飞去。

另一种人生

如果时间根本不存在，会怎样？如果我们所经历的一切都成为永远，如果不是时光从我们身边倏忽而过，而是我们从自己的经历旁走过，又会怎样？我常常这样问自己。这样一来，由于视角的变化，人们可能会疏远自己珍藏的记忆，但它们会一直在那儿。如果我们能回到过去，就能永远在那儿找到它，就像往回翻阅一本书，很容易就能回到开头。这样，父亲就能永远在晚上陪我去公园散步，阿尔瓦和我之间的故事则将永远定格在那趟意大利之旅，停留在我们晚上坐在汽车里一起憧憬未来的那幅画面。我试着用这些想法来安慰自己，却毫无感觉。我只能相信自己能感觉到的东西。

丽兹过了好一阵子才知道我出车祸的事情。她去印度的时候没带手机，直到好几个星期之后才查阅自己的邮件。她回来那天，我们一起开车去了慕尼黑的北郊公墓。我拄着罗曼诺夫的拐杖，在哥哥姐姐的陪伴下，一瘸一拐地穿过一座座墓碑。丽兹在我左边，马蒂在右边。因为车祸，举办葬礼时我不在场，这还是我第一次站在妻子的墓前。一块简朴的黑色大理石上刻着她的名字和生卒年月，就像一串解锁她故事的密码：阿尔瓦·莫罗，1973年1月3日—2014年8月25日。

见到这一切，堵在我胸口的压抑感烟消云散。死亡就是虚幻的反义词。我想独自待一会儿，马蒂带走了孩子们，丽兹也走到一边。墓地里一片宁静，只能隐约听见沙沙的风声。突然之间，我为自己这几星期一直像个孩子一样躲进梦里感到羞愧不已。但只有在那儿，阿尔瓦还活着。只有在那儿，我才能找到我的父母。

回忆是逝者最后的避难所。

我又看到阿尔瓦出现在我面前，跟我说话；但这一次，这幅画面很快就消散于无形，被另一幅画面所取代：我驾驶着摩托车，沿着乡间小路行进。我戴着耳机听音乐，头盔没合上，其他的我想不起来了。这天早上，我预约了葬礼的时间，之后又跟孩子们说了会儿话，在这期间，我再次意识到自己还没有准备好面对这一切。

我加大油门，车开得越来越快。托尼说得一点都没错，真有一种飞一般的感觉。但我相信，这种感觉还能再上升一个层级。耳朵里响起轻轻的吉他声，地下丝绒乐队的《海洛因》。接着，打击乐器和人声小心地进入，音乐越来越压抑，越来越暴躁，歌声也越来越撕心裂肺。我把音量调到最大。我的心跳得越来越快，寒风吹得我不由自主地扭过头去。在那一瞬间，许多事情涌上心头。我想到了阿尔瓦的死，想到自己根本无法独自抚养两个孩子，我害怕失去一切。我看到罗曼诺夫一脸惊恐地站在我面前，说他没法放手，但这绝对不会发生在我身上。

于是，就在这一刻，我放手了。

摩托车没有沿着道路拐弯，而是径直冲出了马路。这一刻的感觉真的很像飞翔。有一秒钟，我感受到了前所未有的解脱。我的手上没有任何东西，一切都不再受我掌控，该发生的事情就让它发生吧！

但在下一秒，我眼前突然出现了两个孩子。千钧一发之际，我往左拽了一把车把手，车子堪堪从树干旁擦过。后来，一切都成了空白，直到我在病房里醒来。

从墓地回来几天后，我被允许出院。丽兹暂时住在我家，哥哥和埃莱娜也经常过来。他们自己没有孩子，就来照顾我的孩子。我出去遛狗的时候，埃莱娜负责做午饭；我瘫倒在床上呼叫阿尔瓦的语音信箱，只为再听听她的声音，马蒂则在院子里陪孩子们玩耍。这是段糟糕的日子，我根本无法站起来。阿尔瓦在去世前几年曾对我说，她不想记得自己最后一次做某件事是在什么时候。现在，我却在思索她最后一次做某件事情的时间和地点。最后一个吻，在她的病床上。最后一次做爱，在家里匆匆完事，因为我们都坚信以后还有机会。最后一次陪孩子们玩是在她的病房里。我们玩了记忆力游戏，路易丝得了冠军，领先第二名四组之多。嗯，这些你都记得，我想，你就记得这些没用的东西。

孩子们知道我需要帮助，我叫他们上床睡觉时，他们都乖乖听话，有时候还叫我辅导他们写家庭作业。和我们姐弟三人当年一样，他们也将过上另一种人生。他们有母亲陪伴的日子已经结束了，在另一条全新的、更为坎坷的道路上，他们需要一个人帮助他们渡过难关，而这个人就是我。我意识到，或许我真的就是那个正确的人选，因为毕竟我亲身经历过一次这样的事情。

想到这儿，我的心中重新燃起了希望。至少我得硬着头皮试试。如果有必要，我可以重新开始笑；如果孩子们要求，我也可以给他们讲故事、做饭，把家里的一切打理得井井有条。但有一回，广播里放了一首讲述八十年代的曲子，那会儿我还是一个无忧无虑的孩子。听着副歌简单的歌词，我不禁一阵恍惚：

事情的开头总是更好
八十年代就这样让我心碎

几个月后，我们的生活尽可能地回归了正轨。我带着孩子们搬进了马蒂和埃莱娜在英国花园附近的家，这意味着我们的生活不可能恢复原貌了。反正他们家有很多空房间，这样一来，他们不会孤单，我和孩子们也不会。

我们原来住的房子已经被腾空了，离开的那天，我望着空荡荡的房间，想着要是阿尔瓦依旧在世，她和我还会发生什么样的改变。我想象着儿童房变成了青少年房，在想象里拆掉了一堵墙，又把厨房重新刷了一遍。

马蒂站在外面的搬家车旁朝我喊道：

“尤勒斯，你下来了吗？”

我最后扫了一眼房间，看了看内院的秋千和树屋。之后，我转过身，朝马蒂走去。

路易丝起初反对搬家，但文森特很喜欢自己的大伯，非常高兴能搬到他那儿住。他经常和马蒂一起待在儿童房里，马蒂就像从前那样，能花上好几个小时研究烧汽油的玩具汽车，或是把少量液体滴到玻璃片上。他把自己的玩具车和显微镜都送给了文森特，当然他自己也会一起玩。所有愿望似乎都得到了满足，我们每两周带孩子们去一次足球场或动物园，一起去逛德意志博物馆，或是看船展。每到星期天，我就会把电视搬到他们的房间里，给他们做奶油热可可和熏肉烤面包，然后陪他们一起看他们最爱的动画。

路易丝常常为母亲的死感到悲痛，却又在下一秒笑逐颜开。而文森特则把自己的感受埋藏在心底。他从不在别人面前露出笑容，这是件憾事，因为我儿子的笑容十分甜美，可以将所有迷惑不解驱逐出他的脸庞。他曾对画画痴迷数月之久，现在又放弃了，而且从不久前开始，他突然变得怕黑了。现在，我们必须在儿童房的门上留一道缝，好让走廊的灯光给他带去一丝慰藉。

有一次，他睡不着，抱着被子来到了客厅。每天晚上，我都坐在那儿看电视。一切就在悄无声息中发生了。文森特看了我一眼，像是在问我是否允许他那样做，我摸了摸他的头，他明白过来，依偎到我身旁。电视里正在放一部关于水晶的纪录片。有些水晶只能在黑暗和阴影中生长。这就是结晶。

突然，文森特流下了眼泪。他没有哭出声，只是一直盯着电视，似乎极力想要在我面前掩饰自己的泪水。我拥抱了他，直到这时，他才真正开始哭泣。

“我也想她。”我不断重复这句话。

过了一会儿，他安静下来，进入了梦乡。有好一会儿，我没有看电视，只是望着他。从前的画面又浮现在我眼前：父母去世后，我孤身一人坐在寄宿学校的宿舍里，头发上残留着雪花。课间的时候，我不知所措地站在操场上，看着其他孩子在一旁追逐打闹。我的心里只有一个念头，离开，离开，离开。

我把文森特抱上床，给他盖好被子，感受着我们之间的骨肉亲情。

在这个男孩身上，我看到了自己的影子，这令我感到痛苦。

深秋，我去柏林看望丽兹。她辞去了教师的工作，专职写儿童书，并且自己给它们配上插图。我觉得这是一个不错的主意，在看到她的第一批手稿和插图之后，我更坚定了这个看法。无论如何，马蒂和我都答应给她提供经济上的帮助。

“你后悔辞职吗？”我问她。

“一秒钟都没后悔过。学生们都不给我写情书了。所以我知道我该走人了。”

丽兹搬到了克罗伊茨贝格区的一间公寓里，从前那些装满玩偶、小人、亚洲茶杯和非洲陶罐的箱子和橱柜大多被她送了人。她的新家整洁空旷，窗明几净，只有厨房里还挂着一幅寄宿学校时代的老照片。当时的我将满十四岁，个子矮小，耽于幻想；马蒂十六岁，是一个穿着皮衣、留着长发的巨人；丽兹那年十七岁，穿着绿色的连帽大衣，一双眼睛从帽檐底下叛逆地看向相机，嘴角还叼着根烟。这毫无疑问是属于她的青春。

“对不起，当年我就这么一走了之了。”我听见她说，“我也想做一个照顾弟弟的大姐姐，可我却抛弃了你两次，实在是太不应该了。我就是搞不定自己。”

我把目光从那张照片上移开，说：“已经没事了。”

“你总是说：已经没事了。这是在跟你自己过不去。其实仔细想想，没有什么是无所谓的。”

“也许吧，反正说这些也没用了。”

她点了点头。“对了，我跟他上床了。”

“跟谁？”

“还能有谁。”

我真的想不出来。

“跟托尼。”

一开始，我着实吃了一惊，嘲弄地看了她一眼。“为什么现在要跟他上床？”

“因为我想生个孩子。”

“那别的呢……”

“哪有什么别的，还不是为了繁殖下一代。我知道这听上去有多么不可思议，因为我从前最不吃怀孕生子这一套，坚持认为性是狂野的，一定要能给人带来快乐才行。但现在或许真的到了该好好想想的时候了。”

我想说些什么，但她做了个让我闭嘴的手势。

托尼这些天异常兴奋，对此我丝毫不感到奇怪。当我警告他不要指望太多时，他摆了摆手。

“你不能在热恋的同时又很聪明。”

“这是谁说的？”

“鲍勃·迪伦。”他咧开嘴笑道。

“可你明知道她不爱你。”

“有了孩子可能就不一样了。”托尼撞了我一下，“对了，你们大家都搬到一块儿住，我觉得挺好！”

“说实话，这有点让我想起了寄宿学校的生活。我慢慢觉得，生活中的一切都会在某个时刻重现。”

“寄宿学校……我们经常去打台球的那家小酒吧叫什么名字来着？”

“头彩。”

“没错，头彩。你怎么什么都记得呢？我感觉你简直是过目不忘啊！”托尼指了指我的额头，“一切都被关在这里。”

你做不了别的，只是一个回忆者和收藏者。若干年前，阿尔瓦曾这样对我说。这句话或许没错。她的姐姐约瑟菲娜、她们睡前翻的跟斗、海伦妮阿姨、身心憔悴的奶奶、从前的老同学、远房亲戚、唱片公司的老板，当然还有诺拉——在我的脑海里住着一大帮这样常常被我遗忘的人。他们陪伴我走过人生的旅途，我不想让他们就此消失，那感觉就像他们从未出现过一样。

我开始改写我的小说。虽然有时候，我也会担心自己会不会写得太过阴郁，而且我也知道，要想把所有人都写得恰到好处是一件多么困难的事情，尤其是她。但这毕竟是我一直想为阿尔瓦做的事：我要让她成为一个不朽的小说人物。虽然这个故事我一直没有写完，但我绝对不会停止写作。我已经明白：只有在小说中，一切可能的事物才能同时存在。

我既可以是一个胆小怕事的小男孩，也可以是一个骑车从山坡上疾驰而下、摔断了胳膊依然不肯放弃的孩子；我可以是一个父母双亡后生活在梦里的孤僻男孩，也可以是一个父母健在、意气风发、深受女孩欢迎的学生；我可以是一个不敢表明心迹、遁入孤独的青年，也可以是一个乐观自信、紧紧掌控着自己生活方向的大学生；我可以是一个不知何去何从、中断学业进入一家柏林厂牌工作的失意者，也可以是一个与此无关、远渡重洋并一直生活在国外的男人。我可以做一个意志坚定的成功的摄影师，满足父亲的期待；也可以做一个作家，用另一种方式与自己的父亲和解。我在阿尔瓦那儿根本没有机会，因为她的姐姐没有失踪，她后来也不需要我。阿尔瓦在我这儿也没有任何机会，因为中学毕业后，我过得很好，根本就不需要她。我终于找到了此生的挚爱，却又过早地失去了她。我本可以在年轻时便将她留下，好好利用所有时光。或者我再也没有和她重逢，而是留在了诺拉身边，跟她生了一个儿子。或者我在蒙彼利埃长大，婚后膝下无子，根本就不认识阿尔瓦。

所有这一切都有可能发生，而在这千万种可能中，有一种成了现实。一直以来，我都认为这只是巧合。从年轻时我就感觉到，自从父母死后，我的生活就走上了另一条错误的道路。相比我的哥哥姐姐，我更爱不停地追问自己，青少年时代发生的事情到底对我产生了怎样的影响。直到后来我才明白，只有我才能主宰自己的生活。无论我任凭过去对我施加影响，还是将它反驳得一无是处，我都还是我自己。一想到和阿尔瓦及孩子们在一起的日子，我就明白：这已经被我刻下许多明显痕迹的另一种人生，根本就不可能是一个错误。

因为，这就是我的一生。

像从前一样，马蒂依旧会在吃早餐时给我们念一些有趣的报刊文章，我们的地下室里甚至有了一张台球桌。“你难道不觉得奇怪吗？我们两个竟然会成为朋友。”晚上打台球时，我问他，“小时候，我还觉得我会恨你。”

马蒂把一颗绿球打入球袋，算是回应。他拍了拍我的肩膀，漫不经心地跟我聊起了一个特别有天赋的学生。但我看得出，他其实有些尴尬。

“说说吧，”我说，“当年他们拿淋浴头喷我的时候，你真的没听见我的叫喊吗？”

“那是什么时候？”

“在寄宿学校的时候。我就在你宿舍门口叫着你的名字。你现在到底有没有在听我说话？”

马蒂耸了耸肩：“我不记得了。”

我笑了。“你这个坏蛋，你肯定记得。”

他的脸上闪过一丝略带愧疚的笑容。接着，他又漂亮地把一颗球射落袋中。

“别这样。”我说。

后来，我们一起到楼上的厨房，哥哥做了鸡肉三明治和蛋黄酱沙拉，这是他的拿手菜。他把盘子递给我，又把一罐牛奶放到灶台上。

他只是笑了笑。我们端着盘子，坐在电视机前。

“不得不说，这三明治做得真的很棒。”我舒服地躺在沙发上，又咬了一口。电视里正在放一部黑白电影，查尔斯·福斯特·凯恩走进纽约《问事报》编辑部，把办公室搅得天翻地覆。①

“尤勒斯，还记得那次我们一起躺在你们原来的卧室里吗？当时，你得知阿尔瓦撑不下去了。我想说几句宽慰你的话，却什么都说不出来。”

我点点头。这一幕，我当然不会忘记。

“我当时真的很生自己的气。”马蒂说，“我是你哥哥，虽然这在我们这个年纪不算什么，但好歹我也是你哥哥。这几个星期，我一直在想当时我可以说点什么。去看船展的时候，我总算想明白了。我想到了一个比喻，当然这可能有点扯。”

我喝了一口热可可：“说吧！”

“就是……我们自出生起就生活在泰坦尼克号上。”哥哥摇了摇头，显然不是很习惯说这样的话，“我想说的是，我们注定要沉沦，

---

① 电影《公民凯恩》里的情节。

不可能一直活在人世，这是命中注定的，没有什么能够改变。但我们可以决定如何面对这一切，究竟是惊慌失措地四散奔逃，还是像那些音乐家那样，即便巨轮即将倾覆，依然勇敢地、有尊严地继续弹奏。这就像……”他低着头说，“就像阿尔瓦那样。”哥哥还想再说什么，但后来又摇了摇头，“不好意思，我实在不擅长这个。”

我已经慢慢习惯了阿尔瓦的离世。现在，我在大学里完成了注册，旁听哲学和英语文学的课程，晚上经常去散步。近来，我常常彻夜难眠，午夜过后独自在附近的街区游荡。我漫步的最后一站总是附近一家少有的这个时候还在营业的咖啡馆。它装修别致，却并不引人注目，一位老先生在钢琴前即兴演奏。“啊，喜欢格什温的人来了。”见我进来，他这样说。因为上次来这儿的时候，我曾经请他弹过乔治·格什温的曲子。我冲他点点头，又打量了一番仅有的几个顾客。他们都是这儿晚间的常客，我有些好奇，他们为何会出现在这儿，而不是待在自己家里。他们都有自己的故事和原因，而我只想静静地猜测。

这段时间以来，我已经不怎么去埃莱娜的诊所了。相反，我经常去英国花园散步。

“你还经常想她吗？”有一天，她问我。

“当然。”我脱口而出，想了想又说，“但没有几个月前那么频繁了。有时候，我会忘记她，那让我感觉很不好。”

“别这样，”她说，“现在你得开始朝前看了，这很重要。接下来这些年，文森特和路易丝都需要你。他们会交朋友，进入青春期，与人相恋，也会遇到各种困难，需要帮助。这些都摆在你面前，你一定会是个好父亲的。”

还没等她说完，我就意识到她说的没错。过去渐渐消散，而未来就在不远的前方。我能预见孩子们在学校里将会碰到的烦恼，也明白自己肩负着将他俩抚养成人的重任。他们的需求就像两座高山摆在我面前，以至于我几乎都没有发觉，他们的长大也意味着我的衰老。不知为何，我这么想着居然安心了不少。

我站在原地，抓住埃莱娜的手，说：“我可能没跟你说过，但有你在，我真的很高兴。你不知道我有多么感激你，感激你所做的一切。你拯救了我的哥哥，而我的孩子还这么喜欢你。”

埃莱娜伸手捋了捋额头的黑发：“当年我听说自己生不了孩子，心碎了一地。我当然只得接受这一点，但我一直觉得生命里永远缺少了些东西，这是一种永久的、沉默的遗憾。是你和你的孩子让这种感觉慢慢消失了。”

我欣喜地发现，这次交流有一种莫名的仪式感，就像我们相互递给对方一本重要的证书。我朝她点了点头，然后我们一道往前走去。我发现自己似乎感觉好了一些。

圣诞节我们在慕尼黑度过。除了丽兹和托尼，阿尔瓦的父亲也来了。见到自己的孙辈，他也振作了起来。他陪他们装饰圣诞树，还兴致勃勃地给他们讲起了自己在攀爬勃朗峰时的惊险事迹。但没过多久，我就看见他沉默地坐在沙发上出神。就在我想过去看看他的时候，埃莱娜坐到他身旁，跟他攀谈起来。

我自告奋勇给大家做饭，这天剩下的时间都待在厨房里，孩子们陪着我。文森特很快就觉得无聊了，跑了出去，路易丝则饶有兴致地看着我。

“你在干吗呢？”

“我在填火鸡，往里面加料。”

“都加了什么啊？”

“海枣、彩椒、洋葱、一点鼠尾草和胡椒……你要不要来试试？”

我手把手地教她，见她学得津津有味，我又教了她一点别的东西。我们在厨房里待了足有半天，她帮我做了香草酱、焦皮土豆，后来又和我一起做了“馋嘴蛋糕”。我看着她，心中不免又生出一丝感伤，她似乎没有注意到这些，兴冲冲地走到冰箱旁，拿来了巧克力，小心地把它们放到锅里融化。我想起母亲从前做这种蛋糕时的样子，不禁想道：一切又会重来。

过往的画面不再频繁地侵袭我，但它们每次出现都会让我惊讶，回忆竟会让某些时刻如此明亮耀眼。在回忆中，寄宿学校的普通一晚都会变成一次美妙的经历。我看到自己和同学一起坐在湖边，喝了点什么，开着其中某个人的玩笑，一起规划着我们的未来。回忆无形中拉近了我与其他人的距离，把我温柔地放在了一切故事的中心。突然，我没心没肺地跟同学们一起大笑起来，虽然我知道，有时候我完全是另一副样子。而我也能感觉到，当年的我并无不满。记忆就像一个有耐心的园丁，我上学时每晚在脑海里播下的小种子，经过这么多年，终于长成了壮观的回忆之林。

在分发礼物之前，我们还一起唱了歌。大人们脸上满是自嘲，孩子们则一副天真烂漫的样子。吃过晚饭，我们心满意足地坐在桌前，托尼又给我们表演了几个戏法。他先把纸牌变成了钞票，又拿起我面前的叉子使劲搓动，直到它像一根绳子一样扭作一团。我们嘴巴还没合上，他又看向自己左脚上松开的鞋带。只见他漫不经心地抖了抖脚踝，鞋带就像被一只隐形的手牵引着那样系在了一起，甚至还打了一个蝴蝶结。

“不可思议，”马蒂喊道，“快说你是怎么做到的。”

把孩子们送上床后，阿尔瓦的父亲来跟我们道别。他慈爱地拥抱了一下自己的外孙和外孙女，然后在我的陪伴下走到门口。“谢谢邀请！”说完，他迈步朝自己的车走去。

“我不知道你是否清楚，阿尔瓦小时候最爱做的事情，就是和你一起在结冰的池塘里滑冰。”

他停了下来。

因为尴尬，我低下头继续说道：“过去这些年，每次你来看我们，你到达之前好几个小时，她都会激动不已。阿尔瓦理解你的痛苦，知道你为什么很少去看她，最后甚至都不敢来医院。她一直什么都明白，也很爱你，我知道这个……”

阿尔瓦的父亲握住我的手臂，吃惊地看着我。这是那天晚上他第一次直视我的眼睛。他的眼珠是绿色的，不像他女儿的那样明亮，显得温和而忧伤。他似乎想说点什么，最后却只是朝我点了点头。

他走后，我的目光停留在走廊上的意式抽屉柜上。它来自我们的上一个家，阿尔瓦总喜欢像一只小动物一样盘腿坐在上面，入迷地读着书、听着音乐，或是跟我谈论些什么。虽然这个圣诞节十分美妙，但一切都很快从我眼前消失了，我的视线越来越模糊。我紧咬着嘴唇，想到了阿尔瓦临终前待过的那个关怀站。这一刻，我是那么想念她，我没回到屋里，而是独自走上露台，望向夜空。白霜在枝头闪烁，石块铺成的路面也覆上了亮晶晶的一层。外面很冷，但我没有在意。

过了一会儿，丽兹出来找我。她把一个红色信封塞到我手里，说：“再送你份礼物，但愿它能让你比我更走运。”

信封里是一颗白色的木棋子，玩马勒菲兹跳棋时用的那种。我感动得一把抱住了姐姐。

“别以为只有你在注视着我们，”丽兹靠在我身上，“我们也在注视着你。我经常想着我的尤勒斯，想着他的近况，以及他脑子里都在想些什么。”

我们一起望着繁星密布的天空。这一刻，我感到无比安全。这也是我第一次从大自然的平静祥和中感受到慰藉。

丽兹在一边打量着我，嘴角微微上翘。

“怎么了？”我问。

她没有回答。

“快说，到底怎么了？”

可她就是不愿张口。

后来，在其他人入睡之后，我正准备出门去咖啡馆，却看见穿着睡衣的丽兹怀抱着吉他坐在客厅的沙发上。她没有注意到我，先是漫无目的地弹了几下，接下来却弹起了一首我从很小的时候就很熟悉的曲子。起初我还没反应过来，但在听见她跟着哼唱之后，我马上明白了。

把怀孕的秘密隐瞒了好几个星期，这绝对是丽兹的风格。马蒂和我开玩笑说，她将是世界上最高龄的产妇，可她却说自己就是需要这么长时间。

托尼自然兴奋异常。只有丽兹不再跟他上床这件事还在困扰着他。“完成任务了，”他操着维也纳口音说，“这说的可能就是我们。但我真没想到，她利用完我就把我甩到一边了。”

“是啊，这来得可真是突然。”

“别废话了，”他对我说，“尽管如此，我还是坚信只要孩子一出世，她就会回到我身边。或许她还想再生一个，那我们就再变一个出来。”

“那会儿她都四十六了。”

“那又怎么样？时间说快也快，说慢也慢。”

羊水检查的结果一切正常。是个女孩。最高兴的是路易丝，她非要教自己的表妹做点什么，具体是什么她却不肯说。那会儿，母亲去世对她的伤害似乎已经减轻了一些。她每周都去上杂技班（在家里也闹着做侧手空翻），经常带同学来家里吃饭，她的老师肯定地告诉我，她是个积极向上、讨人喜欢的孩子。

但文森特依然情绪低落。他的成绩一落千丈，在学校里几乎不怎么说话，其他孩子慢慢开始孤立他。他仅有的两个朋友都是跟他一样孤僻的孩子。他经常在下午去他们家，和他们一起玩游戏。我知道自己必须做些什么，才能让他不像我当年那样自闭和不安。

尽管如此，他依然是个坚强的男孩。他的每一场球赛，我都会去现场。大多数时候，他都坐在替补席上，直到比赛接近尾声时才会被替换上场。其他孩子看上去块头更大，更强壮，更有抱负，他则经常梦游般坐在板凳上，让教练火大。他总安排文森特踢后卫，这不是他的位置，因为他太瘦太轻，根本经不起对方前锋的冲击。

但有一次，那是三月底一个风雨交加的日子，他又在比赛快要结束时替补上场。这次他没有缩在后场，反倒一直往前冲。教练在场外大喊着叫他回撤，可他一直待在前场。就在终场前，他的一个队友踢出了一记很高的长传球。对方的四个后卫都错过了，门前只剩下文森特一人，单刀的机会出现了。他匆忙射门，球撞在门将的身上弹了回来，他来了一脚补射，这次球进去了。这是他第一次进球。文森特睁大了眼睛转过身来，他还没有反应过来刚才究竟发生了什么。其他孩子跑过来跟他拥抱，教练犹豫了一下，还是赞扬了他的表现，而他依旧站在原地，难以置信地环视着四周。接着，他望向我，突然笑了。这个罕见的笑容是多么迷人，深刻，甚至有几分睿智。

这个笑容可以拯救一切。

我冲他招手，他似乎有些不好意思，转身用衣袖擦了擦鼻子，继续在场上奔跑。

丽兹和托尼在复活节时来访。与往常一样，我们一起开车去法国游玩。行李已经放好，我们也已经坐在了车里，只有哥哥姗姗来迟。每当这种时候，他总是最后一个出现。就在这时，我突然想起忘了给孩子们带足球。我跑回家，刚走到露台，就听见了那再熟悉不过的声音。

在走廊上，我看见马蒂正聚精会神地按着门把手，一次接着一次，还是从前的模式，八次快，八次慢，再八次快。他是如此专注，过了好一会儿才注意到我的出现。他的第一反应像是做坏事被抓了现行。接着，他羞愧地耸了耸肩："好吧，我们大家都有不可告人的小秘密。"

我们对视了一眼。

“别告诉埃莱娜。”他最后说。

“你经常这么做吗？”

“一共要按六十四次。八是我的幸运数字，八乘八可以让幸运翻倍。从前我按二十四次，但好像没什么用，没给我带来什么幸运，所以我现在选了八的平方。我先按得快一些，代表很快到来的幸福；然后再慢点按，代表持续的满足。”

我沉默了一会儿，走进屋里拿了足球。

“你也知道，现在我得从头按了。”哥哥在门口说，“不好意思。”

“那我跟别人说你干吗去了？”

“随便编个理由。”

“你知道自己随时可以跟埃莱娜聊聊这个。”

马蒂摇了摇头，无助地笑了笑。一点点疯狂是“正常”生活的代价。我独自走到车旁，在铺石路面上拍了拍足球。耳边又传来了哥哥按压门把手的声音。

春日的暖阳灿烂地照在树梢。我被朗格多克的美景所吸引，带着文森特和路易丝去那儿郊游。一路上，他们不停地问贝迪拉克的房子属于谁，为什么我几乎不会说法语，谁是世界上最棒的足球运动员，托尼叔叔是不是真的会魔法，并且像他说的那样去过霍格沃茨。我耐心地回答他们的问题，有他们陪在我身边，我很开心。

我们来到了一座小山前。“我们来比赛谁先跑到山上。”说完，路易丝就冲了出去。文森特很快跟了上去，我则跟在后面，与他们保持一段距离。过了一会儿，眼看我就要追上他们了。我从他们身边经过时，他们发出一阵尖叫。但在快到终点的时候，我故意放慢了脚步。

我们坐在山顶上，一边喘着粗气，一边纵声大笑。前方是山谷，当我们经过观景长椅旁的橡树时，孩子们的反应跟我们姐弟三人当年一样。

“那儿有根树杈被砍了。”文森特顺着我的目光，指了指树上那个光秃秃的隆起。

“我知道，”我说，“我猜，那是你爷爷亲手砍的。”我可不想再给他们讲一遍爸爸讲给我听的那个童话。

“是你爸爸砍的？”路易丝问我，“为什么呢？”

我耸了耸肩，心里有些吃惊。

路易丝顺着树干上的纹路，摸着刻在上面的字：埃里克的树。这几个字是我父亲在五十多年前用小刀刻上去的。

在贝迪拉克的两周很快就过去了。我经常想起哥哥姐姐在寄宿学校里与我日渐疏离的往事。我们过早地接触到了生命的局限，姐姐贪婪地挥霍着生命，哥哥则战战兢兢地守护着生命。我们在各自的道路上走了许多年后，却又一起坐在这儿吃早餐。餐桌挤得快坐不下了，两个孩子起了争执，埃莱娜在劝他们，托尼开心地大声说话，马蒂匆匆翻阅着报纸，给我们讲其中一篇文章的内容。丽兹出言反驳。一把椅子倒了，有人发出一声尖叫，接下来则是一团嘈杂。我是唯一一个安静地坐在桌旁的人，我只想闭上眼睛，仔细聆听：我喜欢这种喧闹。我们只有待在一起，才能克服心中的孤独感。

此行的最后一天，我们在一片草坪上野餐。天空万里无云，阳光照耀着大地，把草坪晒得发烫。哥哥姐姐在地上铺了一张桌布，哥哥的哈士奇兴奋地嗅着埃莱娜的火腿三明治。与此同时，孩子们在前面跑，托尼在后面大吼大叫，说自己是森林里的怪物，要把他们抓去吃掉。

即将临产的丽兹叹了口气，说：“他就是这么孩子气。”尽管如此，她的脸上还是露出了一丝笑容。

我看着我的儿子，他正一脸认真地躲避着托尼，但一如既往把喜悦隐藏在心底。我的女儿则一路尖叫。那天早上，我们刚刚吵了一架，因为我想让她在假期结束后戴上矫正牙套，而这显然吓到了她。她哭喊着跑进了自己的房间。每到这种时候，我都特别想念阿尔瓦，我想知道她遇到这种情况会怎么做。我忍不住怀疑，我跟我父亲是否有明显的差别。

路易丝早就忘记了早上的争吵。她躲到我背后，叫我帮她抵抗森林里的怪物。

托尼朝这边走来，用手指了指我。

“让开。”他故意用低沉的声音咆哮道。

“你这个笨蛋，赶紧滚开。”我说。

我听见女儿在我背后发出笑声。

托尼越走越近，威胁我说：“再说一句，你就死了。”

我正想答话，却见文森特一个人蹑手蹑脚地走在森林边缘。我嘟哝了一句“马上回来”，就走过去找他了。

“快点回来，”托尼说，“我们还要一起踢足球呢！”

我跑进森林，看见文森特正犹犹豫豫地折断一根树枝，然后把它扔了出去。我把手搭在他的肩膀上，陪他走了一段。终于，我们来到了碎石密布的河边，连接两岸的独木桥还在。我的耳边响起了父亲的警告，他说这儿太危险了。

儿子好奇地打量着这座独木桥。

“快看，下面的水好深啊！”他说。

“水深超过两米。”

“你觉得曾有人从上面走过去吗？”

“当然。”我说。

“我不相信。”

“好吧，亲爱的。我像你那么大的时候，经常在上头跑。”我算了算时间，不禁笑了，“那是三十四年前的事了。”

文森特不可思议地望着我。“我不相信。”他重复道，“你肯定摔得很痛吧！”

我想起了华兹华斯的一句名言：孩子是大人的父亲。望着他满是恐惧的眼睛，我很快就做出了决定。没等他开口阻止，我已经踏上了树干。文森特大叫着让我停下，我却一步步继续朝前走去。脚下的树干在摇晃，我感到头晕目眩，恐惧正在我的胸口汇聚。我想到若干年前阿尔瓦第一次来贝迪拉克时张开双手在树干上稳步前行的样子。哪怕是为了她，我也必须走到对岸去。

走到一半的时候，文森特意识到阻拦我已经没有意义，便开始给我加油。我往下瞥了一眼，河水从一块块露出水面的巨石旁流过，说不定我又要进医院躺上一阵子了。

但一切顺利。来到河对岸后，我看了看站在另一边的儿子。他睁大了眼睛，有那么一阵子几乎说不出话来。回去比过来要难走，我小心翼翼地沿着光滑的树干前行，有一次差点滑下去。但我知道自己没有退路，因为这一刻，我是在播种。我将把这一幕植入儿子心中，希望它在若干年后开花结果，使他能够放下心中的一丝恐惧。

快到终点的时候，我稍微滑了一跤，摔到地上，弄脏了衬衫。文森特害怕地看着我，我却对他报以微笑。

“没事。”我指了指树干，“你看，不是很简单吗？”嘴上这么说，其实我的心已经跳到了嗓子眼。在完成了这莽撞的行动之后，我喘着粗气，等待心情平复。

文森特却已经跑去找其他人了。他们终于想起踢足球了，所以在草坪上喊着我们的名字。

“你也踢吗？”他问了我一句。

“马上来。”

我站在森林边缘几棵枝繁叶茂的大树下，看着他们。两件毛衣标示了球门的范围，托尼负责守门。女儿把球开给他，却被儿子抢了下来。他跟马蒂打了一个精彩的二过一配合，又晃过了埃莱娜，接着抬脚射门。球砸在了托尼的胫骨上。丽兹弹起了吉他，默默地看着眼前的一切，哥哥的狗也安静地坐在一旁。它时不时叫上几声，却几乎没有移动位置。要在从前，它肯定跑过去捡球了，但现在它老了，也安静了不少。运气好的话，它还能再过一两个夏天。它的一生可以算得上圆满，而另一条狗却在多年前溺死在不远处的河里。事物来了又去，我一直没法接受这一点，但现在我突然释怀了。

孩子们发现了我，叫我过去，问我是不是已经准备好一起踢球了。

我走出森林。

“当然，”我擦了擦衬衫上的污泥，“我准备好了。”

图书在版编目（CIP）数据

直到孤独尽头 /（德）贝内迪克特·韦尔斯（Benedict Wells）著；徐胤译 .—长沙：湖南文艺出版社，2017.10
书名原文：Vom Ende der Einsamkeit
ISBN 978-7-5404-8225-1

Ⅰ. ①直… Ⅱ. ①贝… ②徐… Ⅲ. ①长篇小说 – 德国 – 现代 Ⅳ. ①I516.45

中国版本图书馆 CIP 数据核字（2017）第 170957 号

著作权合同登记号：图字 18–2017–115

上架建议：畅销·外国文学

ZHIDAO GUDU JINTOU
直到孤独尽头

作　　者：［德］贝内迪克特·韦尔斯
译　　者：徐　胤
出 版 人：曾赛丰
责任编辑：薛　健　刘诗哲
监　　制：吴文娟
策划编辑：许韩茹
特约编辑：李甜甜
版权支持：辛　艳
营销支持：李天语
封面设计：利　锐
版式设计：张丽娜
出版发行：湖南文艺出版社
（长沙市雨花区东二环一段508号　邮编：410014）
网　　址：www.hnwy.net
印　　刷：北京嘉业印刷厂
经　　销：新华书店
开　　本：875mm × 1270mm　1/32
字　　数：185千字
印　　张：9.25
版　　次：2017年10月第 1 版
印　　次：2017年10月第 1 次印刷
书　　号：ISBN 978-7-5404-8225-1
定　　价：38.00元

质量监督电话：010–59096394
团购电话：010–59320018